新潮文庫

君たちに明日はない

垣根涼介著

8300

目次

File 1．怒り狂う女　7

File 2．オモチャの男　101

File 3．旧友　179

File 4．八方ふさがりの女　281

File 5．去り行く者　351

解説　篠田節子

目次

File 1 見えない炎 7

File 2 しあわせの形 101

File 3 口笛 179

File 4 パンドラの匣 291

File 5 ポトフ作戦 353

装幀　芦澤泰偉

君たちに明日はない

明日への鐘は、その階段を登る者が、鳴らすことができる。

File 1. 怒り狂う女

1

おれは、いったい何をやっているんだろう——。

つい先ほど。五人目の被面接者が肩を落とし、部屋を出て行った。この会社の経営企画部の課長だ。

ちらりと壁時計を盗み見る。午後三時。昼食をはさんで、もう五時間もぶっ続けで面接を行っている。うち四人までが、自己都合退社をしぶしぶと受け入れた。

今日のノルマ終了まで、あと一人。

両肩の付け根に少しずつ凝りが溜《た》まり始めている。心の澱《よど》みもそうだ。

真介《しんすけ》はついため息をつき、ネクタイを緩めた。隣席のアシスタントを振り返る。

「美代《みよ》ちゃん、次のファイル」

「はーい」

気の抜けた炭酸のような声を出し、川田《かわだ》美代子が答える。彼女とももう一年の付き合いになる。人材派遣会社からの派遣社員で、二十三歳。こういう面接のときだけの臨時雇い。真介の会社から派遣会社に払っている時給は、二千五百円だ。

といって実質的な仕事はない。いつも黙ったまま、隣にちょこんと座っているだけだ。あえて言えば、資料の手渡しや面接者にコーヒーやお茶を出すぐらい。

彼女が緩慢な動作で席を立ち、真介のデスクまでファイルを持ってくる。

「サンキュ」

手渡されたとき、その袖口《そでぐち》から香水がかすかに漂ってきた。ブルガリのオ・パフメ――おそらく。彼女はそのおつむの割に、目鼻立ちがひどく整っている。肌もきれいだ。小難しいことなど考えたりしないので、いつも精神状態が安定している。瞳《ひとみ》を囲む白目も白々としていて、妙に青い。毎日よく眠っているからだろう。

いつもぼうっとしているこの女――。

世の中にはこういう人間がいる。目に見えるものすべてを、ただ感じるだけの女だ――もらった給料でせっせとエステに通い、ペディキュアを塗る。今も踝《くるぶし》に付けているようなアンクレットを買いに行き、常に見目の向上に励む。不景気も就職難もなんのその、親元から通い、この消費社会にふわふわと漂う見てくれ重視の姫君だ。

とはいえ、真介はこのテの女が嫌いではない。こうして部屋の中に二人きりになっても余計な口を開かず、ひたすら薄ぼんやりしている。賢《さか》しらなことも口にしない。華やかな額縁入りの絵画のような存在。ウザったくない。

さて、と――。

気を取り直し、ファイルの一枚目に目を落とす。

個人情報入りの経歴書。

その右上の顔写真欄に、盤台面《ばんだいづら》の、いかにもアクの強そうな四十男が写っている。名前は平山和明《ひらやまかずあき》。入社二十五年目の四十八歳。現在は川口支店の支店長。二週間ほど前に、この男の資料に目を通したときの感想。

……この男は、いわゆる最低の管理職だ。

昭和五十年代の半ばに、在京のいわゆる二番手グループのマンモス私大を卒業後、この建材メーカー『森松ハウス㈱』に新卒として入社。

以来、営業畑一筋。仕事はそこそこ出来たようだ。個人情報欄に、大学ではラグビー部所属と書いてあった。なんとなく想像できる。おそらく二十代のころは気合と体力にモノを言わせ、受注を取ってきたタイプ。

当時のバブル景気の後押しもあって、昭和六十三年に津田沼支店の支店長次長に抜擢《ばってき》、平成二年には支店長に昇格。平成四年、より格上の神田支社の支社長に栄転。と同時に、都内東半分のエリアマネージャーを兼ねる——。

このメーカーから仕事の依頼を受けたあと、真介は社内的な事情を調べ上げた。

通常、この神田支社の支社長にまでなった男は、ほぼ社内的な出世コースを約束される。数年後には本社内営業部長の椅子《いす》が待っており、ここで大過なく過ごすと、さらにその上で平取《ひらとり》のポストが用意される。

だが、この中年男の栄光の経歴もそこまでだった。

平成七年、規模の小さな松戸支店の支店長に異動。平成十年、さらに小さな甲府営業所の所長に島流しにされる。平成十二年、静岡営業所に同ポストのまま横滑り。平成十四年、川口支店の支店長としてようやく首都圏に戻ってくるも、この会社で言うところの〝プレイングマネージャー〟を兼任させられる。つまりは部下の管理も行い、自らも一営業マンと同じように数字を持って社外を飛び回るという、非常に厳しい役割だ。

明らかな降格人事と言っていい。そしてこの役職のまま、この男は現在に至っている。

むろん、バブルの崩壊ということ以外にも、その降格の理由はちゃんとある。

資料の三枚目以降にある個人情報欄に、なぜこの男が出世コースから外れていったのか、その理由が呆《あき》れるほど数多くの事例で列挙されている。実を言うと、これらの事例は真介自らが収集したものだ。この男に関する人事部の良からぬ噂《うわさ》を元に、かつての彼の部下にイチイチその裏を取って回った。

……笑い出しそうになる。

この男に負けず劣らず、おれもやっていることがエグい——。

時計を見る。

三時を五分ほど過ぎた。そろそろやってくる。

隣の席で両手の甲をぼんやりと眺めている女。マニキュアの光沢具合を、窓から差し込んでくる光でチェックしている。ピンと来た。口を開きかけたとき、正面のオークク材のドアからノックの音が弾《はじ》けた。やや強い。

テーブルに向きなおり、口を開く。

「はい。どうぞお入りください」

銀色のドアノブが廻る。チャコールグレーのダブルを身に着けた平山が入ってくる。

盤台面がこちらを向く。真介を捉《とら》えてきたその視線に一瞬嫌悪《けんお》の影が走ったのを、彼は見逃さなかった。

おれは、こんな若造にクビを判断されるのか——。

言葉に出して言えばそうなるだろう。

確かにそうだ。真介は今年で三十三。この男とは一回り以上も歳《とし》の開きがある。

「平山さんでいらっしゃいますね」真介は丁寧に口を開いた。「どうぞ。こちらの席におかけください」

平山が近づいてきて、無言で真介の前の椅子に腰を下ろす。顔を上げ、ふたたび真介の視線を正面から捉えてくる。その肩口に早くも漂い始めている。屈辱の裏返しである怒りが。

「どうも本日はお忙しいところをお越しいただき、ありがとうございます」

いいしれしれと真介は言葉をつづける。この仕事に就いて五年。こういった場合の敵意には、とうの昔に慣れっこになっている。

「コーヒーか何か、お飲みになりますか」

むろん、平山がそんな気持ちでありえないのは百も承知だ。ただ、そう切り出すことにより、対象者の気持ちを一瞬だけでも他方に逸《そ》らす。

——いや。特に。

平山は痰《たん》の絡《から》まったようなくぐもった声を出す。特にはいらない、と言いたいらしい。

「そうですか。では早速ですが本題に入らせていただきます」そう言って、わざとかすかな音をたて、ファイルを開いてみせる。「本日は、本社の部長の指示でこちらにいらっしゃったんですよね」

「……そうですが」

「部長のほうからは、何か伺ってらっしゃいますか？」

「いや。……特には」

平山は三回の受け答え中、すでに二度も同じセリフを繰り返している。相当に気持ちが強張《こわば》っている。真介はさらに慎重に言葉を選ぶ、ふりをする。

「なるほど——実を言うと、すでに平山さんもご存知の通り、御社の販売部門が大幅にスケールダウンすることになりました」

そこで言葉を区切り、じっと平山を見つめる。あえて沈黙を作る。

相手は不意に苛立《いらだ》った。

それから半ばヤケクソのようになってナマな言葉を吐いた。

「つまり、私はもう、用済みってことですか」

返事を、一瞬遅らせる。そして平山も知っている当然の事実を、もう一度繰り返す。

「どちらにしても大幅な人員減は確実です。サテライトである営業所もすべて統廃合されます。残ったにしても今後五年間で給与体系も変わり、最大の場合、給料は三割の減額、夏冬のボーナスはその一ヶ月分になる予定です」

「……」

平山は知っている。ここに呼び出された人間は、たとえ会社に残ることができたとしても、その三割減対象者の最有力候補だ。そして現在もマイホームのローンを抱え、子ども二人を私立大に通わせている平山の家庭事情からして、この条件は到底飲めない。

「これを機会に、新たに外の世界にチャレンジされるのも一考かと思われますが、いかがでしょう?」

今、真介は相手に対して実質的にクビを言い渡そうとしている。ただ、クビという言葉は労働基準法により使えない。日本では指名解雇は違法だ。だから、こういうまどろっこしい誘導形式になる。さらに真介はオブラートに包んだ言葉をつづける。

「むろんそうなった場合、会社としてもできるだけのことはさせていただくそうです。追加退職金は規定分に、勤続年数×基本給の一ヶ月分。有給休暇の買取り。もしご希望なら、再就職支援会社も会社側の負担でご利用いただけます」

平山の顔になんともいえぬ表情が走る。計算が働いている。通常退職の場合、勤続二十五年の平山では、一千万ちょい。さらに追加額は、二十五×六十万——一千五百万。トータルで二千五百万ほどの金額になる。あと三年間、卒業まで息子たちを大学に通わせ、仮にその間に再就職できなかったとしても、なんとかなるラインだ。万が一ヤバくなったとしても、世田谷に五十坪のマイホームを持っている。真介は周辺の坪単価も調べ上げた。叩《たた》き売ればローンの残債を差し引いても、一千万ほどの金は残る。

……おそらくはこの男も、そこまで計算している。それにこのまま会社に残ってもこれ以上の出世の目などなく、安月給で定年まで飼い殺しだ。プライドはぼろぼろにされる。

だから、迷っている。

「どうでしょう？　けっして悪い条件ではないと思うのですが、これを機会に新しいご自分の可能性に踏み出してはみませんか」

歯の浮くようなくさいセリフ。たまに自分でも嫌になる。

ようやく平山が口を開く。

「しかし、何故《なぜ》私なんです？」つぶやくように言って、あらためて怒りがこみ上げてきたらしい。急に早口になった。「この会社に入って二十五年。少なくとも入社してからの二十年は、会社のために身を粉《こ》にして働いてきたつもりです。売り上げだってそうだ。若いころは誰にも負けていなかった。少なくともおれはそう思っている。管理職になってからも本部から下ろされてくる目標を必死にこなしてきた」

興奮して徐々に敬語を置き去りにする。唾《つば》を飛ばし始める。

「そりゃあここ数年は、業績はやや思わしくなかったかもしれない。だが、それまで、ウチの会社を十分に儲《もう》けさせてきたつもりだ。家族もさんざん犠牲にしてきた。取引先相手に嫌な思いをしたことだって数え切れない」自分の言葉により、さらに怒りが倍増している。おそらくは安易に自分に酔えるタイプ。「なのに、今頃になってそれで放り出すってのは、こりゃ、あんまりでしょう。え？」

そう吐き捨てるように言って、挑発的な視線を真介に向けてきた。真介には分かる。この男はもう、開き直りはじめている。そしてその前提として――、

「それに、これはあくまでも希望退職でしょう？」

「基本的に、そうです」

「だったら、私は希望しませんよ」

「しかし、平山さんの現在の職種は、今後廃止になるのですよ」

「それは会社の都合で、私の都合じゃない」

——やはり。言っているうちに、いつのまにか覚悟を決めている。今の会社に対してとことん抵抗するつもり——。

真介はかすかに、だが相手にも分かるようため息をついた。

それからファイルの三枚目以降を開く。

「ここに、私どもの会社で独自に調査した資料があります。平山さん、あなたに関してです」

ちらり、と平山の視線が真介の手元に落ちる。

「調査によると、あなたは三十四歳で津田沼支店の支店長に昇格されて以来十四年、これまで四、五箇所の支店や営業所の管理をしてこられましたよね」

「だから?」

真介は黙ってファイルの四枚目の資料を抜き取り、それを平山に差し出した。相手も無言でそれを手に取る。

「そこに打ち出されているデータは、支店管理職ごとの、部下の平均離職率です。たとえばこの一番上の『田中』さんは、管理職になって以来、平均五・七パーセント。非常に低い数値です。その左枠の項目分布を見れば、ほとんどが二十代半ばの女性社員。寿《ことぶき》退社による自然減と考えていいでしょう」

「……」

「ところが平山さん、失礼ですがあなたのそれは、現在二十数名いらっしゃる営業管理職のなかでも、最も高い数値を示しています。二一・二パーセント。この表の中で一番下に位置していますね。しかも項目分布図を見れば、その七割強が、まだ二十代の男性社員。会社側から見ますと、給料も安くバリバリと働いてくれる、いわゆるコストパフォーマンスの高い人材です。残る女性の退職項目も、単なる自己都合退職が目立ちます。しかも何故か、支店経理と庶務の職種に偏《かたよ》っている。私の言っている意味、お分かりですね？」

平山が眉間《みけん》にしわを寄せ、強張った表情を浮かべている。うんともすんとも言わない。かまわず真介は言葉をつづける。

「バブル期ほどではないにしても、現在でも会社は優秀な新卒を雇い入れるために、それなりにコストをかけています。人事部のリクルーティング人件費、交通費、説明会、基礎教育費用、職場内訓練《OJT》の手間……ここ十四年ほどを平均すると、一人当たり四百万という試算が出ているようです。そして平山さん、あなたの部下は寿退職を除いて、これまで若手でほぼ三十名が退職している。単純に計算すれば、一億二千万の損失を会社に与えたということになりますね」

それは、と平山が慌《あわ》てて抗議の声を上げた。「それは、違うでしょう。私はいつも会社の利益を上げることを第一目標に置いてきた。確かにその目標を達成するために、多少部下に厳しく接した部分はあるかもしれない。でもそれは、あくまでも会社のためを思ってのことですよ」

「結果的に、一億二千万の損失を会社に与えてもですか」

ぐっと平山が言葉に詰まる。畳みかけるタイミング。真介は追い討ちをかける。

「失礼ですが、これまでのあなたの部下だった方々すべてに、アンケートをとらせて貰《もら》いました。それによると、平山さん、あなたは営業本部から降りてきた目標数字の一・三倍を、常に部下に要求してきたそうですね。しかも現在の川口支店では、その三割増しの成果の部分を、自分の営業同行の数字ということにして常に営業本部に報告していた。二年前に辞めたあなたの部下が、そう証言していますよ」

「……」

「自分が懸命に取ってきた数字を、現実にはありもしない営業同行という形で、その上司がピンはねして上に報告する。これではどんな部下だって、やる気をなくすでしょう」

「しかし、私が実際にサジェスチョンを与えたのも事実だ」平山はまだ諦《あきら》めきれず、反論をしてくる。「それで取れてきた仕事なら、私の成果でもある」

「次の資料に参りましょう」その反論を無視し、真介はさらにもう一枚のファイルに目を落とす。それを平山に手渡す。「これは、支店管理職ごとの、これまでの交際接待費の支出状況です。各支店の赴任時代を平均したものです。そして、全管理職の平均は年に一千百万程度。対してあなたは一千六百万——どう見ても多すぎる交際接待費です。失礼ですが、私は本社経理部に赴き、その領収書の控えをすべて閲覧させてもらいました」

「……」

「驚きましたね。松戸、甲府、静岡、いずれの赴任時代でも、決まって週末に、ある偏った飲み屋の領収書が出てくる。たとえば松戸では〝クラブ新世界〟、甲府では〝しのぶ〟、静岡では〝銀馬車〟。そういうところです。あるいは何故か、シティ・ホテルでの夕食代。ある支店の経理担当だった女性は、当時の自分の仕事を振り返ってこう言っていましたよ。嫌で嫌でたまらなかった、と。支店は常に金欠状態。コーヒー豆を買うお金にも事欠いているのに、あたしは黙って支店長の出す領収書を処理するしかない。この飲み代を処理するお金があれば、コーヒー豆だってエアコンのフィルターだっていくらでも買えるのに、と」

「……」

「それとこのシティ・ホテルでの夕食代ですが、この甲府営業所時代に、庶務係の二十三歳の女の子が一人、自己都合により退職――」

「止《や》めてくれ」不意に平山がつぶやいた。「……もう、止めてくれ」

そう言って下を向いた平山を、真介はじっと見つめた。

本社の目の届かぬところで、支店や営業所運営を任されていたこの男――会社の金でお気に入りのママのいる飲み屋に毎週通い詰め、右も左も分からぬ入社したての女性社員を手籠《てご》めにした挙句、孕《はら》ませる。しかもその孕ませたホテルの夕食代も、ちゃっかり経費で落としている。

そして後日、その女性社員は子どもを堕《お》ろし、会社を去る。

噂《うわさ》は、当時の彼の部下に滲《にじ》むようにして浸透していった。

箱詰めの論理。腐ったリンゴを一番上に載せれば、その下のリンゴはみんな腐ってゆく。やる気をなくし、自己都合退職という名のもとに、職場を去ってゆく。

真介はちらりと川田美代子に視線を走らせる。彼女は相変わらず薄ぼんやりとした表情のまま、今やうつむき加減になった平山を見ている。その顔つきには嫌悪《けんお》も軽蔑《けいべつ》も窺《うかが》えない。何を感じているのかは、まったく分からない。

真介は視線を平山に戻した。

「どうでしょう。先ほども申し上げましたが、これを機会に、外の世界でもう一度チャンスを探してはみませんか？」

平山の顔が上がる。

先ほどの反抗的な視線とは打って変わった、縋《すが》るような目つき。この男には分かっている。会社を相手に不当解雇だと裁判を起こしたところで、これだけ不利な条件を提示されれば勝ち目はない。

「しかし、そうは言われても……」

「今でしたらまだ、追加退職金、有給休暇の買取り、再就職支援会社の紹介。この三点の会社側の優遇措置をご利用いただけますが、いかがでしょう？」

これを逃すと、辞めてゆく条件はさらに悪くなっていきますよ――そう、言外に匂《にお》わせる。

不意に平山の顔がゆがむ。中年男の、一瞬泣き出しそうになる気配――営業一筋二十五年のこの男――必要とあれば泣き落としでも土下座でも平気でしてくるだろう。ふたたび川田美代子に視線を泳がせる。こういうときのための保険。相変わらず真介の隣で、能面のようなきれいな顔を晒《さら》している。真介の素振りに、平山もあらためて彼女の存在に気づいたようだ。その表情が微妙に変わる。酢を飲んだような顔つきに変わる。

「……なるほど。言われていることは、分かりました」

こんな場合ながら、真介はつい情けないおかしみを感じる。

男とはどこまでも悲しい存在だ。この手のマッチョイズム剝《む》き出しの男なら、なおさらだろう。

近くに、美人が座っている。無表情のまま、自分の一挙手一投足に注意が払われている、と感じる。男としての見栄《みえ》。プライド。みっともない真似《まね》を晒したくない。だから、あえて言いたいことを飲み下す。

真介は平山に対して大きくうなずいてみせる。

「では参考までに、これから退職に応じられた場合の手続きの方法を概略、説明させていただきます。最終的な決断はまだ先でも結構ですが、とりあえずはお聞きいただけますね？」

男は束《つか》の間《ま》迷った。だが、結局は首を縦に振った。

「――分かりました」

決まり。

物事にはすべて、タイミングがある。大事な瞬間に、間抜けなプライドに身を委《ゆだ》ねる。これでこの男は後日、十中八九退職を受け入れざるを得ない。

あとでこの一件を家族に報告するとき、死ぬほど後悔することになる。


それから十五分後、中年男が力なく部屋を出て行った。

真介はかすかにため息をつき、壁の時計を見遣《みや》った。午後四時五分——今日のノルマは、すべて終了。

再びネクタイを緩め、ファイルを机の上で揃《そろ》える。

「はい、これ」

ファイルを受け取った川田が、のんびりと口を開く。

「あのう、村上さん。コーヒーか何か、飲みます？」

いや、と真介は首を振った。部屋の隅に置いてあるコーヒーとお茶の接客セット一式。

「もう、しまっちゃっていいよ」

「あ。はーい」

川田が電気ポットを片手にゆっくりとした足取りで部屋を出てゆく。ドアが閉まる。

途端、真介はだらけた。

背もたれに寄りかかり、床に両足を投げ出した。一気に疲労した自分が分かる。

くそ——。

衝動に駆られる。不意にすべてのものをぶち壊したくなる。

分かっている。

あんな下衆《げす》野郎など、クビになって当然だ。だが、それを今まで見て見ぬふりをしてきたこの建材メーカーと、その意向に沿ってもっともらしい理由を見つけ、辞職勧告を促す自分——ちくしょう。いったいおれは何様だ？　ウンザリだ。

何度か辞めようと思ったこともある。この仕事を、だ。

だが、それでもこの仕事内容のどこかに、心惹《ひ》かれている自分がいる。辞めきれずにいる。

自分でもたまに考える。こんな仕事の、いったいどこがいいのか——。

分からない。

2

ここ一週間ほど、会社の同僚たちは妙に浮き足立っている。

無理もない、と陽子《ようこ》は思う。

個人面談がついに始まったのだ。

一ヶ月ほど前に乗り込んできたあいつら——。『日本ヒューマンリアクト㈱』とかいう、いかがわしい社名の、さらにいかがわしい顔つきのクビ切り職業集団。

だいたいこの会社の人事部も人事部だ。リストラと称するクビ切りをやるのなら、何も外部に委託することなく、自分たちでやればいいのだ。それを事後のトラブルに怯《おび》え、わざわざアウトソーシングする。トラブルとは、実質指名解雇で辞めさせた元社員に訴えられたりして社名に傷がつくことや、取締役クラスが子飼いにしている部下の首を切ることにより、上層部の不興を買う、あるいは社内全体から人事部への風当たりが強くなる——そういうことだ。まったく情けない。度胸がない。

だいたいその『日本ヒューマンリアクト㈱』という会社に、リストラ候補要員の名簿を提出した時点で、基本的には同罪じゃないか。

だがそれはそれとして、陽子自身も不安を感じていないかといえば、嘘《うそ》になる。

……毎朝化粧をするために、鏡に向かう。

決してブスではないと思う。ブスではないが、自分でも分かる。目尻《めじり》のしわが明らかに目立ち始め、口角が落ちかけ、頬の肉も削《そ》げ始めている四十一歳の女の顔が、そこにはある。

十年前に離婚歴あり。しかも社内結婚の破綻《はたん》の末だ。最悪。元の旦那《だんな》はとうの昔に今の会社を去り、現在は実家の材木問屋を継いでいる。江戸時代の寛永年間から十五代も延々とつづいてきた、由緒《ゆいしょ》ある材木問屋だ。この会社とのパイプを作り次第、もともと実家のある和歌山のド田舎に帰るつもりだった男。

あんたナニ、もったいない。せっかくの玉の輿《こし》が台無しじゃん――。

ごくまれに会う学生時代からの友達は、そう言って陽子のことをからかう。

しかし後悔はない。あんな男など離婚して正解だった。あたしという女房がいながら、脳ミソもろくにない尻軽女から尻軽女へ、へらへらと飛び回る極楽トンボ。キャバクラ通いも大好きだった。ついでにいうと、会社での仕事もそんなに熱心だったわけじゃない。ハナから辞めるつもりだったわけだから、周囲の評価も気にならない。

唯一《ゆいいつ》の取り柄は、女性へのマメさ加減。とんでもないカケス野郎だ。

どうしてこんな下らぬ田吾作《たごさく》と結婚したのか。二年、三年とたつうちに、ますますウンザリしていった。だから、一緒に紀州に戻ろうと言われたとき、陽子のほうから三行半《みくだりはん》を叩《たた》きつけてやった。

以来、音信不通だ。

――現在、陽子の籍は営業企画推進部にある。そこで主に資材の取引会社との契約業務を行う仕事に就いている。役職は課長代理だ。

が、三日ほど前のことだ。直の上司である課長も、あいつらに呼び出された。一時間後、課長はがっくりと肩を落として帰ってきた。

ほぼ、確定だよ、とぽつりと課長はつぶやいた。このまま行けば、一ヶ月後には辞表を書くことになる、と。

急激に不安になった。この課長は五十歳。妻と二人の子持ち。仕事も特別優秀というわけではないが、さりとて無能とも言えない。周囲のパワーバランスをうまく調整して、過不足なく仕事を達成に導くタイプ。営業企画推進部には向いている。なら、今年四十一でしかも社内離婚歴のある、しがない課長代理のあたしはどうなるのか。周囲との協調性だってそんなに高くはない。

ますます不安になり、自宅のパソコンでこっそりと『日本ヒューマンリアクト㈱』

の会社案内を検索した。検索して、仰天《ぎょうてん》した。

資本金一千五百万、従業員十五名足らずの吹けば飛ぶような極細《ごくぼそ》零細企業なのに、その過去の主要取引先には日本の超一流企業がずらりと並んでいた。トヨハツ自動車、香嶋《かじま》建設、ニショナル、鷹島屋《たかしまや》、真潮社《しんちょうしゃ》……。メーカー、流通、建設、出版、なんでもござれのそうそうたる顔ぶれだ。

うちのような東証二部上場がやっとの、冴《さ》えない建材メーカーの名前などどこにもない。おそらくこの会社の連中は、ことリストラに関する限り、相当にしたたかで有能なやつらなのだろう。クビ切りのプロフェッショナル集団。そんなこいつらにもし呼び出されでもしたなら、あたしなどイチコロだ。気分が悪くなった。

予感は、的中した。昨日、人事部から呼び出しをくらった。

奈落《ならく》の底にでも叩き落とされた気分で人事部長室に入ると、部長は陽子から目を逸《そ》らしたまま、居心地悪そうにこう告げた。

芹沢《せりざわ》さん、申し訳ないんですが、明日の三時から一時間ほど、時間を空けておいてもらえますか――。

ふざけんな、このやろう。

思わず口汚く罵《ののし》りたくなる。陽子はこの部長の履歴を知っている。部長という役職に就くまでは、新卒・中途入社含めて採用担当の責任者だった男だ。だいたい今クビにしている社員を採用してきたのは、おまえだろうが。その採用責任はどこにある。まずおまえがその責任を取ってさっさと辞めろっ。

しかし、やはり口には出さない。しばらくは適当な受け答えに努めた。しかし、本来の負けん気の強さがむらむらと腹の底からこみ上げてくるのを、どうしても抑えることができなかった。

気づいたときには口走っていた。

「でも私、今担当しているプロジェクトが成功するまでは、絶対に辞めませんから」

「ちょ、ちょっと芹沢さん――」

「失礼します」

啖呵《たんか》をきり、あっけに取られている部長をあとに部屋を出た。

そのまま足早に廊下を進んでゆく。

怒りに任せたパンプスの音が、両側の壁に反響する。おまえは要らない。おまえは要らない――会社全体の建物が、そう合唱しているように聞こえる。

二十年近く勤めたこの会社……泣きたい。だが、泣いてどうなる。

あたしはそんなくだらない女じゃない。

辞めるにしても、タダで辞めるつもりはない――。

現在、陽子をリーダーとして進行しているプロジェクトがある。

二年がかりのプロジェクト。原材料の取引先すべてと話を進めている。これを取りまとめられれば、その買取額の総量に応じてプライスダウンという名のもと、各社から追加収益《バックマージン》が支払われることになっている。一〇パーセントの取引増加に応じて、三パーセントずつの収益アップ、プラス、支払いサイトの一ヶ月延長。まだその取引条件を渋っている会社もあるが、八割ほどの取引先はすでにおおまかには条件を飲んでいる。あと一息。あと一息で、そのすべての会社と正式な契約書を交わすことが出来る。

この業界で、今まで誰もこういう発想の契約を結んだことがない。

……会社があたしを辞めさせたいのなら、辞めてもいい。

でも、それは今すぐじゃない。

あたしはこの実績を自分のものにしてから、ここを去る。この契約で培《つちか》ったテクニックと知識は、同業他社に行っても、きっと大事に扱ってもらえるだろう。

そう、思っていた。

そして今日、陽子は自分の面接時間を待っている。

時計を見る。午後二時五十分——ひとつ軽いため息をつき、席を立つ。すでに覚悟は出来ている。が、辞める時期をめぐって、その担当者と長丁場の交渉になるかも知れない。

「……」

念には念のため。

トイレに行っておこう——。

3

「美代ちゃん、次のファイル」

言いつつ真介は横を向いた。

はーい。

のんびりとした声を出し、川田美代子が答える。ワンテンポ遅れ、いつものカメのような緩慢な動作が始まり、ゆっくりとファイルを手渡してくる。今日はいつにも増してマニキュアの光沢が鮮やかだ。

内心苦笑をこらえながら、この前聞きそびれたことを口にする。

「このあと、彼氏と？」

川田美代子は何故《なぜ》か、少し考えるように小首をかしげた。それからふわりとした笑みを浮かべる。

「えー。そうです」

真介は、その笑みになんとなくうなずき返す。

「今日も、あと一人で終わりだから」

「はい」

一言答えると、自分の席へと戻ってゆく。余計なことも聞かず、関心も持たない。いつもフラットに心を保てている天然女。こういう殺伐とした場では、そんな彼女の呑気《のんき》さ加減がかえってありがたい。

……ごくたまに、彼女を好きになりそうな瞬間がある。寝たいとさえ、ちらりと思う。

が、そのたびに気持ちを引き締める。いかん、いかん。錯覚だ、と。

もともと川田美代子は真介の好みではない。真介はもっと気がきつそうな、きりっとした顔つきの女が趣味だ。モノ言いもずけずけとしていて、その辛辣《しんらつ》さがかえって笑いを誘うタイプなら、なおいい。だいいち川田と一緒に食事をしたところで、会話が弾むはずもない。すぐに退屈してしまうだろう。

そんな愚にもつかぬことを思いつつ、ファイルをめくった。

芹沢陽子、とある。

右上の顔写真。少し笑う。……たった今、自分がイメージしたような女の延長線上に、おそらくはこんな顔つきがある。

彼女の履歴は、ファイルを見なくてもすぐに思い出した。

東京の府中市生まれ。在京の四年制大学を卒業後、この建材メーカーに入社。バブル前夜のことだ。いわゆる女性総合職採用の走りで、入社後五年間は営業職に従事。それから営業管理部に異動。そのいずれの部門でも、まずまず仕事はできたらしい。六年前に現在の営業企画推進部にチーフとして異動。三年前に課長代理に昇進。仕事に関しては特に悪い噂《うわさ》もなかった。

さらに人事部長から聞いた裏情報を思い出す。二十八で職場結婚。が、三十一で離婚。実家には帰らないままに府中に戻り、アパートを借りる。

五年前、同市内に1LDKの新築マンションを二千二百万で購入。

たったこれだけの履歴にも、この女の人格が滲《にじ》み出ている。

銀行の融資課に勤めていた友人から、聞いたことがある。中小企業の社長が提出してくるバランスシートには、その人格が如実《にょじつ》に現れるのだという。それと、同じことだ。

……おそらくこの女、1LDKのマンションを購入した時点で、一生独り身で生きてゆく覚悟を決めた。プライドも高い。だから実家には戻らないが、それでも親の近くにはいたい。これも推測だが、たぶん両親が耄碌《もうろく》してきたとき、すぐにでも駆けつけられるように。スープの冷めない距離、というやつだ。

やはり、この四十女には、そこはかとない好意を覚える。

人事部長のぼやきを思い出す。

本当はね、芹沢さんには辞めて欲しくはないんですよ。ただ、どうしても部署ごとの按分《あんぶん》ということもあってですね、営業部では全体で百七十人も削る予定でいるのに、その上部組織である営業企画推進部が、まさか課長一人だけというわけにはいかないでしょう。徐々に統廃合を図ろうとしている部署でもありますし、そうなった将来、その部署で彼女に与えられるべきポストも、今以上のものはとても用意できないと思います。総合職としての人件費もバカになりません。営業部で業績を上げた社員のポスト不足もありますし、ここらあたりで一気に若返りを図ろうかと――。

　カサリ、という音が聞こえ、横を見る。

川田美代子が、自分のデスクの上にあるティッシュボックスを、きちんと机の角に合わせて置き直している。しくしく。しくしく。たまにこの面接中、泣き出す女性社員がいる。そのための用意だ。

が、この女には不要だろう。

泣くにしても人前では絶対に泣かないタイプ。おそらくは後刻、トイレの中あたりで、こっそりと悔し涙を流す。歳《とし》は関係ない。この手の女とは本来、いくつになってもそうしたものだ。のほほん育ちの男どもより、百万倍は気がきつい。

正面の扉からノックの音がする。時計を見る。三時ジャスト。

時間にも正確なようだ。

「はい。どうぞお入りください」

4

　応答の声が聞こえたので、ドアを開けた。

「失礼します」

そうつぶやき、室内に数歩進んでから、陽子は顔を上げた。

途端、あっけにとられた。

奥のデスクに、細身の男が腰掛けている。三つボタンのブラックスーツをかっちりと着こなした、若い男。薄いブルーのコットンシャツに、黄色と黒のごく細かい格子《こうし》柄《がら》のタイを合わせている。短髪が今風に根元から立ち上げられ、しかもごく軽く、脱色してあるようだ。背後の陽光がそのほっそりした顎《あご》のラインをくっきりと浮き立たせている。自分よりはるかに若い。おそらくは三十前後。顔つきは——そう、なんと言《い》えばいいのか——とうの立ってきたジャニーズ系のアイドルを、一晩糠《ぬか》漬けにしたような顔。美男子、といえば言えないこともないが、ぱっと見た全体の雰囲気が、とにかく軽薄この上ない。

しかもその優男《やさおとこ》の横には、アシスタントと思《おぼ》しき女。当然ながら、これは男よりさらに若い。この無機質そのものの第二会議室で、目に突き刺さる鮮やかな藤色《ふじいろ》のツーピースを着込んでいる。デスクの下から覗《のぞ》くほっそりとした右足首には、アンクレット。およそビジネスには縁遠そうな、のっぺりとした顔つきの白痴美人……。

めまいを覚える。

いったいここは歌舞《かぶ》伎町《きちょう》のホストクラブか。池袋のキャバクラか。

情けなくなる。思わず下唇を嚙《か》みそうになる。

昭和四十一年生まれのあたしは、こんなやつらにクビを言い渡されるのか。

が――、

「芹沢さんですね。お忙しいところ、お越しいただきまして恐縮です」優男は中腰になりかけ、目の前の椅子《いす》を丁寧なしぐさで指し示してきた。「私、本日あなたの担当をさせていただくことになりました村上《むらかみ》と申します。どうぞ、おかけください」

――一応の礼儀は心得ているらしい。

少し安心し、言われるままに椅子に腰をおろす。

「コーヒーか何か、お飲みになりますか」

予想外の質問に、ついくぐもった声を出した。

「――いえ、大丈夫です」

そうですか、と村上と名乗ったこの若者は、うなずいた。

それから、じっと陽子の顔を見てきた。

「では、早速ですが本題に入らせていただきます」そう切り出し、かすかな音をたてファイルを開く。――緊張が高まってくる。「本日は、部長の指示でこちらに来られたのですよね？」

「はい。そうです」

「その部長のほうからは、何かお聞きになっていますか？」

「詳しくは聞いていません。でも、おおよその見当はついているつもりです」あえて陽子は打って出た。嫌な話は、早く要点を導きたい。「現在の会社の状況は、分かっているつもりですから」

ほう、という顔を、この若い男がする。

「と、おっしゃいますと？」

知っているくせに――少し、ムカつく。

「つまり、どのセクションも大幅な人員減を考えているということです」

「なるほど――たしかにおっしゃるとおりです」と、村上はうなずいてくる。「そして芹沢さん、あなたの部署もまた大幅にスケールダウンされ、やがては管理部本体に統合される予定のようです」

驚いた。部署そのものがなくなるという話は初耳だ。思わず質問が口をつく。

「私の今のポジションそのものがなくなる、と？」

村上がもう一度深く、うなずく。

かっ、と下腹部が熱くなる。だが直後には冷えてくる。

その自分の声が、かすかに怒りに震えている。

「つまり、この会社にはもう、私の居場所はないということですね」

村上はコンマ1秒ほど小首をかしげ、しばらく黙っていた。

やがて口を開いた。

「大変申し上げにくいことではありますが、これを機会に外の世界で、新たな可能性を試されてみるのも、ひとつの方法かとは思います」

その薄っぺらなモノ言いに、つい笑い出したくなる。泣き出したくなる。今年四十一になった独身女に、いったいどれほどの新たな可能性があるというのか。

村上の横に座っている美しい女――相変わらず黙り込んだまま、床に視線を落としている。いったいこの女は何のためにここにいるのか。目障《めざわ》りだ。この女とあたしとの違い。まだ何にでもなれると思っていた未来。かつては独身だった大勢の友達。ゲラゲラと笑える若さ。気に入った男との楽しい時間。まだ元気はつらつとしていた両親。数え上げればきりがない。そのすべてを、知らぬうちにどこかに置き去りにしてきてしまった。

――でも、あたしは負けない。

「おっしゃりたいことは分かりました」陽子は言った。「でも、私にも今取り掛かっている仕事があります。この会社のためでもあり、私のためでもある仕事です。それをやり遂げるまでは、到底やめることなどは考えられません。少なくとも、あと半年間は」

さらに村上が大きくうなずいた。しかもひどくもっともらしく。

「よく、分かりました」

この、軽薄野郎——。つい口にした。

「何が、分かったというのです？」

一瞬、相手が怯んだ、というように陽子には見えた。

「むろん、仮に辞めるにしても、最低半年は辞められないということが、です」真面目くさった口調で村上が返してくる。「私の立場ではなんとも言えません。言えませんが、少なくともその旨を人事部にお伝えすることは、出来るかと思います。ちゃんと、特記事項としてお伝えさせていただくつもりです。あとはその交渉。せめてそれくらいは、やらせていただくつもりです」

——味方？

なんとなくそう感じた。しかし直後には、ここが自分の間抜けなところなのだと思い直す。すぐに相手を信用したがる。いけない。あたしはもともとヒトの成り立ちとして穴だらけだ。それを忘れちゃいけない。

そう。これは、こいつらの手なのだ。一見いかにも面接される者たちの側に立っているように見せかけながら、その実は会社サイドからの指示を忠実に履行しようとする。結果、それで報酬をもらう。おためごかしだ。二枚舌のもっとも唾棄《だき》すべき職業集団だ。

そんな連中を信用することなど、到底出来ない。

「では、くれぐれもそう願います」

冷たい口調で陽子は返した。

残る三十分で細々とした条件の説明があった。追加退職金、有給休暇の買取り、再就職支援会社の紹介……そんなところだが、陽子はたいして真剣には聞いていなかった。

今のプロジェクトを成功させれば、あたしを雇い入れてくれる会社は、少なからずある。

だから、半分上の空で聞いていた。

一通りの説明が終わって退出する時、村上が立ち上がった。

「なにか、お役に立てればと思います」そう言って、懐《ふところ》から一枚の名刺を差し出してきた。「今日お話し申し上げましたことで、後日になにか疑問点が出てきましたら、遠慮なくお電話ください」

村上真介、とその名刺にはあった。

その名刺を片手に、部屋を出た。

ゆっくりと部署に戻り始める。

……誰からも聞かされていなかった。

営業企画推進部の統廃合——そんな大事な話を、クビになる直前、しかも外部の人間から聞かされた。

悔しい。そして情けない。

やっぱり涙がこぼれそうだ。

——うん。万が一の用心。部署に戻る前に、もう一度トイレに行っておこう。

5

面接開始から、二週間が過ぎた。

そしてこの週末、建材メーカー『森松ハウス㈱』に出向いている真介をはじめとした会社の同僚たちは、退職者候補である二百五十名すべての面接を終えた。

うち、一ヶ月の猶予《ゆうよ》のもと、退職勧告を受け入れた社員が百十名弱。半年の社員在《サラリー・》籍期間延長制度《コンティニュアス・ピリオド》――むろんその給料は退職金から天引きになるのだが――を受け入れ、その間に再就職先を探す社員が約九十名。条件交渉中になっている社員が三十名。残りの二十名強が、退職を断固拒否。

そういう結果だ。

『森松ハウス㈱』側が望んでいた人員削減目標は二百名であったから、この中途結果だけでも当初の成果は上げたことになる。条件交渉中の社員と断固拒否の姿勢を貫いている社員に対しては、これからも三日おきに呼び出しをつづけ、相手が根負けするまで粘り強く交渉を続ける。おそらく二百三十から四十名は堅いラインだろう。

うち、真介の担当は条件交渉中が三人。断固拒否は一人。同僚のうちでもかなり上出来な結果を出したことになる。おそらくは来週中にでも、そのすべてに結論が出る。

ただひとつだけ、あの芹沢陽子という女性社員だけは、その扱いが真介の手を離れ、人事部の一時預かりとなった。説明を求めたところ、リストラ計画の予想外の大幅な進捗《しんちょく》に、条件交渉中と断固拒否の社員の中である程度優秀な人間は、このまま会社に残しておいてもいいのではないかという案が持ち上がっているのだという。

それを聞いたとき、真介は思わず呆《あき》れた。くだらなすぎる。

が、この『森松ハウス㈱』に限らず、会社など所詮《しょせん》はそんなものだ。有象無象《うぞうむぞう》が寄り集まった上層部によるあいまいな合議制による朝令暮改。誰も責任を取らない。その無責任さに振り回される社員など、憐《あわ》れな将棋の駒《こま》にしか過ぎない。

今、真介は飲み屋にいる。新宿にあるダイニングバー『桔梗《ききょう》』。

その奥の長テーブルで、『森松ハウス㈱』に出向いていた面接官の同僚たちと飲んでいる。一次面接終了の慰労と結果報告を兼ねた飲み会だ。テーブルの奥まった位置には社長が座っている。社長の左右では、同僚が赤ら顔をほころばせ、時おり歯をむき出して笑っている。みな、上機嫌だ。上首尾に終わった一次面接に、束の間《ま》の解放感を味わっている。喋《しゃべ》りのほうも饒舌《じょうぜつ》になってきている。

「しっかし、さ。『私は入社以来、この会社のために身を粉《こ》にして働いてきました。誰よりも早く出社して、一番遅くまで仕事してました』なんて、平気な顔して言うんだよなあ」

と、誰かがぼやけば、

「こっちも似たようなこと言われたよ。『この二十年、通勤に往復三時間かけて毎日会社に通って、部長にあと少しのところまで頑張ってきたんですよ。それを一体なんだと思っているんです』――でもそれって、仕事の実績とは何の関係もないんだよね」

そう苦笑して応じる者もいる。

真介もかすかに笑う。気持ちは分かる。リストラ最有力候補になる社員にかぎって、仕事と作業との区分けが明確に出来ていない。つまり、自分の存在がこの会社にとってどれだけ利益をもたらしているのか。たとえば営業マンなら、自分が担当した商品の売値と仕入れ値の差額粗利から、自らの給料、厚生年金への掛け金、一人割りのフロア維持費、接待費、営業車代、交通費などを差っ引いた純益として考えたことなど、夢にもないのだろう。

会社というものが営利追求団体である以上、そこに思い至らない者は、この終身雇用制という概念が崩れた現代では、最終的に淘汰《とうた》されていってしまう。当然のことだ。

そういう意味では、お客にあげるガムや飴玉《あめだま》などからして自腹を切って準備しなくてはならない生保レディのほうが、よほどシビアに考えている。しかし今や、保険業界のセールスレディも、安い外資の保険におされて青息吐息の状態ではあるが――。

不意に肩を摑《つか》まれた感触。

振り返ると、奥に座っていた社長がいつの間にか真介の横に立っている。鬢《びん》の辺りには白いものが混じっているが、口元の表情は若く、頬の肉にもたるみはない。そのすらりとした立ち姿も、今年で四十七の男のものには見えない。高橋栄一郎《たかはしえいいちろう》。十年ほど前にこのクビ切り会社を立ち上げた男。

「何を、ぼんやりしている」そう言って口の端だけで笑ってきた。「ちょっとカウンターに来いよ」

真介の返事を待たず、その痩《や》せぎすの背中がカウンター席に向かって歩み始める。すたすたとした足取り。その挙措がすべてにおいて身軽だ。およそ地球の重力というものを感じない。だからこうして、真介を誘うときも自らやってくる。従業員数わずか十五人とはいえ、社長の立場にいる人間のやることではない。

同僚たちは相変わらず面接した社員たちの噂話《うわさばなし》に興じており、うち何人かが真介にちらりと目を向けてきたが、すぐに話の輪の中へと戻ってゆく。

みんな知っている。自分たちの社長が、本人のいないところでその当人の話を――たとえそれが悪い話ではなかったとしても――絶対にしないことを。だから、気にせずに会話の中へと戻ることが出来る。

真介は立ち上がり、店の入り口からつながるカウンター席に移動した。

「今回、おまえはよくやってくれた」言いながら、高橋社長は胸元から封筒を取り出した。「面接終了時の成果はお前がトップだ。だから、タバコ代だ」

その封筒を受け取る。金一封――以前にももらったことがある。中身は大体三万から五万の間。

「どうも」

軽く頭を下げ、胸元にしまう。

「最近のおまえは、調子がいいようだ。ここ一年ほどで、完全にピントが合ってきている」

「はあ」

「なにか、自分なりの秘訣《ひけつ》でも芽生えたか？」

考える。何も思い浮かばない。

「いえ。特には」

「そっけないな」高橋が笑う。「少しはもっともらしい理由を言って、おれを嬉《うれ》しがらせろよ」

ふたたび考える。

「あえて言えば、当たり前のことを当たり前にできるよう、心がけています」

「というと?」

「——たとえば、ある人間についてAという情報を知ったとき、そのAから派生してくる興味ってものが当然あると思うんですけど、それに関して、心に蓋《ふた》をしない。これぐらい調べれば、仕事にはもう充分だろうと思わない。そうすれば、そのAからまた新しくBという情報が出てくる。もっと立体的にその人間が浮かび上がる。話がこじれそうになったとき、相手を説得する材料が増える。その分、時間と手間はかかりますけど」

もう一度高橋は笑った。

「いい答えだ」

だが、それ以上の感想は口にしない。

高橋の目元は、真介の記憶にある限り、いつも少し笑っている。だからこそ逆に、知り合って五年にもなるのに、いまだに腹の底が読めない。

……真介が二十八のとき、この高橋に初めて会った。

面接担当者と、首を切られる立場の人間として、だ。

当時、真介は中堅の広告代理店に勤めていた。大学を卒業して、ある事情から数年間プー太郎をつづけ、二十五で入った会社だった。広告注文を取ってくる営業としての仕事だった。

入社して三ヶ月目には、はやくもウンザリしていた。

完全に営業主導型の会社で、社内にいるクリエイターのレベルが高いからといって広告の注文を申し込んでくる企業は皆無だった。

次回出稿をお願いするため、毎日毎日クライアントにぺこぺこと頭を下げつづけ、新規開拓の企業には夜討ち朝駆けをおこなう。企画提案もへったくれもない。骨の髄から馬力勝負の仕事だった。まるで受注乞食《こじき》だ。

くだらねえ。くだらなすぎる――。

当時の真介はそう思っていた。とはいっても、すぐにこの会社を辞める気もなかった。これはプー太郎をしていた理由とも関連するのだが――あと数年は東京に居つづけるつもりだった。

だから、一計を案じた。

要は、クビにならない程度に仕事をしていればいい――こんな会社で出世する気など、さらさらなかった。たまに上司が息巻いていた。顔色が悪く、いつも胃腸薬を飲んでいた四十男だ。

おまえら、そんな体たらくで、この会社で生き残っていけるとでも思っているのかっ。

そのたびに真介は腹の中で笑っていた。

だが、その結果が、おまえかよ。

そう思っていた。

まずは会社全体の売上高と粗利を、過去五年分調べてみた。それを自分と同じような営業マンの総数で頭割りした。一人当たりの粗利がでた。他方、まだ若手である真介の給料は、それら営業マンの平均よりはるかに下だった。

その粗利の平均ラインから、自分にかかる諸経費を差し引いてみた。結果はまずまずのプラス。だから、その平均ラインを上回ることのみを考えて、仕事をした。

逆に言えば、そこまでしか仕事をしなかった。

おれという存在が、この会社にとってそこそこの利益をもたらしていれば、それでいい——クビになることはない。

半期ごとの売り上げと粗利が自分の計算上のラインを超えたら、上司から目標数字をどんなに詰められても、もう仕事などしなかった。

訪問先ボードは嘘《うそ》だらけ。会社を出た後、時には昼間からビールを飲み、午後からは仲の良い女を呼び出し、池袋や鶯谷《うぐいすだに》のラブホテルにしけこんだ。そしてそ知らぬ顔をして会社に戻る。とんでもない不良社員だ。確信犯だ。自分のことだ。

だが、そんな生活も長くは続かなかった。

広告業界など、真っ先に時代の不景気の波をかぶる。当然だ。どこの企業も業績が悪くなってくると、まずは広告宣伝費を削り始める。

そして真介が二十八になったとき、大幅リストラの噂が社内を駆け巡り、その数ヶ月後には『日本ヒューマンリアクト㈱』とかいう得体の知れないクビ切り専門の会社が乗り込んできた。当時の従業員数は、わずか七人。

面接担当は、偶然にもこの高橋社長だった。

今でもそのやり取りは、はっきりと覚えている。

高橋は言った。

ではあなたは、どうしてここに呼び出されたのだと思いますか。

分かりませんね。憮然《ぶぜん》として真介は答えた。分かりませんし、むしろ心外です。

どこかで、こんな会社クビになるならなってもいいと思っていた。だが、それは理不尽に首を切られる不快感とは、また別なものだ。

するとこの高橋は、初めてごくわずかに微笑を浮かべた。ちょうど、先ほどの目の端だけで笑うような笑みだ。

だが、口は開かなかった。しばらく黙り込んだまま、じっと真介の顔を見てきた。

実年齢の経験の差とも言えるし、こういう場でのキャリアの差とも言える。

真介はその沈黙に耐えられなかった。つい言わずもがなのことを口にした。

「会社の売り上げと粗利を、営業マンの数で割ってみてくださいよ。その上で、ぼくの今の給料やこの会社で負担している諸経費を考えてみてくださいよ。そうすれば、けっしてこの会社にとってマイナスな存在ではなかったことが、分かるはずですが」

すると相手は、またわずかに笑みを深くした。真介にはその様子が、何故《なぜ》か自分という存在を面白がっているように感じられた。不快感が増し、さらに言葉を継ごうとした瞬間――、

「たしかにあなたの言うとおりですね」と、高橋が口を開いてきた。「ここに、一枚のデータがあります」そう言って、資料を真介に手渡してきた。「各営業マンが会社にもたらした粗利から、それぞれの給料やその他、会社がその人を雇いつづけた場合にかかる諸経費の総額を差し引いた額です」

「……」

「いや、村上さん。あなたの業績は、そういう意味では実に興味深い。この三年間、どの期を見ても、見事なまでに収支のバランスが取れています。会社側に、わずかに

プラス。こういう結果を残している営業マンは、この会社にはあなた以外には、正直言って一人も存在しません。まるで図ったとしか思えないような仕事ぶりですな」

そう言って、もう一度微笑《ほほえ》んできた。

確信した。

こいつ。これまでのおれの意図を完全に見抜いている。その上で、そんなサラリーマンの風上にも置けないようなふざけた真似《まね》をする人間の精神構造を、まるで動物園のサルかなにかを眺めるようにして面白がっている。

カッときた。

ふざけるな、このやろう。おまえに、このおれのいったい何が分かる――。

ふたたび口を開きかけると、さらに高橋がかぶせてきた。

「ま、会社全体の業績が好調なときは、それでもいいでしょう。しかし、御社の業績がここまで落ち込んできているときに、この態度はあんまりだとは、自分ではお思いになりませんか」

「――」

「現在の御社が置かれている状況は、残念ながら各営業マンが自分ひとりの諸経費を稼げばそれでいいという状況にはありません。それ以上に皆さんが踏ん張ってゆかなければ、御社は数年前までの業績にも戻れないでしょう。そんな危機的な状況の中で、こういう収支のバランスをあくまでも守りつづける社員がいる。そういった芳《かんば》しからぬ姿勢は、周囲に滲《にじ》んでくるものです。他の社員への影響は、推して知るべしでしょう。単に仕事が出来ない社員より、はるかに始末が悪い」

そこで言葉を区切り、あらためて真介を見てきた。

「——ねえ、村上さん、そうは、思いませんか？」

真介には言葉もなかった。

結局、数日後には希望退職の書類にサインをし、判子を押した。

後悔はなかった。悔しさもなかった。

あの高橋とかいう担当者への憤《いきどお》りも、不思議と感じなかった。

あの男は、おれという不良社員に対して当然の処置をした——そう思うと、急におかしさがこみ上げ、一人で笑っただけだ。

実際に会社を辞め、さてこれからどうしたものかと考えていた、そんな秋の終わりだった。

一通の封書がポストに入っていた。中身を見た。

驚いた。

『日本ヒューマンリアクト㈱』の会社案内が入っていた。そして、中途入社面接案内の通知書。代表取締役社長・高橋栄一郎、とあった。

迷った挙句、指定された期日に、新宿に向かった。

西口にあるMタワービルの十七階に、その会社のオフィスはあった。

受付で用向きを伝えると、すぐに社長室へと通された。

何故です。真介は聞いた。クビにされるような人間を、何故あなたは自分の会社の社員として面接しようとするのです？

高橋は笑って答えた。

きみのそのふざけた発想は、他の会社ならバツだが、私たちの会社では使いようによってはひどく有効だからですよ。手を抜いて働かない限りはね。

——以来の付き合いだ。

そして今、その社長の顔が真介の横にある。

「ま、これからもこの調子で頑張ってくれ」

軽く真介の腕を叩《たた》き、奥のテーブル席へと戻っていった。

飲み会は、午後十一時過ぎに終わった。

新宿駅から中央線の下りに乗った。真介のアパートは武蔵境にある。週末の終電間《ま》際《ぎわ》——中年オヤジたちの酒臭い息と笑い声に囲まれながら、つり革に摑《つか》まっていた。やがて中野駅に停車した電車は、ふたたび八王子方面に向けてゆっくりと加速し始める。

スピードを増してゆく窓の外、高円寺の北口ロータリーが斜め前方に見えてきた。次第に近づいてくる。が、中央線特別快速はこの各停駅である高円寺には止まらない。電車がプラットホームに突入する。

微妙に変わる電車の振動。過ぎ去るプラットホーム上の鉄柱の隙間《すきま》から、北口ロータリーのネオンが垣間《かいま》見《み》えた。あっという間に後方へと飛び退《すさ》ってゆく。

真介は軽いため息を洩《も》らした。

この景色を見ると、たまに思い出す。いつもは忘れているが、今夜のように昔を顧みた夜は、高円寺駅に差し掛かるたびに思い出す。

……五年前に広告代理店を辞める時、真介はそれまでのクライアントに挨拶《あいさつ》廻りをして歩いた。社内がゴタついているせいで後任はまだ決まっておらず、一人だけの挨拶廻りだった。

そして、高円寺駅の北口にあった個人経営の輸入雑貨店にも顔を出した。

アロマテラピーやハーブなどの関連商品、エッセンシャルオイルなど、いわゆるリラクゼーション・グッズを専門に売る店だ。従業員はバイトが常時二人ほど。二十五で入社したときから足掛け四年間、そこの店主兼社長とは細々とした広告の付き合いがあった。

四十代後半の小柄な女性で、その小ぶりな頭部にはショートの髪が良く似合っていた。口元に何とも言えぬニュアンスが感じられ、目鼻立ちもすっきりとしていて好ましかった。

むろん、それだけの第一印象なら、何事もなかっただろう。この年代の女性にしては珍しく垢抜《あかぬ》けた、見目のよい女だな、というほどのものだ。

だが、半年が過ぎ、一年が経《た》ち、二年が過ぎたあたりから、次第に気持ちが引きずられ始めた。

陽気な情感を身につけている者に特有の、リズムのある語り口。世間というものと適度に折り合いをつけてゆけるバランス感覚。地に足の着いた、さばけたモノの考え方。笑うと、普段はすっきりとして見える顎《あご》のラインがかすかに二重になる。

親子ほども歳《とし》の違う相手を、いつのまにか生身《なまみ》の女として見始めていた。

おれは、マザコンか？

そう自分を疑ったことも何度かある。挙句、思った。

いや——。たぶん違う。歳は関係ない。おれは、単にこの女が好きなのだ。

だが、それを口に出さないまま、残りの一年を過ごした。

退職する旨《むね》を告げたとき、相手は少し戸惑ったような顔をみせ、次は決まっているの？　と小さな声で聞いてきた。真介は首を振った。

帰る間際に彼女は、失礼かもしれないけれど、と小さくつぶやき、封筒を差し出してきた。

寸志、とその表書きにはあった。

家に帰り、中身を開けた。手が切れんばかりのピン札——諭吉が五枚入っていた。

思わず笑った。すくなくとも寸志の金額ではぜんぜんない。

かつては結婚していたが、今は独身だということも知っていた。

今の会社に就職が決まった一週間後、決心した。

彼女に会いに出かけた。

店の前に立ったとき、心臓が激しく乱れ打ちを繰り返し、ガッチガチに緊張していた。もし断られたら——恐怖に小便を漏らしそうだった。

それでも勇気を振り絞り、今度、飯でも一緒に食べに行きませんか、と持ち掛けた。

ああ、と彼女はあっさり笑った。

あのときのお礼のつもりなら、べつにいいのよ。気を使わないで。

「いや、そういう意味じゃなく――」真介はあせった。ついナマな言葉がポロリと出た。「ええ……是非ぼくと一度でもいいからお付き合いしてくれと、そういうことです」

はあ？という顔を彼女はした。明らかに呆《あき》れ返っていた。今聞いた言葉が信じられないというその表情に、真介は必死に繰り返した。

「飯、食いに行きましょう」

「――あなた、あたしのこと、からかっているの？」

いや、と真介は断固として首を振った。

「おれは、大真面目《おおまじめ》です」

彼女は奇妙な生き物でも見るように、まじまじと真介の顔を見てきた。それからうつむいた。表情は見て取れない。耳たぶはやや赤くなっていた。

やがて彼女は小さなため息をつくと、顔を上げた。

「これ、何か分かる？」そう言って、鼻梁《びりょう》に掛けていたリムレスのメガネを外した。

「見た目には分からないかも知れないけど、老眼も入っている。私はね、今年で四十九になるの」

つい笑った。言われなくてもさんざん考えてきたことだ。ごく自然に、言葉が口をついて出た。

「トシは、関係ないでしょう」

さすがに一度目の誘いでは、彼女はうんと言わなかった。それでもあきらめず、二度、三度と彼女を口説いた。

まるでストーカーだ。普通なら、気のない相手には迷惑千万だろう。

が、真介は感じていた。彼女は、少なくともおれのことは嫌いではない。うぬぼれだとは思わなかった。確かにいつも戸惑ったような表情を浮かべてはいたが、一度たりともその目に嫌悪《けんお》の色が走ったことはなかった。迷っているだけだ。

だから、相手の居心地の悪さもお構いなしに通いつづけた。とんでもない野郎だとは自分でも思う。

五回目で、彼女は落ちた。というか、真介のしつこさに根負けしたようだ。

一緒にタイ料理屋に行き、それからバーに行った。初回はそれで終わりだった。

二度、三度とデートをつづけた。真介の運転する中古のインテグラで富士山の五合目まで行ったり、山梨県道志《どうし》村の人気《ひとけ》のない山間《やまあい》の道を、のんびりと流したりした。

これまた日帰りで、海にも行った。

やがて彼女の呼び方が（村上さん）から（村上くん）になり、（真介くん）に落ち着いた頃、ようやく彼女と寝た。

たいがいの男は、女とは明かりの中でセックスをしたがる。むろん真介もそうだ。

だが、往々にして女はそれを嫌がる。付き合い始めた頃なら、なおさらだ。

だから初回のとき、真介は迷った。

チラチラとベッドサイドの明かりを窺《うかが》っていた真介に、彼女はふと笑いかけてきた。

ひょっとして、気を遣っているの？

余裕。そのさらりとした言い方に、彼女のそれまでの人生を感じた。通り過ぎていった男を感じた。

安定期。そして成熟期。

肌が馴染《なじ》んでくるにしたがって、彼女は次第に能動的になった。楽しむようになった。真介が満足するまで、十五分でも二十分でもペニスをしゃぶってくれた。蟻《あり》の門《と》渡《わた》りから肛門《こうもん》まで舐《な》め回し、その舌先を差し入れてきた。真介もそうした。汗のじっとりと浮いた肌。べとべとに濡《ぬ》れた膣《ちつ》。ときおりぴくぴくと痙攣《けいれん》する腹の肉。

ベッドの中では親密さを増したが、それ以外の世界では、彼女は真介に対して依然としてよそよそしい部分があった。

たとえば人の大勢いる場所などでは、絶対に真介と手をつなごうとはしなかった。人目が気になるのだという。嫌な視線を感じるのだという。

ムカついた。だからある程度の距離から彼女に近づくときはいつも、
おーい、順子《じゅんこ》。

と、わざとでかい声を上げ、彼女に近づいていった。

それでも彼女との付き合いは楽しかった。話していて、一緒にいて、とても穏やかな気分になる。真介がそれまでしばしば経験してきたように、セックスが終わった後にウンザリすることが一度もなかった。

かわいいと思った。

やがてその付き合いも三ヶ月を過ぎ、半年が経ち、すこしずつ今の仕事に慣れ出したころ、決意した。

……おれ、この女とずっと一緒にいたい。

切り出そうと思っていた矢先、いきなり彼女との連絡が取れなくなった。

慌《あわ》てて店に行った。わずか一週間の間に、空き店舗に変わっていた。自宅のマンシ

ョンを訪ねた。引っ越したあとだった。

彼女は突然、真介の前から姿を消した。

気がつくと、電車は三鷹《みたか》駅に着いていた。乗り換えのため、ホームに降り立つ。

つい、ため息が洩《も》れた。だが直後には、じわりとした怒りがこみ上げてくる。

自分でも分かっている。彼女にも言い分はあるだろう。

だが、あの失踪《しっそう》以来、他の女といくら付き合っても、どこかで楽しめていない自分がいる。醒《さ》めている。心のどこかが、潰《つぶ》れている。

おれに傷を与えた。懐《なつ》かしさなど感じない。絶対に、許せない——。

6

陽子はその夜、新宿駅の東南口に来ていた。

そこに、待ち合わせの場所を指定されたからだ。

電話を掛けたのは、三日前だ。面接が終わってから三週間が過ぎていた。課長は他部署からやってくる後任に、早くも引き継ぎを始めていた。

だが、陽子本人には待てど暮らせど、人事部からの音沙汰《おとさた》はさっぱりだった。

イラついた。クビになるのが怖いわけではない。だが、このままどっちつかずの状況では、まさに生殺し状態だ。さっさと結果を出してもらい、転職活動をするならするで、次の状況への覚悟を決めたかった。

とはいえ、以前に啖呵《たんか》を切った人事部長に直接そのことを問い合わせするのは、どうにも気が進まなかった。聞くことにより、まるで自分がクビにならないよう懇願しているようにも取られかねない。挙句、職場の噂《うわさ》になる可能性もある。まっぴらだ。

だから、散々迷った末、あの男の名刺に電話した。

『日本ヒューマンリアクト㈱』の村上真介。何か知っているかもしれない、と思った。

意外にも村上は親切に対応してくれた。でも、同僚もいる職場では、なかなか言いにくそうな気配だった。

あつかましくも陽子はお願いした。

なら、そちらの会社の近所でもいいですから、少し事情をお伺いできませんか。

すると、村上はこの場所を指定してきた。

そして今、陽子は東南口にいる。午後七時五十三分。春の終わり。夜になるとまだ少し冷え込む。村上とは八時ちょうどの待ち合わせ。若干の時間がある。

フラッグスビル前にある灰皿まで進み、パーラメントに火をつけた。十年前、離婚してから吸うようになった。吸いながら、自分と同じような周囲の待ち人たちを見るともなく眺めていた。

フードつきの白いコートを着た、見るからに学生然とした女。フェラガモを履いたスーツ姿のＯＬ。Ｇジャンを着たフリーターふうの男、頭部にはオレンジのバンダナを巻いている。

ふと悲しくなる。かわりに少し笑う。

みな、それぞれの相手がやってくるのを心待ちにしている。この夜を楽しく過ごそうとしている。少なくとも陽子にはそう見える。

クビになるかどうかを知りたくてここでこうしている人間など、あたしぐらいなものだろう――。

吸いさしが半ばを過ぎたとき、手首を返して時計を見た。五十七分。タバコをもみ消し、マウススプレーを取り出す。ミント味。営業の頃に染《し》み付いた癖。人に会う前は必ずそうする。

五十九分に、相手は現れた。

フラッグスビル前の、眼下の広場――けっこうな人ごみなのにもかかわらず、すぐにそれと分かった。気づく。あの男、意外に歩き姿がよい。腰元をほとんど上下させず、つま先を軽く滑らせるようにして近づいてくる。すらりとしている。そして陽子のたたずむ東南改札口に至る階段を、ゆっくりと上がってくる。

この前のようなダークな三つボタンのスーツに、ごく薄い辛子色《からしいろ》のシャツとくすんだブルーのタイを合わせている。ふん。そのセンスも前と同様になかなかだ。

相手もすぐに陽子には気づいたようだ。

「やあ、どうも。お待たせしましたか」

そうかすかに頭を下げ、近づいてきた。さすがに面接の時とは違って、年相応のややくだけた感じ。

陽子はフラッグスビルの三階にあるカフェに相手を誘おうとした。だが、村上は首を振った。

あそこはいつも混んでいます。しかもわけのわからぬおしゃべり女ばかりだから、周りはかなり、うるさいですよ。

陽子は内心呆れて相手の顔を見遣《みや》った。なんでこの男、そんなことまで知っているのか。

直後には合点がいく。

やはりこの男、その形《なり》と同様、ばぶれもんだ。おそらくは女漁《あさ》りを趣味にしているタイプ——嫌悪感が心をよぎる。でも、まさかあたしに対してはないだろう。

村上は陽子の顔を見たまま、

「晩ご飯がまだでしたら、いっしょに食べながらお話でもしましょうか」そう言って少し笑った。「もちろん芹沢さんがよければの話ですが、ぼくの知っている店にでも行きましょう」

新宿界隈《かいわい》にはあまり知っている店もないし、あえて断る理由も見当たらない。

結局、陽子はうなずいた。

村上が案内した店は、メトロ会館の近くにあるベトナム料理屋だった。

五階にその看板の見えるビルの手前で陽子を振り返り、相手は言った。

「こういうエスニックの店のほうが、意外に空《す》いていますよ。うるさくもないですしね」

うなずきながらも陽子は思う。

それにしてもこのジャニーズ崩れは、仕事関係のあたしなんかと食事をして、しかもシビアな話になるのは分かりきっているのに、一体どういうつもりなのだろう。

エレベーターで五階に着き、レストランへと入っていった。

席に着き、簡単なコース料理をオーダーしてから、つい一人おかしくなった。

昨年の夏、二年間付き合った男と別れた。離婚した元の旦那《だんな》とはまた違った意味で、くだらぬ相手だった。とにかく、しゃんとしたところが少しもない。別れるとき、男のくせにめそめそと泣いた。うんざりした。ちょっと笑った。断固として別れ話をつづけ、無理やり合意させた。せいせいした。それ以来、男と二人でレストランに来たことなど絶えてない。

マンションのローンはあと十四年もある。稼ぎつづけなければならない。……この前、体調が悪くなって病院に行った。更年期障害だといわれ、愕然《がくぜん》とした。まだ四十一だというのに、おそらくは仕事からくるストレス。

でも、それがどうした。

あたしのように四十を過ぎても、まだアパート暮らしの地方出身の独身女性だっていっぱいいる。結婚して家庭を持ったところで、旦那に相手にされず、子供にも軽んじられている孤独な主婦も、いくらでもいる。

上を見ればきりがない。下を見てもきりがない。比較論など無意味だ。あたしが今のあたしであることに変わりはない。

だからせめて、潔《いさぎよ》く生きたい。

何故《なぜ》か村上は、本来の用件をなかなか切り出さなかった。前菜を食べている間は、早くそれを聞き出したかった。少し苛立《いらだ》った。

だが、旨《うま》い料理とは不思議なものだ。ワインを傾け、次々と出てくる料理に舌鼓《したつづみ》を打っているうちに、次第に心がゆったりとしてきた。味覚快楽への単なる条件反射なのだと自分を戒めても、心地よいことに変わりはない。そして、こういう旨い店に自分を連れてきてくれたこの男にも、なんとなく好意のようなものを覚えた。

あたしは間抜けだ。四十一にもなって、単純そのものだ。

でも、まあいいか――。

面接の場を離れて話してみると、意外に好青年でもあった。

気がつけば、この村上という男が以前の会社で経験したというバカ話に大笑いしていた。いつの間にかお互いにタメ口にもなっていた。

「それで、どうしたの、その女の人?」

うん、と村上はうなずき、「結局は聖水を浴びたらしい。祭壇の前で素っ裸でね。で、その新興宗教のやっている店舗の広告を取ってきたよ」それからフォークを上げてみせ、また笑った。「泣きながら契約書を課長に叩《たた》きつけてたよ。これでいいんでしょっ、ノルマ達成よっ。もしこの広告の出来が悪かったら、あんたをぶっ殺すからね！——って」

ふたたび陽子は笑い転げた。現実は常に厳しい。そして滑稽《こっけい》だ。陽子も昔は営業をしていたから、その彼女の悔しさは痛いほど分かる。それだけに、やはりおかしい。

「で、その宗教団体、鯉《こい》が神様だった。でも、出来上がってきた広告のロゴマークは、どういうわけかナマズになっていた。彼女はふたたびわめき散らした」

ああ、おっかしい。目尻《めじり》から涙が滲《にじ》む。お腹《なか》が苦しい。おかしくてたまらない。こんなに笑ったのは久しぶりだ。

相手の左手薬指にリングが嵌《はま》っていないことには、気づいていた。

一瞬質問を口に出しかかり、やめた。と同時に、少し冷えた。

そんなことを聞いてどうする。それこそ、余計なお世話というものだ。

メインの料理も片付き、人心地ついたところで、ようやく相手は本来の話を切り出してきた。口調も丁寧なものに変わった。陽子も居ずまいを正した。

これは会社では言わないでください、と念を押された上で事情を説明された。

自分が、いったん解雇対象者から外されていることを知った。だがそれはファイナルではなく、最終的な社長決裁まであと十日ほどはかかるという。

「ただ——これは部長から聞いた話ですが——今解雇されていないスタッフ部門の人

は、まず大丈夫だろうと言っていました」

そうですか、とうなずきながらも、奇妙な感覚を覚えた。

遠くなってゆく。

ついさっきまでの自分も、相手も。ゲラゲラ笑っていたのが嘘《うそ》のようだ。

ま、でもそういうものだ——。

この場限りの付き合い。楽しく笑えただけでも、めっけものだ。

店を出るとき代金をどちらが払うかで少し揉《も》めた。当然のように村上は財布を取り出したが、さすがにそれはさせられなかった。伝票を先に握り締め、半ば強引に陽子が払った。

「わたしのために、お付き合いしてもらったんですから」

それでも村上は、いまいち納得していないようだった。

だから、エレベーターに乗り込んだところでもう一度お礼を言い、わたしが払うのが当然ですよ、と繰り返した。

「面白い話も聞かせていただいたのだし、これでもぜんぜん足りないくらいです」

すると相手は一階のボタンを押し、不意に皓《しろ》い歯を見せた。

意外に好青年だという印象が、その笑みで、崩れた。

「――ですか。じゃあ、その不足分をいただきましょう」

あっと思ったときには、口を吸われていた。だけでなく、陽子の背中に両腕を回したまま、舌まで差し入れてきた。こいつ――しかし身動きは取れない。両腕はがっちりと村上の脇《わき》で押さえ込まれている。気がつけば舌まで吸われていた。かといって強引ではない。吸い加減を心得ている。唾液《だえき》の含み具合も滑らかだ。うまい。手馴《てな》れている。

あ、れ。

いったいあたしは何を考えているのだ――。

直後には猛烈な怒りがこみ上げてきた。このやろう。いきなり、なんだっ。

ふざけんなっ！

エレベーターが一階に着く。電子音が響く。相手が身を離すと同時に、陽子は思い切りその頬を張った。

「なに考えてるの！　あなたはっ」

扉が開いた向こうに、昇降機待ちの人間がいた。それでも構わず陽子は大声を出した。

「ヒトをバカにすんのもいい加減にしなさいよっ！」

腹立ちにまかせ、ついでに反対側の頬も張ってやった。昇降機を出る。居並ぶ人間が唖然《あぜん》として陽子を見ている。かまうものか。どんどんその間を突っ切って、エントランスを抜ける。路上へと出る。腸《はらわた》が煮えくり返っている。かつかつとヒールの音を響かせて、メトロ会館の方向へとすすんでゆく。

ムサシノ通りの角を曲がるとき、ちらりと後方を振り返った。村上の姿はない。追いかけては来ていない。安心する。ややペースを落とし、新宿駅へと向かう。歩きながらもふたたび怒りがこみ上げてくる。

とんでもない男だ。最低だ。

あいつ。つまみ食いをしたかったのだ。初めからそのつもりだったのだ。だから夕食に誘ってきた。

最近になって陽子は知った。

世の中には熟女好みというものがあるそうだ。あの男、きっと若い女には飽いているのだ。だから、ちょっと味見してみたくなったんだ。

しかも、面接者だったという立場を利用して――。

いやらしい。卑劣極まりない。とんでもないジャニーズ崩れだ。変態だ。マザコン野郎だ。もしここに糠漬《ぬかづ》けの樽《たる》があったら、その顔から叩《たた》き込んでやるところだ。

くそっ。

フラッグスビル脇《わき》の階段を、足早に駆け上がってゆく。

——屈辱。安く見られた。バカにしている。

7

翌朝。

目覚めたとき、真介は思わずため息をついた。ベッドの中で半身を起こし、それから顔をしかめた。

いきなりだった。

しかも右頬を張られたときはさらに強烈だった。おかげで口内が切れ、少し炎症を起こしている。

やりすぎたかな——そう思わないこともない。

でも、まあ、いい。

時計を見る。七時十五分。むくりと起き上がり、洗面台へと歩いていく。歯ブラシを手に取り、〈クリニカ〉から練り歯磨きをひねり出す。朝飯を食う習慣などはるか昔になくした。

歯磨きは真介の唯一《ゆいいつ》の趣味といっていい。毎回十分ほどをかけ、丁寧に軽くブラッシングしてゆく。その後、歯間ブラシと舌ブラシまで使い、口内を徹底的に洗浄する。

今朝もそうだ。ぐしゅぐしゅと飽きることなく歯肉まで磨いてゆく。

「……」

が、歯ブラシが傷口に当たって少し痛い。

ふたたび昨夜《ゆうべ》のことを思い出す。

正直言って、まさか自分でも最後にあんなことをするとは思っていなかった。

第一、会社の大事な顧客だ。危ういことこの上ない。下手をすれば訴訟沙汰《ざた》になって真介などすぐにクビだ。

しかし、あの芹沢という女には、面接時からなんとなく好意は抱いていた。

彼女は言った。

――でも、私にも今取り掛かっている仕事があります。この会社のためでもあり、私のためでもある仕事です。それをやり遂げるまでは、到底やめることなどは考えられません。

——何が、分かったというのです？

その一瞬くってかかるような口調。クビになる覚悟が出来た者だけが切れる啖呵《たんか》。

いいな、とあらためて思った。

年上だが、やはり笑える。女こそ度胸だ。その瞬間、彼女たちは光り輝く。

うまく言えないが、この種の女には独特の愛嬌《あいきょう》を感じる。基本的なアタマは悪くないのだろうが、単純で勁烈《けいれつ》で、おそらくは甘い言葉をかけてくる男などに、ころりとだまされる。

だが、そこがいい。こういう女はおれの泣き所だ。

そう思うと、不謹慎にも面接中ニヤつきそうになった。

むろんそれだけのことなら、単なる点の出会いだった。が、予想外の電話を受けて、それが線になった。

さて、どうしたものか。

そんなことを思いつつ、待ち合わせ場所に着いた。

実を言うと、東南口の広場に姿を現すより三分ほど早く。

ルミネ2から東南改札口に回り込んだとき、すぐに相手を見つけた。フラッグスビル前。灰皿にタバコをもみ消していたところだった。

声をかけようとさらに数歩近づいたとき、女はバッグの中からマウススプレーを取り出した。人ごみから真介が見ているのにも気づかず、大口を開けて、シュッ、シュッ、と二吹きした。

やはり、と思わず微笑《ほほえ》んだ。

いくら苦労をしても染《し》み付かず、明るく無邪気なまま歳《とし》をとる人間がいる。本人はたとえ意識していなくとも、生まれたときから世界は自分に対して開かれていると信じて疑っていない。

そういう女だ。そして愛嬌は、そこから生まれる。

とはいえ、マウススプレーをした直後に声をかけるのは憚《はばか》られた。だから、わざと遠回りをして東南口の広場から回り込んできた。

回り込んでいるうちに、気が変わった。どこかの喫茶店で話をするつもりでいたが、晩飯に誘おうと思った。財布の中身を思い出す。たしか一万六千円ほど入っていた。

そんなことを考えつつ、階段を上っていった。

飯を食いながら、ためしにバカ話を披露してみた。案の定、相手は笑い転げた。真《ま》面目《じめ》な本題に切り替えると、途端にかしこまった口調になった。面白い。

勘定をどちらが払うかで揉めたとき、女はまるで親の敵でも握り締めているかのように伝票を手放さなかった。頑として譲らないその子どものような仕草。

やられている自分を、確実に感じた。

だからエレベーターの中に乗り込んだとき、半ば強引に口を吸った。

思いっきりの反撃がきた。

なに考えてるの！　あなたはっ。

ヒトをバカにすんのもいい加減にしなさいよっ！

――うん。やはり、いい。

歯磨きを終え、決めた。

おれは、あの女ともっと仲良くなりたい。

昨夜で点は線になった。だが、自分の出来心のせいで、その線は早くもヨレヨレだ。千切れそうになっている。まずはある程度の時間をかけ、線を修復する。その上で、別の場所にポイントを打って面にすればいい。自分が立つ場所を、作ればいい。

だが、そのポイントをどうやって打つ？

スーツに着替えながらも考えつづけた。

ネクタイを締めかけているときに、ふと思いついた。検討する。

よし。これならいい——。

鏡の中、プレーンノットにタイを結び終えた自分の顔が笑っていた。

久しぶりにいい気分だ。

8

結局、クビにはならなかった。

その週のはじめ、人事部の前の壁に退職者一覧が張り出された。その中に陽子の名前はなかった。あの男の言ったとおり、これが社長決裁。ファイナルだ。

『日本ヒューマンリアクト㈱』のろくでもないやつらも、この会社から撤退した。

だが、陽子にはべつだん喜びもなかった。

クビになりかかった屈辱もある。自分の部署がやがて統廃合になる先行きもある。

一度は退職を決意した時点で、この会社への熱は完全に冷めていた。

だから、自分でも不思議なほど恬淡《てんたん》としていた。

そう。会社はひとつだけではない——。

とりあえずは今やっている仕事を、ちゃんと最後までやりとげることだ。この業界での実績を積むことだ。それでもまた、違う未来が開けてくるはずだ。

それでも陽子はここ数日、少しそわそわしていた。

原因は、あいつだ。あの強姦《ごうかん》野郎だ。

先週末、会社宛《あて》に手紙が届いた。

書き慣れた文字でこの部署と陽子の氏名があった。男の字。裏を返す。差出人の名前はない。業務用ではない。不審に思いながらも封を切った。

折りたたまれた便箋《びんせん》と、チケット。

チケットはコンサートのものだ。陽子の知らないバンド名。場所は赤坂ＡＣＴシアター——ますますわけが分からない。

ようやく便箋を広げる。

その一行目を読んだとき、陽子は思わずぎょっとして左右を見回した。すぐにほっとする。誰も見ていない。

ここではまずい。誰もいない場所——そそくさと手紙とチケットをポケットに押し込み、部署を出る。廊下を進み、例によってトイレに直行する。個室扉のロックを下ろし、ポケットから手紙を取り出した。文面に目を通し始める。

拝啓

この前はどうも失礼いたしました。村上です。

そのお詫《わ》びといってはなんですが、レアもののチケットを入手しました。もう一枚は私の手元にあります。ご一緒に、いかがでしょう。

もしお気に召さなければ、破棄するなり金券屋に持っていくなりしていただいて結構です。私からも、特にこれ以上お誘いはしないつもりです。

ですが、当日チケットの場所で、ご同席いただければ幸いです。

まだまだ朝夕の冷え込む時節、ご自愛ください。

敬具

村上真介

呆《あき》れた。

——なんだ、こいつ？　いったいどういうつもりだ??

直後にはむかっ腹が立つ。

ドあつかましい。いったいあの男には〈恥《はじ》〉という観念がないのか。あれだけ叩《たた》かれたにもかかわらず、拒絶されたのにもかかわらず、またぬけぬけと会おうと言ってくる。馬鹿《ばか》にするにもほどがある。

腹立ち紛れに手紙ごとチケットを引きちぎろうとした。が、その直前、悲しい女の習性《さが》でつい値段に目がいった。

チケットの端に、一万五百円とある。

「……」

束《つか》の間《ま》迷う。いくらなんでもあたしをからかうためだけに、二人分二万一千円の大枚をはたくだろうか。

……本気なのか？

結局は手紙をふたたびポケットにしまい、席に戻った。

その夜自宅に帰り、散々ためらった挙句、ネットでバンド名を調べた。

『ナスティ・キッズ』——直訳すると、ヤな野郎。ふと笑う。まさしくあの男のことではないか。ひょっとして、このきついジョークも計算ずくか。

あの薄っぺらなジャニーズ面《づら》が目に浮かぶ……かも知れない。

ヤフーで調べた情報。R&B系の五人組。出しているアルバムはすべて、博多《はかた》にあるインディーズレーベル。露出はFMのみ。たしかにマニア好みのバンドらしい。

ついでにネットオークションで、当日のチケットを検索。

目を丸くした。四万五千円の値がついていた。

パソコンの電源を落とし、ついため息をつく。

あの男――やり方が巧妙だ。気に入れば当日の会場で隣席の待ち合わせ。気に入らなければそれっきり。

なるほどね。

あんなことを仕出かした後の誘い方としては、たしかにスマートではある。チケット入手の手間を考えても本気ではあるようだ。

かといって陽子としては、はいそうですかと素直に応じる気にもなれない。

チケットの使い方は、今も宙に浮いたままだ。

陽子の気持ちもまた、どっちつかずだ。

コンサートの日まであと一ヶ月を切ったその晩、陽子はいつものように帰宅路を歩いていた。

京王線府中駅からバスで五分。さらに歩いて三分の場所に、陽子の買ったマンションはある。

見えてきた。あたしの全財産。あの壁面の一角にある。

エントランスへとつづく階段を上りきったとき、気づいた。

ガラス扉の中にひとつの影が立っている。スーツ姿。上背のある、がっちりとした体格の男――一瞬分からなかった。が、直後には愕然《がくぜん》とした。ぎょっとした。

あいつ――あいつだ。

それでもかろうじて自分を保った。ガラス扉を開け、目を合わせぬまま男の前を素通りして、ポストボックスへと早足で向かう。ダイヤルを回す。相手の視線が背中に突き刺さっているのを感じる。

右に三。左に五。指先が少し震えている。失敗する。思わず舌打ちし、もう一度繰り返す。また失敗。くそっ。あたしはどうかしている。

「こんばんは」

陽気な声音が、ついに背後から湧《わ》いた。

……覚悟を決めた。後ろを振り返る。

ほどよく引き締まった顔が、そこにはある。多少のいかつさはあるが、わりと整った目鼻立ち。日に焼けた浅黒い肌は、当然だ。一日のうちの半分は屋外にいるのだから。材木問屋の若旦那《わかだんな》。昔のように、いかにも屈託なく笑っている。

「やっぱりこっちは、冷えるねえ」

「何の用？」

つい切りつけるように陽子は言った。

「挨拶《あいさつ》だな」さすがに相手は苦笑いを浮かべた。「十年振りなのに、な」

確かに十年ぶりだ。だが、懐《なつ》かしさなどない。昔はこいつの女癖の悪さに、さんざん泣かされた。最悪の結婚生活だった。古い傷がうずく。往年の怒りがぶり返してくる。

「当たり前よ。完全に縁は切ったはずよ」なおも冷たく言い放った。「だいたい、なんであたしの今の住所、知っているわけ？」

「ん？　一ヶ月ほど前、所用で和歌山営業所に立ち寄ったんだ」

この〝総領《そうりょう》の甚六《じんろく》〟は依然として呑気《のんき》な口調を崩さない。前にも増して神経が図太くなったようだ。相変わらず人をナメきった態度。ムカつく。

「そしたらなんとも偶然に、昔の同期がいてな。で、ついでに名簿で教えてもらった」

「だからって、のこのこ来ることはないでしょっ」

「いや、これも東京出張のついで。元気でやってるかな〜って、思ってさ」

「元気よ。あたしは」すかさず陽子は返した。「見て分かったでしょ。さあ、もうとっとと帰りなさいよ。紀州のド田舎に。あの山猿だらけの世界に」

「まあ、そう言うなよ」そう言って、片手に提げていた紙袋を持ち上げてみせた。

「これ、お土産。きっと気に入る」明るい笑顔を浮かべたまま、もう一度持ち上げてみせる。「お土産。だから、ちょっと話でもしよう」

思わずため息をつく。

こいつは昔からそうだった。顔で笑いながら、ひどいことを平気でする。へらへらと笑いかけながらも、自分がいったん言い出したことは梃子《てこ》でも曲げない。

「……」

――だが、やっぱり家には上げたくない。

「分かったわよ。近くにファミレスがあるから、そこに行きましょう」

相手の笑みが、深くなった。

「ありがたや〜。陽子さま♪」

つい舌打ちする。この軽さで、たしか当年とって四十三だ。ふざけた野郎だ。救いようのないバカだ。

……しかしこの元旦那といい、この前の村上といい、昔からあたしに言い寄ってくる男は、どうしてこう揃《そろ》いも揃ってロクデナシの軽薄野郎ばかりなのか。

歩いて二分のファミレスに行った。

この世にもまれな極楽トンボは、しばらくの間どうでもいい話ばかりをつづけた。

ついにしびれを切らして陽子は言った。

「なに。そんなくだらない話をするために、わざわざ来たわけ？」

「まあ、そうだ」平然として相手は答える。「ところで陽子、仕事は順調なのか」

意外な質問に、つい戸惑う。

「……まあ、大丈夫よ」

「本当に？」

「――うん」

「なら、良かった」

直後、あっと思った。

和歌山支店の同僚。こいつ、たぶん知っている。会社のリストラの話。で、あたしがクビ切りの面接を受けたこと――でもまだあたしが会社に残れたことは知らない。だから、ここまでのこのこ、、、、とやってきた。

ついまじまじと、この男の顔を見た。

「なんだよ」珍しく相手が気圧《けお》された顔をする。「おれの顔に、なんか付いているか？」

思わずほろりときそうになる。が、直後には気を引き締める。駄目だ。こいつに甘い顔を見せてはならない。絶対に。

だから逆に質問した。

「そういうあんたこそ、どうなのよ？　仕事は真面目《まじめ》にやってるの？　結婚して、跡継ぎはちゃんと作ったの？」

すると相手は、初めて自分のことを聞かれたのがよほど嬉《うれ》しいのか、ニタニタと相好《そう》を崩した。

「結婚はな、した。ガキも作った。ふたり」と、元気よく答えた。「だが、三年後には離婚になった」

「は？」

「原因はおれの浮気だ。子供は彼女のほうに引き取られて育っている」

またか。心底呆れた。ほんとにこいつはどうしようもない。病気だ。とっとと精神科の医者にでも診てもらったほうがいい。

……ふと、この男の両親のことを思い出した。

こいつはともかくとして、とても穏やかで感じのいい二親だった。はるか江戸時代から、十五代も延々とつづいてきた材木問屋。かつては陽子も、その十六代目誕生への期待を一身に背負わされていた。そんな両親にだいじに大事に可愛《かわい》がられ、育ってきたこの男――。

「でも、あなたの両親はそれで大丈夫なの？　それとも、やがてそちらさんの子供は引き取るつもり？」

「おれにはそのつもりはない。親父《おやじ》たちには黙っているけどな」

「どうして？」

この答えは、やや遅れた。

やがて相手は少し照れたように笑った。

「もう、時代に合ってないんだよ。うちの商売のやり方は」そう言って、肩を軽くすくめた。「何度か変えようとはしてみたが、地元の取引先との兼ね合いもある。おれの家との取引で今も食っている〈山の人間〉もいる。一種の地場的な運命共同体だ。

そうこうしているうちに、おれが作った『森松ハウス』とのパイプも消えちまった。無理のようだ」

「……」

「たぶん、おれの代で潰《つぶ》すことになる」

茫然《ぼうぜん》とした。まさかこんな話の流れになるとは思っていなかった。ついあせって聞き返す。

「でも、それでいいわけ？」

「仕方がない。幸い、親父たちが生きている間の商売の目算は、なんとかつき始めた。そのための東京出張だ。あとはおれだが、これはまあ、なんとでもなる。まだある程度の金は残っているしな」

「そうじゃなくて、あなた自身の問題よ」

子どもの頃から家業の十五代目として育てられてきたこの男。東京の大学で建築工学を勉強し、実家とのパイプを作るために『森松ハウス㈱』に入社し、そして親との約束どおり、十年前に和歌山に戻った。

この男の人生のすべてが、実家を継ぐことに集約されていた。言わば、生きる意味そのものだ。その家業を、自らの手で潰すという。狭く旧《ふる》い因襲だらけの世界。ド田舎の好奇に満ちた視線もある。べったりとした血縁関係への面目もある。容易に想像できる。そこら中から親不孝者とののしる声が聞こえる。穀潰《ごく》しだと嘲笑《あざわら》う声が響く。

そしてなによりも——。

それを思うと、陽子は不覚にも泣き出しそうになった。

だが、相手は笑った。

「そうだな。残るは良心の呵責《かしやく》だが、それは、おれが背負えばいいだけの話だ」

そう明るく言ってのけた。自己憐憫《れんびん》など微塵《みじん》も感じさせないこの開豁《かいかつ》さ。他人の視線をものともしないその力強さ——。

ようやく思い出した。この男の、こういう部分にあたしは惚《ほ》れた。

やはり、泣き出しそうだ。

不意に手の甲を、つん、つん、とつつかれた。

涙のこぼれそうな顔を上げると、相手はひどく居心地の悪そうな顔をしている。

「いかんな。しゃっきりしろ」と、口の端を歪《ゆが》めた。「別れた女が、泣いてどうする」

それから急に思い出したように腕時計を見た。

「お。もうこんな時間だ。おれ、そろそろ行くわ」

「え？」

「ま、おまえのほうも一安心みたいだしな。これ以上用はない」

あっさり切り捨てるように言うと、財布の中から一万円札を出してテーブルに置いた。次の瞬間には立ち上がっていた。

「はい。じゃ、これ。お土産」そう言って紙袋を手渡してきた。「明日もこっちで用事がある。仕事のつづきをホテルでやらなくちゃならん」

ちょ、ちょっと、と慌《あわ》てて陽子も立ち上がった。

「駅までの道、分からないでしょ。あたしが案内してあげるわよ」

「なにを言う」男は軽くあしらった。「子どもじゃない。道順くらい覚えてきた」

「でも――」

すると相手は、本当に迷惑そうに顔をしかめた。

「相変わらずバカだなあ、おまえは」

「……」

「おまえが今感じてんのは単なる同情だ。おれはそんなものは、いらんよ」

むっとくる。一気に涙腺《るいせん》が乾く。相変わらずこいつはひどい。四十三にもなって、正真正銘のトーヘンボク野郎だ。

途端に相手は、ははははと笑い出した。

「そうだ。そっちの仏頂面《ぶっちょうづら》のほうが、よっぽどいい」

じゃあな、と手を振って男は店を出て行った。昔と変わらぬ軽い足取り。すぐに通りの向こうの夜の闇《やみ》へと消えた。


家に帰り、紙袋を開けた。

紀州名産の南高梅《なんこううめ》。しかも塩分三パーセントの、最上級の詰め合わせ。

あいつ——ふとおかしくなる。あたしの好物を、今も覚えていた。こういうマメさ加減も、相変わらずだ。

蓋《ふた》を開け、ひとつ摘《つま》み、口に入れる。

うん。

やっぱり甘い。とても、おいしい。

濡《ぬ》れた指先を拭《ふ》こうと、テーブルの上のティッシュに腕を伸ばす。例のチケットに気づいた。

——ふん。

つい笑った。新宿駅での村上の歩き方を思い出す。あの男も、おそらく似たようなタイプ。

さて、どうしよう。

9

その日、真介は定刻より三十分早く出社した。早出の当番だからだ。

Mタワービルのエントランスを横切り、エレベーターに乗り込む。十七階に着き、会社のドアの前まで来たとき、思わずため息をついた。

死ね!

と、スプレーででかでかと書き殴られていた。

が、もう慣れっこだ。三ヶ月に一度くらい、この手の落書きがドアにある。いろんな会社の社員をクビにした。恨まれるのも商売のうちだ。

いったん会社に入り、給湯室から洗剤とモップを運び出す。上着を脱ぎ、シャツを腕まくりして、せっせとそのペンキ文字を消していった。

十時過ぎに社長の高橋が出社してきた。

一応、朝の件を報告する。

「すまんな。毎度」高橋はこともなげに言った。「詫《わ》びに昼飯を奢《おご》るから、勘弁してくれ」

これも、いつものこと。落書きを消した社員の当日の昼飯は、社長の奢りだ。嫌な思いをさせたぶん、せめてもの罪滅ぼしのつもりなのだろう。


十二時少し前に、高橋とともに会社を出た。

「今日は、中華でいいか」

「いいですよ」

「じゃあ、野村ビルのてっぺんで食おう。あそこの麻婆茄子《マーボーなす》は、なかなかいける」

「いいですね」

野村ビルに向かって、大通りを歩いてゆく。通りには外での昼食を求めて、真介たちと同じようなサラリーマンやOLがビル群から溢《あふ》れ出てきている。

四月の陽光。

上着を肩にかけている若い男。ブラウス一枚のおばさん。

ふと思い出したように、高橋が口を開いた。

「真介、おまえ、今年は花見をしたか。桜」

考える。

「いえ。してませんね」

「他のやつらも、そうかな」

「たぶん、そうでしょう。ああいうものは、会社単位でやるものじゃないですか」

その意見に、高橋は軽くうなずいた。

「じゃあ、来年は花見でも企画しよう。みんな喜ぶ」

「ですね」

「ま、四月の第三週に、来年の花見の話もないがな」

そうのんびり言って、軽く笑った。

それで思い出す。この四、五日、忙しくて忘れていた。コンサートの日までもう二十日を切っている。あの女、来てくれるのだろうか。来てくれたら、嬉《うれ》しい。

うっ――。

衝撃が来た。いきなり脇腹《わきばら》に鈍痛が走った。思わずうずくまりかけ、背後を振り返る。目の前にいかつい盤台面《ばんだいづら》がある。思い出す。――平山。

このやろうっ、と朱に醜く染まった顔で、平山は喚《わめ》いた。

「おまえの紹介した再就職支援会社、なんだありゃ！」

そう言ってふたたび拳《こぶし》を繰り出してきた。鳩尾《みぞおち》にヒット。一瞬息が止まりそうになる。堪《たま》らずに両膝《りょうひざ》が折れる。視界もがくりと落ちる。

「あなた、なにをするんです！」

驚いたような高橋の声。平山の怒声がその上にかぶさる。

「ふざけんなっ！　てめえもだっ。いい仕事なんて全然ねえじゃねえかっ」

揉《も》み合う気配。助けなきゃ。それでも真介は立ち上がれずにいた。

「覚えてろよっ。今度会ったときには、これぐらいじゃすまないからな！」

走り去る気配。ようやく鳩尾の痺《しび》れがとれてくる。なんとか顔を上げる。

驚いてこちらを眺めている人ごみの向こうに、小さくなってゆく溝鼠色《どぶねずみいろ》のスーツ姿が見えた。

「――真介、おい。大丈夫か？」

高橋の声。顔を斜め上方に向ける。

「大丈夫です。ただちょっと、息が苦しくなって」

すると相手は、少し笑った。

「色男、金と力はなんとやら、だ」

そう言って、片手を差し伸べてきた。

「立てるか？」

だが、真介を助け起こそうとはしない。手を、差し伸べているだけだ。

この社長――やはり分かっている。真介は思う。たとえ自分のようなへなちょこ野郎でも、男が男を抱き起こすなど、下衆《げす》のやることだ。そういうものだ。

その腕を摑《つか》み、ようやく立ち上がった。

「災難だったな」

「ええ」

「で、どうする？」

その質問に、思わず相手を振り返る。

「相手の身元は分かっている」真面目な口調で高橋は言った。「やられっ放しで黙っているわけにはいかんだろ。暴行罪で訴えるのなら、会社でその費用は負担する。必要経費だ」

一瞬考える。胸の痛みはまだ取れていない。結局は首を振った。

「いえ。いいです」

「何故《なぜ》？」高橋は怪訝《けげん》そうな表情を浮かべた。「言っておくが、こういうことで訴えるのは恥じゃない。弱いということにはならない。むしろ、周りの目を気にして泣き寝入りすることこそ、恥だ」

「分かってます」不意に真介は苛立《いらだ》った。「でも、あんな最低の野郎にも家族はいるし、たぶん最低でも人生はある。そういうことです」

束《つか》の間《ま》、高橋は穴のあくほど真介の顔を見つめた。

が、やがて笑った。

「そうか。なら、いい」

そう言って野村ビルへと上がる階段に、一歩足を踏み出した。

「じゃあ飯を食いに行こう。ついでに一杯、ビールでも飲もう」

File 2. オモチャの男

1

面接室のドアが音を立てて閉まる。

これで今日は、四人目。

涙を浮かべ抵抗をつづけていた女性社員。年齢は三十二。独身だが、自宅からの通い——当座の生活の心配はない。一時間半にわたる説得と誘導のすえ、ついに自己都合退職を受け入れてもらった。後ろも振り返らず、乱暴にドアを開けて出て行った。

ヤなもんだ——。

ついため息をつきそうになり、咄嗟《とっさ》に堪《こら》える。

隣席のアシスタント、川田美代子《かわだみよこ》。最近では、面接が終わるたびにため息をつく自分しか見せていない。みっともない。たまには堪えるべきだ。

が、当の彼女はといえば、おそらくはそんな真介《しんすけ》の思惑の埒外《らちがい》にいる。いつもの薄ぼんやりとした表情を浮かべたまま、自分の机の上を見つめている。

日頃から動作の緩慢なこの女。しかし、先ほどの女性社員が涙をこぼしそうになったときには感心させられた。相手が目元を潤《うる》ませるや否《いな》や、自分の机の上にあるティッシュボックスに指先を伸ばし、素早く相手に手渡していた。女性の味方は女性。見るところは見ている、ということだろう。

おかげで、相手の拒絶反応がやや甘くなった。退職を受け入れさせるまでの誘導が、やりやすくなった。

気づいたときには話しかけていた。

「美代ちゃん、さっきは助かったよ」

ワンテンポ遅れ、
ん？

という顔つきで川田がこちらに向き直る。

たぶん意味が分かっていない。真介は言葉をつづける。

「今の人にすぐティッシュを渡してくれたこと。ありがと」

ようやくその顔に、やんわりとした笑みが差す。

「えー。そうですかあ？」

間延びした受け答え。が、褒められて、まんざらでもないらしい。

真介もやや気分が明るくなる。落ち着く。時計をちらりと見る。午後三時半。今日の面接ノルマ終了まで、あと一人だ。

「じゃあ、最後のファイルちょうだい」

呼びかけに川田が席を立つ。個人データファイルを片手にゆっくりと近づいてきて、数歩手前まできたとき、小首をかしげた。

「村上さん、今日は何かあるんですか？」

思わずぎくりとする。

「え、どうして？」

川田が真介の顔を見たまま、少し微笑《ほほえ》む。

なんとなーく、です。彼女は答えながらファイルを差し出してきた。「たぶん何かあるんだろうなあ、と思って」

相手の袖口《そでぐち》から、香水がかすかに漂ってきている。

どんなに薄ぼんやりに見えていても、こと色恋の兆候になると獣のように敏感に察知する——たとえば目の前の女がそうだ。衣食住以外への関心のほとんどが、そこに一極集中している。

皮肉ではなく、いいな、と思う。

デスクに向き直る。ファイルの一枚目をめくり、個人データに目を通し始める。

この会社から、真介の勤める『日本ヒューマンリアクト㈱』に仕事の依頼があったのは、三ヶ月ほど前のことだ。

東証二部上場の玩具《がんぐ》メーカー……『バカラ㈱』。創業は一九五四年。現在の従業員は二百五十人。社歴、規模ともにこの業界ではまずまずの中堅どころだ。

昭和の時代までは『人生シミュレーションゲーム』や、テレビアニメのプラモデルやフィギュア、デフォルメ・ミニカーなどの売り上げで好調な業績を維持してきた。が、八〇年代からのファミコンブームには完全に乗り遅れ、トレーディングカードやパズル関係、おまけグッズの分野でも魅力的なコンテンツを開発することが出来ず、近年ではすっかり同業他社の後塵《こうじん》を拝しつつある。

五ヶ年計画の人員削減が始まり、今年がその最終年度に当たる。年度を追うにしたがって、人事部のいわゆる〝クビ切り〟業務は困難になり、こうして真介の会社にお鉢が回ってきた。

「……」

ふたたびため息をつきそうになっている自分に気づく。

この最終年度まで生き残ってきたリストラ候補社員たちは、どの面接者も、この四年間の人員削減の波をなんとかかいくぐってきたある種の猛者《もさ》だ。泣き落とし、管理職ユニオンへの提訴、企業ノウハウを売るとの脅し、自分を辞めさせないための専門業務の抱え込み……会社に残るためなら、およそどんな手だって使ってくる。弁がたち、アタマの回転も速い人間も多い。

現に、先ほど部屋を出て行った女性もそうだった。今回のリストラが彼女たち社員にとっていかに理不尽なものかということを、理路整然と、しかも三十分にわたって滔々《とうとう》と並べたてられ、最後には真介もタジタジとなった。

——疲れるなあ。

もう一度、目の前の個人データに集中する。次の面接者。昨夜も目を通した。

緒方紀夫《おがたのりお》。

思い出す。つい笑う。

三十七歳。富山県出身。現在では統廃合寸前になっている開発二課の、研究主任。

右上のバストアップの写真……うーん。

やはり、なんとも珍妙な顔つきをしている。

およそ緊張感のかけらもない丸顔。坊ちゃん刈り風の直毛は、ぺたりと額に張り付いている。おそらくは以前からの若禿《わかはげ》のせいで、こんな冴《さ》えない髪型に落ち着いている。目と鼻と口のパーツも、それぞれ単体だけを取り出せばけっこうマトモに見えるのだが、それが微妙な間隔を保ったまま、丸顔の中に散らばっている。瞳《ひとみ》の表情も、まるであさっての方向を見ているかのように頓狂《とんきょう》だ。あえてたとえるなら、『天才バカボン』の脇《わき》キャラ・ウナギ犬に似ている。

一見、あほうにも見える。

が、この男が会社で積んできた実績は、どう考えてもあほうではない。十五年ほど前に大卒で入社。以来、開発部門一筋でキャリアを積んできていた。

……いや。やっぱりアホか、それでなければ一種の天才なのかも知れない。

二十五歳で『ウンコくん』というミニマスコットを作った。

ウンコの帽子を被《かぶ》った素っ裸の男の子の、小さなゴム人形だ。ぽこりと突き出たおなかを指先で押すと、肛門《こうもん》からにゅるりとウンコを出す。ウンコはゴム状の細長いもの。本体ゴム内の空気圧力に伴い、出入りを繰り返す。そのウンコの色には二十種類ほどのバージョンがある。茶色いもの。黄色いもの。黒いもの。赤いもの……。

このバリエーションが、ひどくウケたらしい。世の大人たちの顰蹙《ひんしゅく》をいっせいに買いつつも、小学生の間で大ブームを巻き起こす。

二十九歳で『与作とウメ』という爺《じい》さん婆《ばあ》さんの極貧百姓ペア・フィギュアを作り、これまたその野暮《やぼ》ったさというか可愛《かわい》さが、妙に現代日本人の郷愁を誘い、いわゆる文化人やメディアの大いにもてはやすところとなる。インテリアとしての置き人形。これも、売れに売れた。

三十歳で早くも研究主任のポストに納まるが、それ以降は鳴かず飛ばずで現在に至る。ちなみに上司の評価では、部下の管理能力はゼロ。

ファイルをめくり、個人情報欄に目をやる。そこに、人事部長から聞いた話も書き込んでいた。

二十七歳のときに、コスプレ・パーティで知り合った十八歳の少女と結婚。考えてみるに、その知り合った場所といい、年齢差といい、やはりどこか普通ではない。

その後、都内にマンションを買い求め、一児をもうける。

が、二年後にはすぐに離婚。

人事の担当者が口にした噂《うわさ》。

あんたみたいなマニアックな人とは、もうやっていけない――わずか二十歳《はたち》の妻からそう切り出されたという。

いったいどんな男なのだろう――。

二十七にもなってコスプレ・パーティなんぞに臆面《おくめん》もなく行き、しかもそれが縁で結婚した女からも〝マニアック〟と呼ばれてしまう。マニアックとは、つまり夜の営みを含めて〈変態《へんたい》〉ということを指すのだろうか？

しかし、現在も養育費としてマンションのローンは肩代わりしている。そういう部分ではきちんとした男といえるかも知れない。

三枚目にある過去十五年分の給与データをめくろうとした直後、オーク材の扉の向こうからノックの音が弾《はじ》けた。

「はい。どうぞお入りください」

ドアノブがまわり、意中のコスプレ男が姿を現した。

髪型は写真と同じだ。ゴム鞠《まり》のような小太りの体型を、黄色いチノパンと青いチェック柄の長袖シャツで包んでいる。足元は白いジョギングシューズ。しかもその胸元には――好きなのだろう――ニコちゃんマークの赤いバッジや緑のワッペンが所狭しと貼《は》り付けられている。原色だらけの服装。

こんなセンスだろうとある程度は予想していたので、驚きはない。ただ、三十七にもなってこの男、いったいどんな美的感覚をしているのかとは思う。

そんな内面をおくびにも出さず、真介は口を開いた。

「緒方さんでいらっしゃいますね。お待ちしておりました」

「はあ」と、気のない返事。「──どうも」

「さ、どうぞ。こちらの席におかけください」

言われるまま、緒方が真介の前の椅子《いす》にちょこんと腰を下ろす。両手を膝《ひざ》の上に載せ、真介を正面から見てきた。面接者によくある敵意は、感じられない。おっかなびっくりといった様子で、ただ目をぱちくりとさせているだけだ。まるで小学生の構図。

真介は少し苛立《いらだ》った。何故《なぜ》かは自分でも分からない。

「緒方さん、お話の前に、何かお飲みになりますか？」

「あ、はい」

「コーヒー、紅茶なら、どうです？」

するとと、緒方が居心地悪そうにモジモジとする。

「コーヒーは飲むとお腹《なか》が痛くなるので、いいです」

「じゃあ、紅茶は？」

「あとで舌が苦《にが》っぽくなるので……あんまり」

なんだ、この男⁇

そう真介が思った直後、緒方は口を開いた。

「あのぅ、もしよかったら、外の廊下にある自販機で、自分の好きなもの買ってきてもいいですか？」

「は？」

「だから、外の自販機で」と、身振りを交え、緒方は言葉をつづける。「いいですか？」

まさかダメだとは言えない。真介はうなずいた。

いったん部屋を出た緒方は、すぐに戻ってきた。その片手に持っている缶ジュースを見て、真介はますます呆《あき》れた。

黄緑色の缶ラベルの『Ｐｏｏ』。プー、だ。合成着色料と甘味料、香料たっぷりの缶ジュース……たぶん、いつもこれを飲んでいる。

緒方が椅子に座り、プルトップを引く。まるで熱い味噌汁《みそしる》でも飲むかのように、音を立てて二、三口すする。

真介はちらりと時計を見た。もうすぐ四時。少しあせる。今日はこの仕事のあと、絶対に外せない用事がある。五時までにはこの会社を出なくては。

だからといって仕事をなおざりにするつもりはないが、テンポよく交渉を進めていくに越したことはない。

「では緒方さん、さっそくですが本題に入らせていただきます」

ん？　という顔つきで緒方が缶ジュースから顔を上げる。相変わらずその表情には、緊張感の欠片《かけら》もない。真介は言葉をつづける。

「単刀直入に言わせていただきますが、開発二課の商品《コンテンツ》はここ数年赤字続きのようですね」

缶ジュースを片手に、こっくりと緒方がうなずく。

「昨年度も、五人体制から三人体制へとその規模が縮小された、と」

ふたたび相手がうなずく。真介はさらに身を乗り出す。

「緒方さん、あなたもご存知の通り、二課のセクションはこれから数年後には一課と統合され、新たに『開発部』という単体の部門になります」

「そうなんですよ」と、緒方が不意に口を開いた。「ぼくもねえ、なんとかフィギュアチームだけでも残してもらえないかって上司にお願いしてみたんですけど、どーにもならないみたいですよ」

その間延びした口調。真介は拍子抜けする。

なんだ、これは。

まるで他人事《ひとごと》だ。リストラの大波を四回もくぐってきた人間とは、とても思えない。

それでも結論に向け、ふたたび言葉をつむぐ。

「それで緒方さん、あなたの今就かれているポジションが、この会社からなくなってしまうと、そういうことなんです」

そう言いきり、じっと相手を見つめた。緒方のぼんやりとした瞳と、しばらく視線が合っていた。

「あ、でもぼくは平気ですよ」緒方が口を開く。「もともと役付きなんかにはなりたくなかったんだし、新しい部署でペーペーでもぜ〜んぜん平気」

いや、そうじゃなくて、と真介は少し慌《あわ》てた。「つまり、これを機会に、緒方さん、あなたも新たに外の世界にチャレンジされてみる気はないか、ということなんですけど」

「え？」

「ですから、言葉の通りです」どうも先ほどから調子が狂いっぱなしだ。「今でしたらまだ、いろいろと有利な退職条件をご用意させていただくことも可能ですが」

一瞬、緒方は心底びっくりしたような表情を浮かべた。

「それって、ぼくのこと？」

真介はうなずいた。

「だってさ、二課がなくなるって相談をするためにぼくを呼んだんじゃないの？」

そんなわけないだろう。おれは社外の人間だぞ——そう言いたいのをぐっと堪《こら》え、さらに言葉をつづけた。

「いいえ。緒方さん、あなたご本人のお話で、お越しいただきました」

途端に緒方が焦《あせ》った。急に早口になる。

「でもね、ぼく、去年も一昨年《おととし》も面接で言ったんですよ。仕事さえ出来れば、ぜんぜん平気だって。そしたら人事の部長も納得してくれて、なら、緒方さんにはこのまま今の仕事で頑張ってもらいましょう、って」

「それは、当方が関知できない部分です。私どもは、こちらの人事のご指示で動いているだけですから、緒方さんにそう言われ——」

言葉の途中で思わず真介は絶句した。

相手の見開かれた両目から、いきなり涙が溢《あふ》れ出した。溢れ出た涙は一気に両頬を伝い、丸い顎《あご》の下で雫《しずく》となる。

仰天した。たしかに面接時に泣く人間はしばしばいる。だが、それはほとんどの場合女性で、男性が泣くにしても、こんなふうな大泣きは見せない。しかもこの男、たしか当年とって三十七だ。大の男が、信じられない。

「だってさ、前に人事部長がそう言ったんですよっ」泣きながら緒方は喚《わめ》く。「これからも頑張ってもらいましょうって」

「だからそれは——」

「なんだったらぼくが、これから部長のところまで行って確認してきましょうか」

「いや——」と、今度は本当にかなり慌てた。言葉も早口かつナマになった。「それはご勘弁ください。この面接業務を請け負っているのはあくまでも私どもで、今回の退職交渉も一任されているのですから」

「だったらあなたに辞めさせないでくれって、お願いすればいいの？」

「ええ、と……そういうわけでは」

が、緒方はもう真介の言葉など聞いていなかった。いきなり椅子から立ち上がったかと思うと、

「待ってて。すぐに戻ってくるから」

危うく真介も腰を浮かせかけた。

「人事部に行っても一緒ですよっ」

「そうじゃない。ぼくの部署」

言うや否《いな》や、出口に向かって駆け出し始めた。

「ちょ、ちょっと、緒方さん！」

真介の必死の呼びかけにもかかわらず、バタン、と扉が閉まった。緒方は部屋を出て行った。

茫然《ぼうぜん》とし、それからふと我に返った。隣席の川田を振り向く。普段はおよそ物事に動じない彼女も、さすがに驚いた様子で真介を見返している。

あまりに予想外の展開に、言葉がなにも思い浮かばない。

と、川田の口が動いた。

「――あのう。電話しましょうか、人事部に？」

一瞬考え、それから大きく首を振った。

「いや。それはいいよ」真介は言った。「すぐに戻ると言っていたし、出来る範囲まではこっちで対応しよう」

川田がうなずく。

ようやく真介も冷静になってくる。時計を見る。まだなにも交渉を開始していないのに、もう四時を回っている。

それにしても、と真介は危うく舌打ちしそうになる。

なんて男だ――意思疎通《そつう》能力のなさ。言葉遣いの未熟さ。思い込みの強さ。感情を制御できない幼さ。おれより四歳も年上のくせして、まるで社会性ゼロだ。

「とにかく、待とう」

そうつぶやき、憮然《ぶぜん》としてデスクに座りなおした。

――が、時計の針が四時五分をまわり、十分を経過しても、緒方は一向に戻ってくる気配がない。真介自身はじれにじれて、しまいには泣き出しそうな気分になっていた。

ヤバい。

今夜のコンサートの約束。一ヶ月以上前から、心待ちにしてきた。このままじゃ絶対に間に合わなくなる。

くそ。よりにもよってこんな日に。苛立ちに机の上を指先で弾く。……が、この仕事で手を抜くわけにはいかない。絶対に。人の運命を預かる職業だ。

もう一度時計を見る。四時十二分――危うく叫び出しそうになる。

おい、おい。緒方さん。いったいなにやってんだよっ。

イライラも頂点に達しかかり、やはり人事部に電話をかけておこうかと川田を振り向きかけた直後だった。

扉のドアノブが回り、緒方が姿を現した。

真介は思わず立ち上がり、苦言を呈した。

「困りますよ。大事な面接中に勝手に中座されては」

「ごめん、ごめん」おそらくは急いで駆け戻ってきたのだろう、両肩を上下させ、荒い息のまま緒方が答える。「でもさ、時間、必要だったんだ」

ん？

緒方は両手の中に、赤い円盤のようなものを大事そうに抱え持っている。直径約三十センチ。厚さは十センチほどもあるだろうか。

「なんですか、それは」

「試作品」弾んだ声で緒方は答えた。「ただ、中に埋め込んでいるマイコンチップの具合がまだ良くなくて、それでちょっと調整してて戻るのが遅れたの」

今度こそ心底ウンザリした。大事な自分の面接で、いったいこの男はどういうつもりなのか。

「とにかく、面接のつづきをやりませんか」

「ちょっと待って」

遮りつつ緒方は、その円盤をいかにも大事そうに床に下ろした。

「ねえ。その前に見てよ。ぼくが一年かけて開発した商品。超大傑作《ちょうだいけっさく》。これが売り出されたら、大ヒットすること間違いなし」言いながらも中央部の白いスイッチを入れる。「そしたらねえ、ウチのリストラ計画なんて、いっぺんに吹っ飛んじゃう」

途端に、赤い円盤が盛大なモーター音を立てて床の上を動き始める。するすると、右に左に。かと思うと、前後に。その通った跡の床が、妙につるんとして見える。どうやら小型の掃除機らしい。赤い円盤は壁やテーブルの支柱にぶつかる寸前で方向転換し、ふたたびランダムな方向に向けて動き始める。おそらくはセンサーで自動制御している。

しかし、と真介は思う。これでは単なる電化製品だ。似たような商品なら、数年前から市場に出回っている。少なくとも玩具《がんぐ》メーカーが作る必然性はどこにもない。

そんな真介の気持ちを知ってか知らずか、掃除機の動きをじっと見ていた緒方が、ふたたび口を開いた。

「都会で一人暮らしをする、寂しい人のために作ったんだ。この玩具の名前はねえ、『リストラくん』」

「は？」

思わずそう問い返したとき、緒方は手に持ったリモコンのスイッチを押した。直後、円盤表面に埋め込まれている半透明の白い円が、赤いダイオード光を発し始める。

じゃじゃじゃじゃ〜ん♪

おそらくは基部に埋め込まれたスピーカー。

チャッ、チャッ、チャッ、じゃ、じゃん。ぱっぱら〜。じゃんじゃーん♪

おそろしく妙ちきりんな音楽。あえて譬《たと》えれば、『軍艦マーチ』と『ハクション大魔王』のテーマソングを足して二で割ったような曲調。

ダイオード光が緑に変わり、

えい。

や。

とうっ。

と、元気の良いかけ声が、曲に乗っかってくる。その間も掃除機はでたらめに移動をつづけている。

ダイオード光が青に変わり、

なんだよ。ぼく、クビ？

掃除機の底から、子どもの音声が響く。

違うよねー。だってぼく、一生懸命おシゴトしてるもん。この仕事、好きだもん。

青から紫へとまた光が変わる。
不要なものを吸い込むのがぼくの仕事だよ。だから、『リストラくん』。
光源が黄色へと変わる。
ゴミくんたち、元気だしなよー。ここでは要らなくなっただけだよお☆
それから鮮やかな白へ。
ウンコだって養分になるよ。花が咲く。
落ち込んだときは、ミルクだよー。
陽気な子どもの声はなおもつづく。真介はもう、茫然としている。
「あとね、使う人の気分に合わせて、十種類ぐらいのバージョンがあるんだ」
さらに浮き浮きとした口調で、緒方がリモコンを操作する。
ふたたび掃除機基部からの子どもの声。
きみは、天才だー。ホントは、ものすごく仕事ができる。
ああ、なんて素晴らしい。
お腹《なか》、空《す》かない？　ごはん食べに行こうよ。
ハンバーグ？　カレー？
しゃべりつづける掃除機を見ながら、緒方は顔を輝かせている。

「ね、ね。すっごくおもしろいでしょ？」そう言って真介を振り返ってきた。「肩叩《かたたた》きにおびえる寂しいお局《つぼね》ＯＬにウケること、間違いなし！」

「はあ」

うなずきつつも、ちらりと時計を見遣《みや》る。

すでに四時半。しかも今日は、その後のことも考えてクルマで来ている。この埼玉南部からではラッシュアワーの都内はゲロ混みの状態だろう。

「ね、そう思いません？」

うぅ……。

あせりと情けなさに、真介は本当に泣きそうだった。心なしか、頭痛もした。

2

——なんてやつ。

陽子《ようこ》はもう、早くも腸《はらわた》が煮えくり返っている。

一ヶ月以上も前から気になっていた約束。いや、正確に言えば約束とさえいえない。あの恥知らずがあつかましくも送りつけてきた手紙。コンサートのチケット。

行こうか行くまいかさんざん迷った挙句、昨夜《ゆうべ》の夜遅くに行く決心をした。お呼ばれされるからには、ちゃんとしていきたい。

朝早く起き、湯船に浸《つ》かったあと、手早くすねのムダ毛処理をした。お気に入りの服を選び、会社に出かけ、なんとかコンサート開始時間には間に合うようにと、クソ忙しい仕事を昼食も摂《と》らず、カロリーメイトを齧《かじ》りながらどんどん片付けていった。

五時前にはボードに（直帰）と書き残し、品川にある会社を出た。原宿での打ち合わせが一件、残っていたからだ。が、予想外に早くその打ち合わせが終わり、地下鉄で赤坂ACTシアターに着いたのは、まだ六時を十五分ほど過ぎたころだった。

六時からの開場だとチケットには書いてあったが、まだホールの扉は開いていない。音響や照明などの機材調整が遅れているのだろうか。ロビーは早くも待ち人でごった返している。ほとんどが十代後半から二十代前半の若いカップルだ。入り口前のホールにざわざわと屯《たむろ》っている。

その群れの中にあの男――村上真介――の姿を探した。

自分から誘ってきたのだから、当然あたしよりも早く来ているはず。おそらくは仕事の帰りだからスーツ姿。そんな思いでホールを見渡していく。いない。

あるいは黒山の人だかりで見つけにくいのかもしれないが、それにしても相手のほうから見つけ出してくれても良さそうなものだと思う。

……やはり、いないようだ。

開演予定時間までは、もう十分ほどしかない。ギリギリに来るつもりか。

その時点で、ややむっときていた。

六時二十分。ようやくホールの扉が開いた。なだれ込む客たちに背中を押されるようにしてコンサートホールへ入った。開演の前からの耳を聾《ろう》するＢＧＭ。うるさい。舌打ちしたいのを我慢しながらチケットの席を探す。あった。中央五列目のＧ席。いい席取り。舞台との距離感が近すぎず、遠すぎず、たぶんバンドメンバー一人一人の動きもステージ上の全体の雰囲気も、手に取るようにわかる。少し満足を覚え、席に着く。

六時二十五分——開演前のＢＧＭはますます大きくなってくる。照明も徐々に下がってくる。その間にも次々と埋まって行く周囲の席。陽子は気になっていた。左右に空いているＦ席とＨ席……そのどちらに、村上は来るのだろう。このままではどちらのアームレストに身をもたせかけていいのかも分からない。突然、背後から突き刺すように響いてくる嬌声《きょうせい》。おそらくは若いバカ女の笑い声。それに応じる男性の、下卑《げび》た声音。イライラとしてくる。

手首を返して腕時計を見る。六時二十七分を過ぎた。

まったく——あの男、いったいなにをしているのか。どういうつもりなのだろう。

ぐずぐずしていると始まっちゃうぞ。ひょっとして遅れてくるつもりか。

実を言うと陽子は小心者だ。自分でも分かっている。そして小心者には、意外に怒りっぽい人間が多い。あれこれとロクでもない想像をついアタマの中で先走りさせ、その妄想《もうそう》に感情が振り回されるからだ。現に今もそうだ。ふたたび苛立ってくる。

近づいてくる人の気配を感じる。顔を上げる。が、直後には失望する。席の間を、手をつないで抜けてきた若いカップル。たぶん二人ともまだ二十歳前後。陽子の真横で立ち止まる。

と、髪の毛をつんつんに逆立て、『I♡TOKYO』のTシャツを着た小男のほうが、まず空いているEとF席を見下ろし、それから手をつないだままの、白いノースリーブを着た小太りの連れに顎《あご》をしゃくる。

「おまえさ、そっちのオバサンの隣に座れよ」

は？

一瞬耳を疑う。

オバサンって……それってあたしのことかぁっ??

くすっ、と背後から笑い声が湧《わ》く。誰かに聞かれた。かあっと腹の底が熱くなり、羞恥《しゅうち》に耳たぶまで赤くなってくる自分が分かる。でも、後ろを振り返る勇気はない。隣席に腰を下ろす小太りの若い女。床に荷物を下ろしながら、一瞬、陽子のほうをちらりと見てきた。——分かる。開演間際《まぎわ》になっても空いたままのH席。優越感のまなざし。

今度こそほんとうにむかっ腹が立った。

なにが悲しくて、こんな肩口から肉団子のような二の腕を剝《む》き出しにしている女に、優越感丸出しの視線を投げかけられなくてはならないのか。しかも下半身は色抜けしたユーズドウォッシュのローライズ。その白とブルーの組み合わせ。ぜんぜん冴《さ》えていない。だいたいね、太っている女に膨張色は似合わないのっ。見苦しい。常識でしょ!

憮然《ぶぜん》として思わず腕組みをしてしまう。こんなやつらが自分の隣に座って、平然と息をしているこの状況。気持ち悪い。最悪。

白……。

ふと、悲しくなる。

いつからあたしは白い服を着なくなったのだろう。

今だってそうだ。黄色い織柄がごく微妙に入ったクリーム色のツーピースを着ている。

途端にしゅんとする。

たぶん、三十の半ばを過ぎたあたりからだ。

ある夏の朝、白いスーツに袖《そで》を通したら、鏡の中の自分の顔が、なんだかくすんで見えた。妙に黄ばんで感じた。——肌の張りがなくなってきているのだと思った。それが結果として顔色のくすみに映り、白の鮮やかさに耐えきれない。だから、着るのをやめた。

ついに六時三十分になった。

陽子の隣の席以外、周囲はすでに黒い頭部でびっしりと埋まっている。

BGMが途切れた。かと思うと背後からのスポットが、緞帳《どんちょう》が下りたままのステージに集中する。緞帳の奥。シンバルのかすかな金属音。二回。三回。

直後から始まったリードギターの、弾《はじ》け飛ぶような音色。ホール内に響き渡る。

うおおぉー。

怒号。嬌声。悲鳴。

観客がどっと沸き立つ。空気が震え、一気に場内がヒートアップしてくる。周囲の若者たちがいっせいに総立ちになり、目の前のステージが見えなくなる。拳《こぶし》を振り上げている男。はしゃぎまくって腰を動かし始める女。背中。背中。みんな浮かれまくっている。

その中で一人、陽子は臆《おく》している。親子ほども歳《とし》が離れた若者たちの中で、ぽつんと冷めている。気恥ずかしくて、とても彼らと同じような行動はとれない。だから、ただ石仏《せきぶつ》のように席にじっと座っている。この世界から取り残されている。

あっ――。

ふとある可能性に思い至り、愕然《がくぜん》とする。

ひょっとしてあいつがくれたこのチケット、ほんとうは誰かお目当ての女がいた。その彼女と行けなくなり、無駄にするのもなんだからとあたしに廻してきた――。

でもそんなこと……くそ。心がますます弱くなっている。

急激に気分が悪くなる。ただうるさいだけの音楽。もともとこんなバンド、好きでもなんでもない。興味もない。それでなくてもこの大音量には鼓膜が破れそうだ。

不意に泣きたいような気持ちに襲われる。

――あたしは、こんなところでなにをやっているのだろう。

時計を見る。六時三十三分。幕が開けば観客はますます興奮し、通路に抜け出るのは難しくなる。

……もう、帰ろう。

そう決心し、腰を浮かしかけた直後だった。

すいませーん！　ごめんなさーいっ。

聞き覚えのある声。音楽の洪水と観客の歓声にかき消されながらも、かすかに響いてくる。

通してくださーいっ。

なぜかぎくりとした。思わず立ち上がり、右手を見る。『I♡TOKYO』の向こう、スーツ姿の若い男が観客を押し分け掻《か》き分け近づいてきている。

村上真介。

かるく全体を立ち上げた髪。その下にある額がステージからの光を受け、妙に光って見える。分かる。じんわりと浮いてきている汗。おそらくは急いでここまでやってきた。

――が、
陽子と目が合うなり、この男はにいっと白い歯を見せてきた。顔全体で笑いかけ、陽子の視線を捉《とら》えたまま、席の間をすり抜けるようにして近づいてきている。相変わらず軽い身のこなし。ふにゃふにゃとしている雰囲気……やっぱり軽薄そのものだ。遅れてきた気後れなど、微塵《みじん》も感じさせない。

あたしが今どんな気持ちでいるかなど、毛ほども考えていない。

このやろう――。

3

八時過ぎに、熱気にまみれたコンサートは終わった。

陽子と村上はホールへと出て隅の自販機の前に立っている。二人の前を、まだ頬を上気させた若者たちがつぎつぎと通り過ぎてゆく。

喉《のど》が渇いたでしょ。何がいいですか？

そんな言い方をして、村上が飲み物を聞いてきた。

冷たいお茶。

もう怒りは去っていた。それでも、ややつっけんどんに陽子は答えた。村上はうなずき、自販機にコインを入れた。下の間口から『爽健美茶《そうけんびちゃ》』を二缶取り出す。

「はい」

そう言って一本を陽子に差し出してくる。プルトップを引き、冷たいお茶を一口含む。

少し、人心地つく。村上も陽子の隣で、黙ったまま缶を傾けている。ごく自然に、陽子の隣に立っている。なんだか変な具合だ。

この男に会うのは、今日で三度目だ。一度目は仕事——首を切られる社員と、外部から派遣された面接担当官という立場で会った。

二度目はその面接結果を知るために、個人的に新宿で会った。食事が終わったあとのエレベーターの中で、あろうことかこの極楽トンボはいきなりあたしにディープキスをしてきた。激怒し、二発、殴った。

それ以来だ。

やや気まずい緊張した再会になると思っていた。少なくともこの会場に来るまで、陽子のほうは少し緊張していた。

しかし、先ほどこの相手が姿を現したときには既にカンカンに腹を立てており、緊張などどこかに吹き飛んでいた。相手が陽子の隣の席に着いた直後、舞台の緞帳が上がった。観客の雄たけびが会場を包んだ。

ずいぶんお忙しそうですねっ。

つい皮肉たっぷりに口を開いた。

はっ?

よく聞こえないらしい。村上が耳を寄せてきた。陽子はさらに声を張り上げた。

だから、ギリギリまでお仕事だったんでしょ! 無理して来られることなかったのにっ。

えっ?

村上が、さらに陽子に覆《おお》いかぶさらんばかりに体を近づけてきた。依然として顔をほころばせたまま、手のひらを耳元に当てている。たぶん何か褒められているのではないかと勘違いしている。

……もう、文句を言う気力も萎《な》えた。

とはいえ、コンサート自体はけっこう楽しかった。次第に腹立ちが収まってきた二曲目あたりから気づいてきたのだが、この『ナスティ・キッズ』というバンド、いかにもバカっぽい歌詞の中に、妙に情感に訴えてくるものがあった。

♪~地球は地の玉ぁ

プラネット　オン　ザ　ルール
北から南、南から北へと廻りつづけるよ～
ぐるぐる　ぐるぐる☀
人も踊るよ　笑うよ　北から南へ　どんどん進むよ～
目的地はエクアドル　パタゴニア　でもってキンシャサ？
はたまた日本の昭和基地　ペンギン？
でもそんなものはどこにもない　嬉《うれ》しい　楽しい
海を見ろ　空を見ろ　ペンギンも月もはしゃいでる☆
はしゃぎまくってグルグル回り続けているよ～
人工衛星も笑っている
プラネット　オン　ザ　ルール
地にはヒト　海にはペンギン　月にはウサギ
悲しいことなどどこにもない　軌道もない◎
そんなもん、あるわきゃねぇ
ウサギが餅《もち》つきペッタラコ　もう、裏まで見せちゃうウサギの糞《ふん》っ！

いと、ヴォーカルがいきなり後ろを向いたかと思うと一気にズボンを下ろし、そのつるんとした尻の穴を剝きだしにした。どっと観客が沸き立つ。喚《わめ》き散らし、足を踏み鳴らし、嬌声を上げ、大気の波動が起こる。

おそらくはお約束。えげつない。

でも、面白い――。

陽子がお茶を半分ほど飲み干したときには、ホールに残っている人間はかなり少なくなっていた。

チャ、チャチャチャ、という軽いプラスチック音に後ろを振り返った。

あのノースリーブの女――銀色のミュールを鳴らしながらトイレから出てきた。すれ違いざまに視線が合う。小太り女がすぐに目をそらす。

これで二度目。

勝った。

と、ふたたび思う。

女はそそくさと目の前を通り過ぎていき、出口で待っていた男――『I♡TOKYO』の冴えない男と外に出て行った。間違いなく不機嫌になっている。

……隣にぼうっと突っ立っている村上。認めるのは癪《しゃく》だが、この男、顔も含めて見た目だけはまあまあだ。少なくともあの『I♡TOKYO』野郎などより、誰が見てもはるかにカッコいい。本当は男より女のほうが、異性に対しては、生理的な部分ではるかに面食いだ。お互いの連れの男性をさりげなく、だが、呆《あき》れるほどよく見ている。

だからコンサートが終わった直後、隣席のあの女を思い切り見返してやった。そのときも相手は視線をそらした。

勝った。満足。

つい微笑《ほほえ》む。親子ほども歳の違う相手に、どこまでも底意地が悪いあたし。

それでも、なんとなく気持ちがすっきりしたことには変わりがない。

「今日は、どうもありがとう。楽しかった」

知らぬ間に、村上にそう口走っていた。

え？

という顔を村上がする。ようやく自分が何を言いたかったのかに気づく。

あたしはもう、このまま家に帰るつもりだ。まだ少し残っていた仕事を放り出して、今夜ここまで来た。明日の朝はその残務をこなすため、早出をしなければならない。

なによりも、こういう場所はもう自分には年齢的に似合わないような気がする。気後れ。

村上は少し慌《あわ》てたような顔になった。

「でも、まだ八時少し過ぎですよ」そうあたふたと言い、あらためてこちらに向き直ってくる。「それに、お腹空《なかす》きません？　これから晩御飯でも、どうです」

「……」

結局は、村上の説得に応じたようなカタチでACTシアターを出た。

今日、クルマで来たんですよ。

歩きながら村上は言った。

横で歩を進めながらも、なるほど、と思う。

この男、最初からあたしを食事までワンセットにして誘うつもりだったのだ。だから、エスコートのためにクルマで来た。挙句、ラッシュアワーに巻き込まれて遅れた

——たぶん、そういうことだろう。

まだ残っていた心のわだかまりが、少しずつ解けてゆく。おそらくはレストランも予約済み。そう考えてみると、遅れた言い訳をしないところも、なかなかいい。

いつもこういうふうにして、女の子とデートしているの？

そう言いかけ、思いとどまる。そんな質問は、かえってあたしを下げる。それにこの男の年代では、もうデートなんて言葉は使わないだろう。かといって、他にどういう言い方があるのかは知らないが。

この男の言葉に適当に相槌《あいづち》を打ちつつ、立体駐車場の前まで来た。

ノッポビルの前にいた係員に、村上が半券を渡す。係員が壁のスイッチを押し、ビルの中からリフトの鈍い回転音が響いてくる。

ふと思う。この男、どんなクルマに乗っているのだろう。たぶん、かなり見栄《みえ》っ張りなタイプだ。みっともないことは恥だと思っている。それはこの村上の服装を見ても分かる。いつも一分《いちぶ》の隙《すき》もない黒の勝ったダークスーツに、ごく薄い色のシャツと、それと補色関係になる色調の強いタイを合わせている。

そういう男の常として、おそらくはスポーツカータイプ。

好色な男にはカー・マニアが多い、というのが陽子の持論だ。

現に、別れたあいつもそうだった。今では紀州で暮らしているあの山猿も、とにかくクルマが大好きだった。スカイラインのGT－Rとかいう、ろくでもないスポーツカー。嫌がる陽子を助手席に乗せたがり、ちょっとでも道が空いていようものなら、やたらめったらぶっ飛ばす。高速道路だとなおさらだった。リミッターを切ってあるそのクルマで、時速二百キロ、二百三十キロ、時には二百五十キロ以上も出す。気が狂っているとしか思えない。恐怖に何度も吐きそうになり、そのたびに大喧嘩《おおげんか》になった。

この男もそうだったらウンザリだ——スポーツカーでないことを密《ひそ》かに願いながら、リフトが降りてくるのを待っていた。

がくん、とリフトが止まる音が響き、鉄製の自動扉が上部に開いてゆく。

「ま、そんなたいしたクルマじゃないけど」

言いつつ村上は、その開口部へと進んでいく。

——は？

意外だった。

中から出てきたのは黄色いナンバー。つまりは軽自動車だ。

だが、よくあるような実用車には見えない。

ツードアのその銀色のクルマは——なんと言えばいいのか——とにかく妙ちきりんな格好をしていた。フェンダー、ボンネット、リアトランク、ヘッドライト、すべてが丸っこく、あえて譬《たと》えれば、お椀《わん》を逆さまにしてテーブルの上に伏せたような格好をしている。少し、てんとう虫にも似ている。

と、み、みーん、とハチの羽音のような電動音が鳴ったかと思うと、金属製の屋根《ルーフ》が後部へとスライドしてゆき、これまた自動で開いたトランクの中に、リアウィンドウごとカクカクと折り畳まれながら吸い込まれてゆく。

あっという間にオープン複座《ツー・シーター》に様変わりした運転席の中で、村上が顔を上げている。ハンドルを握ったまま、ちょっと得意そうにこちらを見上げている。

思わず陽子は笑い出した。

「これが、あなたの自慢のクルマ？」

うん、と、村上はうなずいた。「カボチャの馬車」

くっ。

つい吹き出しそうになる。なんとも気障《きざ》なモノ言い——でも、悪い気はしない。

村上が助手席側に身を乗り出し、ドアノブを引いた。半開きになったドアを開け、陽子は乗り込んだ。乗り込みながら聞いた。

「なんてクルマ？」

「ダイハツのコペン」

そう言って村上はギアをローに入れる。今どき珍しいマニュアル車。コペンが動き出す。そろりと歩道を跨《また》ぎ、夜の赤坂通りへと滑り出る。

前方の信号は青だ。平日の火曜。道もそんなには混んでいない。村上はなかなか運転がうまい。助手席の陽子にほとんどGをかけず、加減速してゆく。それでも小気味良い車体の動き。小さなエンジンが活発に働いている。

五月の夜風。気持ちいい。

村上が案内した店は、広尾にあるタイ料理のレストラン。クルマで十分とかからなかった。そういえばこの前はベトナム料理だったな、とちらりと思い出す。

テーブルに着き、お互いにメニューを広げる。

ビールで乾杯したあとで、気づいた。

目の前に座っているこの男、今日はなんだか顔がすっきりとして見える。気のせいではない。前に会ったときより、その顔つきがシャープに感じる。

直後には気づいた。

眉《まゆ》だ。

生《は》え際《ぎわ》の余分な毛がなく、くっきりとして見える。整えてきているようだ。この男が毛抜き片手に懸命に鏡に見入っている姿を想像し、つい笑いを堪《こら》える。
なんだか、さらに気分が良くなる。
二品目の春雨サラダが来るころには、この前のように会話が盛り上がりつつあった。
村上の話はなかなか興味深い。というか、変だ。相手は春雨サラダを食べながら、
初めて自分の出身地を語った。
北海道の出身。それも札幌や釧路《くしろ》などの都市部ではない。
足払《あしふっ》
という小さな町が、北海道の北部にあるという。宗谷岬からオホーツク海に沿って
五十キロほど下った場所らしい。明治中期に石炭が発見され、多くの開拓民が移り住
んだのがその町の始まりだと、村上は語った。
相槌を打ちながらも陽子は少し驚いた。地方の出身だとはなんとなく感じていたが、
もっと大都市圏の出身だと思っていた。
が、少し考えてみると合点《がてん》もゆく。たしかにこの服装の隙のなさは、地方の、それ
もあまり大きくない町の出身者によくあるパターンだ。時おり陽子は思うのだが、彼
らにとっての都会とは、まず第一に、生計を立ててゆく場所だ。生まれ育った気心の
知れた土地とは、まったく違う匂《にお》いの世界。機能都市としての捉《とら》え方。だから、いつ

も気負っている。

村上の話はつづいている。

ほんのわずかな夏場を除けば、一年のうちの半分は雪と流氷に閉ざされる田舎町。

彼が小学校に上がった頃には、すでにこの炭鉱町の最盛期は過ぎており、宗谷から来ていた鉄道も廃線になり、それまで住んでいた人間も徐々に都市部へと引っ越し始め、過疎《かそ》になりつつあったという。

かといって、その語りにじめじめとした雰囲気はない。

むしろ、自らを含めたその世界のことを、明るくこき下ろしてゆく。

「——でね、まあ、おれんちもそんなに金のある家じゃなかったけど、小学校一年のクラスのときに、超貧乏な家の子どもがいたんだ」

「うん」

「それで、図画工作の時間割りのときに、初めての粘土細工の時間になった。みんな、机の上に真新しい粘土を取り出した」

「ねんど？」

「うん、粘土。そいつも、まだ封さえ切っていない粘土の塊を机の上に取り出した。すると先生が言った。『おい○○。おまえ、それ、どうした？』すると○○は答えた。

『買ったんです』先生がまた返した。『ウソつけ。おまえんちにそんな金あるわけないだろっ』」

気づいたときには思い切り義憤の声を上げていた。

「ひどいっ。それ、ひどすぎる」

が、村上はゲラゲラと笑っている。

「でもさ、貧乏なのは事実だもん。それにそいつんちが苦労して粘土を買ったのは、みんな知っていた。おれたちも似たり寄ったりの境遇だし、みんな大笑いしてたら、その○○まで一緒になって笑い出した。しまいには先生まで苦笑し、『すまん、おれが悪かった。許してくれ』って」

つられて陽子も笑い出してしまった。やはり、この男の話は妙におかしい。しかも世間値《せけんち》とどこかズレている。

どうしてなのかと思う。

あたしより八つも年下のくせして、時おり見せる人の悪さ、やや下世話な発想、ちょっとした媚《こび》——分かる。それなりに人生の汚泥《おでい》を舐《な》めてきている。

それでもこの男の雰囲気は明るい。

何故《なぜ》かとさらに考える。なんとなく悟る。

自分を突き放して見ることのできる怜悧《れいり》さ。自身の存在と自意識との間にある距離が、ちゃんと取れている。安易に自分をかわいそうがらない。その距離感がおかしみを生む。

だから、独特の明るさを感じる。

そんな人間の常として、たぶんこの男も世間の目はあまり気にしない。そういう意味で、社会規範的にはロクデナシだろう。

……うん？

気づく。

思わず笑い出しそうになり、少し唇をかみ締める。

なんだ——。

十年前にもさんざん煮え湯を飲まされたくせに、あたしはまたこんな手合いの男を相手にしようとしている。この種の男もまた、夜光灯に群がる蛾《が》のように、何故かあたしの周りにふらふらと飛んでくる。

そんな陽子の気も知らぬまま、目の前の村上はもぐもぐと口を動かしている。

店を出たのは、十時半を少しまわっていた。

村上がクルマに乗り込む。ふたたびハチのような唸《うな》り声を上げて屋根が開く。それを待って陽子も助手席に乗り込んだ。

暗黙のお約束。都心部でのデートに、わざわざクルマで来る男。おそらくは自宅まであたしを送りたい。

断るのはちょっとかわいそうかな、という気がした。それにこの相手は、間違ってもストーカーになりそうなタイプには思えない……。

表参道から原宿駅前を通り、井《い》ノ頭《かしら》通りへ。

井ノ頭通りから代田橋《だいたばし》を過ぎ、甲州街道へと入る。

道は空《す》いていた。十一時少し過ぎにはマンションに着いた。

「どうも今日はありがとう」来客用の駐車スペースでクルマを降りながら、陽子は言った。「本当に、すごく楽しかった」

村上は運転席からこちらを見上げたまま、少し笑った。

「また会ってもらっても、大丈夫？」

この距離感――自信のなさではない。狎《な》れてこようとはしない。

この男のこういう部分。やはり、好ましい。

一瞬考えたふりをし、それから答えた。

「もちろん」

「ありがとう」

「じゃあね」

「うん」

そう言ったわりに、村上はすぐに動き出そうとしなかった。

ややうつむき加減で、ギアの上に置いた手のひらを開いたり閉じたりしている。いかにも名残惜しそうなその態度。

やばい。

あたしは、男のこういう態度に弱い……。

そう自覚しながらも、つい言ってしまっていた。

「よかったら、ちょっとお茶でも飲んでいく？」

案の定、村上はひどく嬉《うれ》しそうに笑った。

ああ。やばい——。

結局は、そうなった。

二杯目のコーヒーを沸かしに行こうと立ち上がりかけたとき、軽く腕を取られた。

拒否はしなかった。この男、最初からあたしを欲しがっていた……欲しくてたまらない子どもの目。すでに受け入れる気持ちになっていた。

口を吸われた。

あとは単なる動物と化した。

バスルームの中で首筋を舐《な》められ、乳首を吸われた。泡だらけになったヴァギナを指先で弄《もてあそ》ばれる。挙句、湯船の縁に腰掛けさせられた格好で陰核に吸い付かれ、舌先で転がされた。陽子の太ももに両腕を回し、股間《こかん》に頭部を埋《うず》めている村上。破廉恥《はれんち》そのものだ。

どうしようもなく発情してくる自分が分かる。

押し抱かれるようにして寝室に直行。ベッドサイドの明かりを少しだけ灯《とも》した。

ほんのりとした薄闇《うすやみ》の中で、上になり、下になり、お互いの肌を舐め、吸い合った。腰を浮かし気味に四つん這《ば》いの格好を取らされたまま、背後から臀部《でんぶ》をじっとりと舐め上げられる。

うぅ……。気持ちいい。

相手の体をシーツに押し付けるようにして上になる。互いに接している皮膚の間で、滲《にじ》んでくる汗。ぬるりとした感触と愉悦。ぞくぞくする。胸元に唇を滑らせてゆく。

その乳首を、乳輪ごとすっぽりと口に含む。

――ん？

舌先の感触。妙に、つるつるして感じる。気持ちいいことは気持ちいいのだが、この舌触りはどこかおかしい。

唇を離し、薄闇の中で乳首に目を凝らす。どんなに体毛の薄い男でも、うっすらとは生えているはずの乳首の毛。

さらに観察し、思わずつぶやいた。

「毛が、ない」

すると相手は、

「万が一に備えて、剃《そ》ってきた」

あっ、と思う。つい笑い出してしまった。

な〜にが万が一に備えて、だ。やっぱりこの男はロクデナシだ。こすっからいこと、この上ない。

でも悪い気はしない。眉《まゆ》もそうだ。この男は、あたしとの今夜のために、それだけのことをやってきた。

気づいたときには思い切り乳首に嚙《か》みついていた。

痛っ！

村上が飛び跳ねるようにして喚《わめ》いた。それでも笑いながら相手を押さえつけ、かぷ、かぷ、と嚙みつづけた。

4

翌日——。

真介はラッシュアワーの新宿駅西口を出た。

途端、朝日の照り返している小田急デパート前のロータリーが網膜に突き刺さる。

完全な睡眠不足。

腰元も心なしか頼りない。内腿《うちもも》の筋肉も痛い。使いすぎだ。ふやけきっている。

それでも足取りは軽い。

小田急ハルクの前を通り過ぎ、Mタワービルへの横断歩道を渡りながら、昨夜のことを思い出す。

芹沢《せりざわ》陽子。

最初にあの女を見たときから、ひょっとしたら、とは思っていた。

きりっとした眉と口元。力のある瞳《ひとみ》。ふくらはぎから絞り込まれるようにして、パンプスへとつづいていた細い足首。小柄ながらもほど良い肉づきに、バランスの取れた体型——期待値は大。

たぶん、寝てみると自分の感覚にフィットする感じ。

さすがに乳首を嚙まれたことには閉口したが、その期待は裏切られなかった。

彼女はその膣口《ちつ》が、やや小さ目だった。ぷくっ、と一瞬の抵抗があったあと、ペニスは濡《ぬ》れた肉壁の中へ吸い込まれていった。直後の、亀頭《きとう》を絡《から》めとってくる肉襞《にくひだ》の動き。陰茎をじわりと押し包んでくる膣圧——やはり、すばらしい。しかもその口道のカタチが、自分のそれにひどく馴染《なじ》んでくる。

あまりの心地よさに感動さえ覚えた。たまらずにうめき声を洩《も》らした。バカ丸出しだ。

Mタワーのエントランスホールまでやってきた。

昇降機のボタンを押し、つい微笑《ほほえ》む。

初対面の女に、ついそこまでを想像した挙句、現にそうなっている。自分でもとんでもない男だとは思う。ある意味、変態かも知れない。

だが、気持ちいいものは、やっぱり気持ちいい。

エレベーターが十七階まで上がってゆく。

ただ、最初の印象から想像していたのは、なにもセックスのことだけではない。

今朝の六時。彼女と一緒にキウイとヨーグルトだけを食べ、マンションを出た。

クルマに乗り込み、大急ぎで武蔵境《むさしさかい》の自宅に戻ったのが、午前七時半。

真介は冬場を除き、シャツを着るときに下着は身につけない。なんとなくダサいと思っていた。上半身裸になり、ライトブルーの新しいシャツに袖《そで》を通しているとき、鏡の中を見て気づいた。左の乳首の周りが内出血を起こし、青黒い痣《あざ》になっていた。

ふ――。

昨夜、コンサートホールに駆けつけたとき、彼女がカンカンに怒っているのには気づいていた。真介から誘ってきたくせに、相手より大幅に遅れてきたその甲斐性《かいしょう》のなさを、怒っている。

が、あえて気づかぬふりをして、そそくさと彼女に近寄っていった。

案の定、明らかに怒気をこらえながら、彼女は口を開いた。

ずいぶんお忙しそうですねっ。

ちゃんと聞こえていた。だが、怒った顔が愛嬌《あいきょう》たっぷりだった。もうちょっと見ていたい。

だから、わざと聞こえぬふりをした。

彼女はさらに声を張り上げた。

だから、ギリギリまでお仕事だったんでしょ！　無理して来られることなかったのにっ。

えっ？

もう一度問い返した。

途端、彼女は世にも情けなさそうな顔をした。危うく笑い出しそうになった。

この女は、およそ達観ということを知らない。しかしそこがいい。

感情に波打つ闊達《かったつ》な精神。たぶん、この世の中の人間の大多数が、大人になるにつれ、どこかで割り切り、置き忘れてしまうものだ。だが、彼女の目に映るこの世の中はモノトーンの世界などではない。怒りにしろ、悲しさにしろ、楽しさにしろ、常にその時々の心の彩《いろどり》を反映している。

未熟、という意味ではない。心の若さだ。

そんなことを考えながら、会社のドアを開けた。

午後からの会議。

玩具《がんぐ》メーカー『バカラ㈱』の一次面接は、昨日ですべて終了していた。

だから今日の午前中は、真介をはじめとした面接官ごとに、その一次面接での進捗《しんちょく》状況の資料を作り、午後からがその資料報告会となっていた。

凹の字型に並んだテーブルの奥に、社長の高橋が座っている。その両側に並んだ社員たちが、昨日までの面接結果を報告してゆく。この一次面接段階で、相手側の社員のどれだけが、自己都合退職を受け入れたかという報告だ。

正直言って、この報告会はいつも気鬱《きうつ》だ。中には得々と自分の成果を読み上げてゆく社員もいて、そんな様子を見ていると、真介はときおり苛立《いらだ》つ。今のクビ切りの仕事をしている自分に、そんな感情を持つ資格がないことは百も承知している。クビ切りにあう社員にも、そうなって然《しか》るべき理由もある。だが、こうやって一堂に集まると、総体として相手の会社の社員をどれだけクビにしたかということを実感として突きつけられる。やはり、どこかでやりきれなさを感じる。

……昨日の晩。寝物語で彼女がつぶやいた。

今抱えているプロジェクトを成功させたら、新たに就職活動を始めるつもりだ、と。

真介は驚いて聞いた。

クビにならなかったのに、どうして会社を辞める必要があるのか。

彼女は少し笑って答えた。

なんか、ポキッと折れちゃったのよ。会社に対する愛着がね。それにこのまま居られたとしても、そう明るい未来のある職場とも思えないし。

確かにあの建材メーカーの現況では、彼女の居る部門の未来は明るくない。営業企画推進部の社員はやがて、そのほとんどが解雇されてしまうかもしれない。

でも、それは今すぐではない。彼女にそう決断させる一押しをさせたのは、担当面接官であった自分の存在だ。

忸怩《じくじ》たる思いを抱いた。

しかし、真介の顔を見て彼女は言った。

そんなしゅんとした顔することないのよ。あなたのせいじゃない。

じわりと胸が熱くなった。つい彼女の脇腹《わきばら》を舐《な》めた。ゲラゲラと笑いながら彼女は身を捩《よじ》り、逃れようとした――。

色恋にゆるくなっている自分は分かっている。

が、それはそれとして、この報告会のなかに、いったい何人の潜在的な陽子が居るのかと、ぼんやり考えてしまう。

「――介」

一瞬、反応が遅れた。

「おい、真介」

はっとして我に返り、辺りを見回す。会議室のみんなの顔が、自分に集中している。

さすがに高橋が顔をしかめた。

「大事な会議でなにをぼんやりしている。おまえの報告の番だぞ」

慌《あわ》てて資料に目を落とす。ようやく平常心に戻り、報告書を読み上げてゆく。

真介の面接者受け持ち分は三十人。うち七名から、すでに自己都合退職の承諾を取り付けていた。目標数値としては三分の一だから、一次面接終了時点としては、まずまずの成果。

だが社長の高橋は、真介の資料のコピーに視線を落としたまま口を開いた。

「――この緒方紀夫さん、どんな感じになっている？」

あの男のことだと、すぐに繋《つな》がる。あれぐらい強烈なキャラは、この五年間の面接人生の中でもトップランクだ。

緒方紀夫……なぜか少し、苛立つ。

「と、おっしゃいますと？」

一瞬、高橋が書類から顔を上げ、ちらりと真介を見てきた。その表情に漂った微妙なニュアンス——分かる。おそらくは相手も奇異に感じている。真介は今まで社長に対し、こんなふうに斜に構えた問い返しかたをしたことがない。

が、高橋はそのことには触れず、単なる事実を示してきた。

「おまえに担当してもらった面接者のうち、この緒方さんは飛び抜けて給料が高い。反面、開発者としての会社への貢献度は、少なくともここ数年の業績で言えば新入社員並みだ。言いたいこと、わかるよな」

「……はい」

高役職。高年齢。会社側にもっとも負担を与えている社員から、まず重点的にクビを切るようにしろ。総体として同額のコストダウンを図るにしても、そのほうが会社《クライアント》側は満足する。他のリストラ候補社員への順当な例示にもなる。

「ただ、この緒方さんに関しては、一次段階ではとても自己都合《プライベート》退職を受け入れる余地はないように感じました。とにかく、その話を少しでも向けようものなら頑強な抵抗にあったものですから」

「そこをなんとかするのがおまえの仕事だ。そうだろ」

「それはそうなんですが」

「具体的にはどんな抵抗を示す?」

一瞬迷う。が、結局は正直に答えた。

「いきなり子どものように泣き出しました。大声で泣きながら、理不尽だと訴えてきます。アシスタントの存在もお構いなしです」

同僚たちが少しざわつく。男の面接者でも、たまには泣く人間はいる。が、女性が同席しているにも拘《かか》わらずいきなり大声で泣く男は、そうざらにはいない。

ふむ、と高橋がつぶやく。

「扱いにくいということか？」

扱いにくい——扱いにくいということだろうか？

なにか違うような気がする。本質を突いていないと、ぼんやり思う。

だから真介はこう答えた。

「少なくとも表面的な出かたとしては、そうです」

すると高橋は、真介を見たまま少し口元をほころばせた。

「ま、開発の世界だからな」

……？

思わず社長の顔をまじまじと見る。ひどく柔らかなモノ言い。

少なくとも開発の人間だから、人馴《ひとな》れしていないから扱いにくい、という意味で言ったのではない。

問いかけようとした瞬間、高橋はこの話題を切り上げた。

「とにかく二次面接までは、おまえが面倒をみろ。その時点でおまえの実績が目標値まで達していなかったら、おれが三次面接をやろう」

5

土曜。

新宿駅の東南口に陽子はいる。待ち合わせは午前十一時半。

手首を返す。時計を見る。二十三分。フラッグスビル前の灰皿に、パーラメントの灰を落とす。

ふと、おかしさを感じる。多少の馬鹿馬鹿《ばかばか》しさもある。

二ヶ月前は、たんなる面接担当官とその面接者だったお互いの立場。個人的に自分の置かれた状況を聞きだそうと待ち合わせをしたのも、この場所だった。

が、その立場を超えて欲しがってきた相手に引き摺《ず》られ、あろうことか一度目のデートで部屋に招きいれた挙句、同衾《どうきん》までしてしまった自分がいる。

お手軽きわまりない展開だ。

それに陽子自身、今の会社を辞めてから以降のことを考えれば、こんな悠長なことをやっている場合じゃないぞ、と思わないこともない。

三十五を過ぎてからの転職は、ただ転職雑誌をめくって企業に応募すればいいというものではない。実績もキャリアも何もないところからのイチからの転職はまず無理だ。

今の業界で出来た人脈。人のつながりから来る引き合いで同業他社に移るのが、ベストの方法だ。そのほうが今までのキャリアも生きるし、相手側の組織も大切に扱ってくれる。

事実、数年前に同業他社からそれとなく声をかけられたこともあった。業界団体の集まりのときだ。

ウチの会社での、広報や販促活動などに興味はありませんか、と。

そのときは今の会社から移る気などまったくなかったので、返答を濁した。

あの話は、まだ生きているのだろうか。

思いつつ、吸いさしを灰皿に揉《も》み消す。

「……」

でも、まあいい。

その話をやんわりと持ちかけてみるのも、今のプロジェクトを成功させてからの話だ。圧倒的な成功事例の実績。現在の自分に必要なものは、それだ。

不確定な未来。しかし今やることは決まっている。だったら、必要以上に思い悩むことはやめよう——しなくてもいい気苦労だ。

二十五分に、改札口の人ごみの向こうから相手は現れた。

例の歩き方ですぐにそれと分かった。私服姿は初めて見る。

カジュアル路線。濃いオリーブグリーンの綿パンに、ナイキの黒いエア・シューズ。臙脂色《えんじいろ》のTシャツの上に、白と黒の格子柄《こうしがら》のジップアップ・シャツを羽織っている。やや縦のラインが強い。その地味な配色の取り合わせが、かえって肢体を引き立たせている。

なぜか得意そうな顔をして、村上がいそいそと近づいてくる。

なんとなく分かった。たぶんこの男、今の格好が一番のお気に入り。自分がどう見えるか分かっている。だから今日、着てきている。笑い出しそうになり、思わず唇を嚙《か》む。

うまく言えないが、この男には独特の滑稽感《こっけいかん》がある。可愛《かわい》げ、と言い直してもいい。だから臀部《でんぶ》を舐めるような変態チックな真似事《まねごと》をされても、あつかましい期待をされても、つい許してしまう。

村上は陽子の前で立ち止まり、にこりと笑いかけてきた。

「なにか、面白いことでも?」

「なぜ?」

「今にも笑い出しそうな顔をしている」

「まあね」

しかし相手はそれ以上聞いてこようとはしなかった。

「じゃ、行きましょう」

気づいたときには、そう言って差し出してきた村上の左手を、ごく自然に取っていた。一晩で馴染《なじ》んだ肌感覚。所作の間合い。

手をつないだまま、駅前の甲州街道を三丁目に向かって下ってゆく。向かっている先は、御苑《ぎょえん》大通り沿いにあるインド料理屋。村上が昔から知っている店だという。

ちょっと早いけど、もし嫌いじゃなかったら、そこで昼飯にしましょう。

そういって陽子を誘ってきた。

信号が青に変わり、いっせいに加速してゆくクルマの群れ。村上は依然として得意そうだ。陽子は歩道側、村上は車道側を歩いている。

四丁目の交差点で、横断歩道を渡ってきた人の群れとすれ違う。何人かの女が、すれ違いざまに陽子と村上をまじまじと見てきた。おそらくは見た目の年齢差に興味をそそられている。

かまうものか。見たければ見ればいい。ちらりと村上の横顔を窺《うかが》う。なぜかこの男も少し笑っていた。

そういえばこの男、ご飯を食べに行く店を、いつも最初から(今日はここ)と、腹積もりしているようだ。行く途中にもおいしそうな店があるかもしれないのに、他には目もくれず、一直線にその目的の店へと突き進んでゆく。

「いつもアジア料理だね。しかも暑い国の」陽子は言った。「好きなの?」

うん、と村上は通りの標識をちらりと見上げた。「まあ、そうかな」

なんとなく上の空なその様子。陽子はひそかに笑いを堪《こら》える。一見気楽に構えているように見えて、内心では道順を確認したり、あれこれと食後のシミュレーションを考えているのだろう。

やっぱり田舎モノなのだ。

意地悪な意味でなく、そう思う。それに裏を返せば、そこまでして、あたしに気を使っているとも言える。そういえば、この男は、いまだにあたしのことを名前では呼んでこない。言葉遣いも依然として丁重だ。一度とはいえすでに寝た関係だというのに、手を握ってきた以外は、狎《な》れ合ってくる兆候さえ見せない。

もっとも、それはあたしも同じだ。この男に、どこかで距離を保っておこうとしている自分がいる。

たぶん一過性の付き合い。お互いにいろんな条件が違いすぎる。やがては離れてゆく。

御苑大通りに差し掛かったときだった。

新宿二丁目の信号が青になった。とたんに、

カッ、カゥぅーン！

という甲高い音が周囲に響き渡ったかと思うと、車列のアタマから一台の黒い単車が弾丸のように飛び出した。四本のマフラーから真っ白な排気ガスを撒《ま》き散らしながら目の前を駆け抜け、瞬《また》く間にその先のゆるいカーブに吸い込まれてゆく。

心持ち浮いていた前輪——あれはなんて言うんだっけ。そう——たしか、ウイリーだ。

気づくと、村上が横で立ち止まったまま、単車の消えていった方角をじっと見ていた。心持ち口元をゆがめている。

「危ないよね。こんな都内で」

「だよ」と、言葉少なに村上は答えた。「しかも、超ヘタクソだし」

……あれ？

6

翌週の水曜日。

午前八時——。

楽しかった週末が明けると、三日間ぶっ続けで二次面接が待っていた。

すでに昨日までの段階で、追加三名に、半年の猶予《ゆうよ》期間のあとの自己都合退職を受け入れてもらった。総額の人件費目標もクリアしていた。

だから今朝は少し安心して、川口市にある『バカラ㈱』本社の正門をくぐる。ここから先の仕事は、いわば余剰を積み上げる作業だ。必ずクビを切らなければならないという必要はない。

いつものように面接前に、この会社の人事部へ向かう。

真介をはじめとした面接官五人と人事部長との、今日の面接予定者の打ち合わせだ。

会議室ブースで簡単なミーティングを行った。

テーブルに座ったまま、自分の予定表に目を通す。

午前中の二件。営業部の小倉氏。黒田氏。

午後の三件。総務の山下氏。満田氏。そして開発部の緒方——あの男。

が、真介との打ち合わせになったとき、人事部長は言った。

「あ、そういえば村上さん、この最後の緒方ですが、彼はもう、けっこうですよ」

「え？」

「実を言うと昨夜、開発の方から横槍《よこやり》が入りましてね。今までの功績もあるし、緒方をなんとか在籍させてやってくれないか、と」部長は言葉をつづけた。「昨日までの二次面接結果で、とりあえず今回の開発部門の人員削減目標はクリアできそうですし、それでなくても開発部門は、これまでにかなりのメンバーを減らされていますし——」

さらに詳しい事情は、こうだった。

先週の面接が終わったあと、あの緒方は開発部長に直訴したという。給料を減らされても降格になってもぜんぜん平気だから、この仕事をつづけさせてくださいよっ。ぼくはこの仕事が大好きなんです、と。

例によって人目もはばからず、泣き喚《わめ》いた。

これには開発部長も閉口したらしい。結局はこの人事部長との話し合いの結果、来期からの給料二割減、研究主任から単なる研究員への格下げ、ということで手打ちになったということだった。

そして、それほどの仕打ちを受けながらも、緒方は相変わらず嬉々《きき》として仕事に取り組んでいるという。

だろうな、と思わず内心つぶやく。自分が面白いと思える仕事さえしていられれば、すべてが満足なタイプ。ある種、究極の幸せ者だ。

会議が終わり、面接室へと進みながらも、つい微笑む。

ちょうど一週間前の水曜。

社長からあの緒方の件を問いただされたときに、苛立《いらだ》った理由。うまく面接を誘導できなかったことではない。相手の言動が読めなかったことでもない。個人の削減目標を気にしていたことでもない。

本当は、どこかで気づいていた。

それをはっきりと意識したのは、先週末の新宿二丁目の交差点だ。

一台の単車が、2ストローク特有の白い煙を撒き散らしながら目の前をカッ飛んでいった。

スズキのRGガンマ400……。

百五十キロそこそこの車重に、チャンバーをちょいとイジるだけですぐに八十馬力オーバーの四気筒2ストロークエンジン。トルク特性も超ピーキー。扱いにくいことこの上ない。むろん、恐ろしく速い。二百五十キロオーバーの最高速度域ではともかく、ゼロスタートから時速百、百から百五十キロに至る中間加速では、地を這《は》う市販車の中では四輪も含めて現在でも無敵だろう。

が、それはあくまでも乗る人間が乗れば、ということだ。現に二丁目の交差点で見たライダーは、明らかに単車のパワーに乗せられていた。引き摺《ず》られていた。危なっかしいことこの上ない。

真介には分かる。彼もまた、以前この単車に乗っていたからだ。

足払。北海道の北のはずれにある、なにもない田舎町。

本当に、なにもない。

夏の野遊びだけが唯一《ゆいいつ》の楽しみだった少年時代。そんなときに、見た。オホーツク海沿いの国道二三八号線を、次々と走ってゆく単車の群れ。原野の向こうを駆け抜けてゆくツーリング族。北から南へ。南から北へ。

みんな、内地《ないち》から来ているんだ――子どもながらに、そう感じた。わずかな夏の季節を、排気音を響かせながら颯爽《さっそう》と去ってゆく。速い。そしてカッコいい。

が、子どもの真介には、ただ眺めることしか出来なかった。憧《あこが》れだけが残った。

十六になると、すぐに二輪の免許を取りに行った。半年間のガソリンスタンドでのバイト。その金で買った単車は、中古のカワサキGPZ400。二十五万円。

その単車を初めて転がしたときの感動は、今も心のうちに鮮烈に残っている。

時速七十キロ。

風と同化する。まるっきり異次元の感覚。

時速百。

大気の粒子が、惜しみなく胸の中をすり抜けていく。

時速百二十。重力の感覚がなくなる。ボディがふわりと軽くなってくる。

時速百四十。クランクケースの足元を、それまで生きてきた世界――真介の十六年間が、風切り音とともに駆け抜けてゆく。

時速百六十オーバー。余分な世界が徐々に狭まってゆき、はるか前方に、ゆっくりと道標が見えだしてくるような錯覚。まるで神にでも導かれているかのような、キラキラと輝く瞬間。

その感覚がただ嬉《うれ》しくて、いつも真っ暗になるまで単車を乗り回していた。

ド田舎の元気のいい高校生など、そのほとんどがヤンキー予備軍と言っていい。すぐに同級生の走り屋仲間が出来た。交通量のほとんどない道道《どうどう》で、面白半分に競走《バトル》を繰り返した。真介が一番速かった。

近くのキャンプ場で荷下ろしをした、リッターオーバーのカフェレーサー・ツーリング族たちとも走ってみた。大人たちに混じっても、いい勝負が出来た。

センスいいよ、おまえ。

何度かそれに似たことを言われた。

欲が出た。もっと、速くなりたい。

今にしてみれば噴飯ものだが、もしかしたら、というかすかな希望も芽生えた。

十七の夏。これまた中古の、ホンダＦＴ４００というバイクに乗り換えた。バイク屋でＧＰＺ４００と交換したのだ。ＧＰＺよりはるかに中古価格帯も安く、人気もないＦＴ４００。いわゆるダート・トラック向けの市販車だ。

バイク雑誌に書いてあった。世界のトッププロ・ライダーは、そのほとんどがダート・トラッカー上がりだと。リア・スライド。カウンターテクニック。いわゆる未舗装路のオーバルコースで充分に腕を磨いてから、ロード・レーサーに転向してきている、と。

未舗装路なら、この北の大地にはいくらでもあった。ガソリンスタンドでバイトをつづけながら、その金でガソリンを入れ、転倒してはバイクを修理した。雪に閉ざされた冬場は、くたびれかけた単気筒エンジンをバラして組み直したり、ロードレース世界選手権シリーズのヴィデオを見たりして、イメージトレーニングに努めた。

十八の春。その時点で、またまた中古だが、スズキのRGガンマ400に乗り換えていた。ダートコースでの練習の成果もあった。ツーリング族がふたたびやってくる頃には、このジャジャ馬を自分なりのレベルではなんとか乗りこなせるようになっていた。

自信を深めた。遅まきながらも秘《ひそ》かに進路を決めた。

おれは大学に行く、と。それも、筑波《つくば》大学とかいう国立大に行く、と。

両親はもともと、真介の大学進学を希望していた。

もう、こんな田舎に未来はない。父親は真介の将来の話になるたび、そう繰り返していた。そのためには学歴だ、いったんは都会に出ることだ、と。

しかし、さびれた炭鉱町の高校生の例に洩《も》れず、真介も自分の家の経済状態をよく知っていた。

県庁所在地にない国立大学。学費も安い。住居費も安い。しかも——これがなにより も大事なのだが——筑波サーキットが近くにある。

足払という小さな世界では、真介が一番速かった。が、内地に出れば、もっと速いやつはいくらでもいるかも知れない。とにかくレースに出て、自分の実力を試してみたかった。もっともっと大きな舞台で、バイクに乗ってみたかった。

だから本当の目的をひた隠しにして、両親に大学進学の意思を告げた。父親も母親も大喜びだった。少ない家計の中から、学費と最低限の仕送りはもらえることとなった。

嘘《うそ》をついている。

内心忸怩《じくじ》たる思いを抱いた。あくまでもレースが目的だが、この両親のためにも大学は四年でちゃんと出よう。……滑稽《こっけい》な話だが、その時点ですっかり大学に受かる気でいた。いや。絶対に、なにがなんでも受かるのだと心に決めていた。

クラスメイトから冷やかされるのもお構いなしに、その年の夏の終わりから翌年にかけ、狂ったように勉強を始めた。

十九を控えた四月上旬、もっとも偏差値の低い学部に滑り込みで入学。

レースには金がかかる。授業には最低限出席し、すぐにバイトを掛け持ちしながら、サーキット通いが始まった。所属は筑波大レーシングクラブ。クラブ内ではすぐにトップライダーになった。サーキットで催される、各種のプロダクション・レースにエントリーして走った。

結果。

……微妙。

決して遅くはないが、かと言って圧倒的に速いわけでもない。草レースレベルでも、内地に出れば速いやつはいくらでもいた。最初の半年はいつも、表彰台一歩手前という状況。それでもなけなしの金をはたいてサーキット走行をつづけた。いよいよ素寒貧《すかんぴん》のときは、ボロボロになったガンマ400を手直ししながら夜の筑波山を走り込んだ。

一年が経《た》ち、二年が過ぎる頃には、ジュニアクラス昇格、GP250スポット参戦と、少しずつエントリーのクラスを上げていくことができた。

大学三年の初夏、筑波ロードレース選手権GP250クラス第三戦で、ついに一番高い表彰台に登った。この初勝利で勢いづき、その後はコンスタントに入賞できるようになった。世の中の景気もまだよかった。発展しつづけている〝つくば研究学園都市〟という土地柄もあった。地元の不動産会社とガソリンスタンドを経営する燃料系商事会社のスポンサーがつき、マシンの提供は無料で受けられるようになった。

さらにレースにのめりこんだ。夢の中にまで、焼けたカストロール・オイルの匂《にお》いと、熱に爛《ただ》れたレーシングタイヤの香りが染《し》み込んでいた。

大学四年の夏。

揺れ動くものがあった。同じ学部の同級生たちは、就職活動に奔走していた。さんざん悩んだ上で、決断した。

あと少し、あとほんの少しで、ちゃんとしたプロ・ライダーになれるかもしれない──就職活動はせず、相変わらずのバイト生活を繰り返しながらレースに集中した。

卒業の年。多くの同級生たちは、まるで集団就職のようにして東京へと去って行った。

真介はバイトをつづけながら筑波に残った。その年は全国規模の活動となった。MFJ主催の全日本ロードレース選手権250クラスにエントリーし、スポーツランド菅生《すごう》、鈴鹿《すずか》サーキットと各地を転戦した。

翌年も同様。同じクラスで各地を転戦し、この年は日本選手権で、少ないながらもコンスタントにポイントを稼げるようになった。

……ずっと待っていた。わずかながらもちゃんとした給料をもらえる身分。それこそがプロとしての第一歩だ。

しかし。

ホンダ、ヤマハ、スズキ、カワサキ——あれほど待ち焦《こ》がれていたワークスチームからの誘いは、どこからもなかった。無給のプライベーターとしての身分は変わらないまま、走りつづけた。

二十四になっていた。二輪ロードレースの世界では、決して若くはない。

そしてもうひとつの事実。うすうす気づいていながら、目を背けていた事実。

サーキットでの真介の走りは、ほぼ完成されていた。基本に忠実なコーナーへのアプローチ。立ち上がり重視でクリッピングポイントをなめて行くラインどり。滑らかな荷重移動。的確なアクセルワークとブレーキング、シフトチェンジ。

しかし、そこまでのライディングをしても背後から迫ってくるマシンたち。陽炎《かげろう》で揺れるアスファルト。観客の声援。汗の滴《したた》るヘルメットの中、抜きつ抜かれつを繰り返す。怖《おそ》れを知らずにスプーンカーブに突っ込んでゆく先行車輛《しゃりょう》の後ろ姿。

……分かる。隙《すき》だらけのライディングフォーム。ぶれるラインどり。粗いアクセルワークでパワースライドはおろかハイサイドまで起こしかけているタイヤ。そのすべての挙措において、無駄が多い。

それでも真介とほぼ同じコーナリングスピードを維持したまま、つづくストレートへと躍り出てゆく。そのほとんどが十代後半や二十歳そこそこのライダーだ。かたや、ほぼ未熟な分だけ、荒削りな分だけ、まだまだ速くなる伸びしろがある。

限界に近い走りをして、ようやくおっつかっつの自分――。

パドックにいたであろうワークスチームのスカウトマンも、馬鹿《ばか》ではない。単純なレース結果だけではなく、やはり見るところは見ていたのだと、今では思う。

二十五を間際《まぎわ》に控えた春、ついにチームの監督に言われた。

「村上……そろそろ、いいんじゃないか。もう、充分だろう」

実質的な引退勧告。この監督にしてもそうだ。二輪が好きで、プロレーサーになりたくて、だがライダーとしては芽が出ず、それでもロードレースが大好きで、今はしがないプライベーターチームの監督を薄給でこなしている四十男。学生が住むような安アパートに住んでいる。当然、家庭もない。

「おまえはそこそこ名の知れた大学も出ている。今のうちならまだやり直しは利《き》く。

もう、充分だろ」

それでも諦《あきら》め切れなかった。バイクは、レースは、このほぼ十年の真介のすべてだった。女ともロクに付き合わず、ひたすら情熱と金と労力を注ぎ込んできた。だから土下座せんばかりに頼み込んだ。お願いだから、ここに置いてくれ、と。自分の食《く》い扶持《ぶち》ぐらいはこれまでどおり、バイトでやっていくから。セカンドライダーに落とされてもいいから、と。

ちょうど、あの緒方が開発部長に泣きついたように。

が、ここまでだった。

監督は頑として自分の意見を譲らなかった。なおも真介は必死に食い下がった。

ついに監督は妥協案を提示した。

「在京のちゃんとした会社に、正社員で勤めることが条件だ。今後の生活にちゃんと保険をかけておけ。そうしたら、土日のレースだけはセカンドライダーとして面倒をみよう」

屈辱の条件。それでも、言われたとおりにした。新橋にある中堅規模の広告代理店に入社して、土日だけサーキット場に向かった。自宅からレース用具一式を積み込んで移動するためのクルマも買った。中古のインテグラ。

が、一年が経ち、二年が過ぎ、次第に週末のサーキット場に誘われることもなくなっていった。どうやら監督は、もともとそのつもりだったらしい。そういうふうにして真介をこの世界からゆっくりとフェイドアウトさせるつもりだったのだ。

毎月決まった給料をもらい、以前よりもはるかに暮らし向きは良くなった。

反面、気持ちは荒れた。心にぽっかりと開いた穴をもてあまし、どうしようもなく寂しかった。虚《むな》しかった。気がつけば女に走っていた。肉の快楽に逃げ込んだ。合コン。ナンパ。ゆきずりのセックス。遊びまくった。会社での仕事も、以前にも増して最低限しかこなさなくなった。当然、クビになり、今の会社に拾われた。

その時点でようやく目が覚めた。吹っ切れた。

今となっては分かる。自分に甘えていた。現実を見たくなくて、自分をごまかしていただけだ。なにかに縋《すが》りつきたかった。

まるで大好きな玩具《おもちゃ》を取り上げられたまま駄々をこねている子ども。そうだ。そういうことだ。

でもいつまでも子どもではいられない。これからも人生はつづく。生きていかなくてはならない。仕事を、ちゃんと仕事として捉《とら》えようと思った。

もう、あの世界には戻れない。そう決心した時点で、不思議に女遊びもピタリと止《や》んだ。自分が本当に向き合うことのできそうな相手としか、付き合いたいと思わなくなった。

階段を下りながら腕時計を見る。八時四十五分。廊下の先。真介用の面接室に使わせてもらっている、この会社の小会議室。足を進めてゆく。

分かっていた。

好きな仕事をつづけるために、なりふり構わなかった緒方。オモチャの男。今の自分にないものを、あの男は持ちつづけようとしている。

うらやましいと思ったわけではない。

ただ、あんな冴《さ》えないトッチャン坊やでもどこかで救ってあげられればと、無意識に願っていた。だから社長にこの件を詰められたとき、妙に苛立《いらだ》った。

ふたたび微笑《ほほえ》む。

会議室の前まで来る。ドアを開ける。

あ。おはようございまーす。

先に来ていた川田美代子が、例によって間抜けな声を上げる。が、やはり安心する。

今日は薄茶色のツーピース。

「おはよー」

と、真介も返す。

ん？ という顔をして、川田が首を傾《かし》げてくる。

「村上さん、今日は朝からごきげん」

「まあね」

そう――。

もう、夢中になれるものは無くしてしまった。

だが、それがなんだって言うんだ。

いろんなことを考えさせてくれるこの仕事があって、マジに好きになりかけている女がいて、こうして場を和ませてくれる――ちょっと薄ぼんやりはしているが――美人のアシスタントもいる。

確かに今でも、揺れ動くものはある。でも、この世界も悪くはない。

File 3. 旧友

1

来客用の駐車スペースまで降り、クルマに乗り込む。運転席の窓を開ける。

「じゃあね」

と、陽子《ようこ》が窓から真介《しんすけ》を覗《のぞ》き込んでくる。

うん、と真介もうなずき返す。

本音を言うと、彼女の部屋にもう少し居たい。ダッシュボードの時計を見る。しかしすでに月曜の午前零時——今日から陽子は出張で、しかも朝八時半の新幹線に乗らなくてはいけない。

西日本行脚《あんぎゃ》よ、と陽子は言っていた。

二週間の出張で、名古屋以西の各取引先の下請け製材メーカーを訪問して行くのだという。最初に中部地方の木曽《きそ》を訪れ、大阪に出向き、丹波、和歌山を巡って四国へと渡る。吉野川《よしのがわ》流域から室戸岬までを訪れたあと、さらに九州は宮崎の椎葉《しいば》村とかいう辺鄙《へんぴ》な山奥まで足を延ばす。そのすべてが、現地の各社長との商談になる。彼女が二年がかりで進めてきたプロジェクトは、現在最終の詰め段階に入っている。

「ま、いざとなったら刺し違える覚悟ね」

その鼻息の荒いセリフには、思わず笑った。ひどく気合いが入っている。

同時に、ここが彼女の正念場だとも感じた。彼女はもう今の会社に見切りをつけている。そして次のステップのために、今置かれている現状の中で積めるだけの実績《キャリア》を積もうとしている。

いいな、と思う。

八つ年上のこの女。決して弱音を吐かない。泣き言を並べたりもしない。たぶん絶対に必要なとき以外は、誰にも頼ろうとしない。

「あのさ――」気がついたときには口を開いていた。深夜のマンション。駐車スペースには誰もいない。「もう少し顔を下げてよ」

「なんで？」

「口を、吸いたい」

陽子は笑い出した。

「いやらしい」

それでもすぐに窓枠に手をかけ、そそくさと車内に顔を突き出してきた。まんざらでもない様子。むろん真介も嬉《うれ》しい。陽子の首に手を廻し、唇を割り、舌を吸った。

付き合うようになってから二ヶ月が経《た》つ。正確に言えば、付き合おう、とお互いに言い出したことはない。会ったときに次の約束を取り交わし、そのときに、またさらなる予定を決める。会えば必ずセックスをする。そういうふうにして二ヶ月が過ぎた。

今日もそうだった。

約束したのは先週の週末で、昼前に府中にある彼女のマンションまでやってきた。昼食をとりに深大寺《じんだいじ》の蕎麦屋《そばや》まで出かけ、帰り道でスーパーに寄り、夕食の食材を買い込んでふたたび彼女のマンションまで戻ってきた。これから二週間会えないと思い、すぐに彼女をベッドに押し倒した。やめてよ、たぶん汗くさいよ、と渋っていた彼女も、半ば強引にシャツを脱がせ乳首を転がしている間に、その気になった。

二時間のワンラウンドを終えたときには、日が暮れていた。

一緒に夕食を作り、ワインを飲んだ。皿の料理をすべて平らげたあとで、一緒に食器を洗い、すぐに歯を磨いた。暗黙の了解——夜のセックスの前には、必ずお互いに歯を磨く。手をつないでベッドに直行し、さらに二ラウンド目をこなした。

真介の口中にあった相手の舌が引っ込んだ。

陽子が顔を引き、首をやや傾《かし》げている。

「二日に一度は電話するね」

「毎日でもいいよ」真介は答えた。「で、三日に一度ぐらいは陽子の声を聞きながらオナニーをする」

陽子はふたたび笑い転げた。

「この、変態」

「じゃあ、再来週の土曜に」

「うん」

真介はクルマを出した。敷地を出る直前にルームミラーを覗《のぞ》き込むと、エントランス横に立っている彼女が一瞬伸び上がり、大きく手を振った。その愛嬌《あいきょう》たっぷりの仕草。

いいな、とふたたび思った。

府中の陽子のマンションから、真介の住まいのある武蔵野《むさしの》市の玉川上水近辺までは、

七、八キロの距離。遠いようでいて、夜は意外と近い。小金井街道から五日市街道を経由して帰れば、深夜なら十分そこそこで着いてしまう。

クルマを駐車場に置き、アパートのドアを開けた。クルマのキーをサイドボードの上に置き、服を脱いでいるときに、机の上の書類に目が止まった。

一週間前に先方から届いた分厚い個人ファイル……今度の依頼主企業《クライアント》は『ひかり銀行』という都銀だ。この銀行の企業概要は、先々週の会議でも説明があった。個人的には数年前にも新聞で読んだ記憶がある。

旧財閥系である『安井銀行』と『三友《みつとも》銀行』の二行が合併し、取扱高で国内二位のメガバンクに膨れ上がった。合併時の出資比率は安井が五一パーセント、三友が四九パーセント。資本金五千二百億円。総資産は九十三兆五千七百億円。行員数が二万四千人。連結自己資本比率も一〇・九パーセントと、国際統一基準をクリアしている。

真介の会社『日本ヒューマンリアクト㈱』が請け負った人員削減業務は、この銀行の為替電信部が対象だった。とはいえ、この部署だけでも百二十名からの行員がいる。

さらに詳しい内部情報は、五日ほど前に社長の高橋栄一郎《たかはしえいいちろう》から聞いた。

会議の席上、高橋は言った。

――銀行、特に都銀レベルまでいくと、通常ならこういった人員削減は行内で実施するし、また、そうできるだけの専門の人事組織も持っている。

そう言って席上の部下を見回した。

「が、言い方はあまり適当でないかもしれないが、合併後にこの部署に配置された行員は、いわゆる余剰人員らしい。少なくとも三十代以上の男性行員は、そうだ。合併後にその職場を失《な》くしたものがほとんどで、玉突き人事の産物だ。被害者とも言っていい。さらに新しく出来た人事部自体、旧『安井銀行』と『三友銀行』の行員がごちゃ混ぜになっていて、今でも元の出身銀行による派閥が隠然と存在する――」

そこから先の話は、聞かなくても真介には分かった。

つまりは相手が元身内かどうかで、その面接担当官の微妙な匙加減《さじかげん》が加わらないとも限らない。元の身内にはやや優しく、合併先の相手に対してはやや厳しく、ということだ。結果的にはそれが、面接官本人の将来の保身にも繋《つな》がってくる。

むろん社長である高橋の営業力もあるだろうが、そういう匙加減を防ぐためにも、人員削減のお鉢が真介たちの会社に回ってきた……そういうことだろう。

明日から、この為替電信部の一次面接が始まる。リストラ候補者は部署内の百二十名。そのうちの六十名の首を三次面接までに切ることが、『日本ヒューマンリアクト㈱』に与えられた仕事だった。真介の受け持ちである被面接者は、そのうちの二十人。

洗面所で顔を洗い終えた真介は机上の個人ファイルを片手に取り、枕《まくら》もとのライトをつけてベッドに寝転がった。ぱらぱらとページをめくりながら、ついため息をつく。

明日からの面接を想像して、多少気負っているせいもある。

従業員十五名、資本金一千五百万程度の零細企業が、その一部門とはいえ、従業員数で千五百倍強、資本金で三万倍以上の企業のクビ切り業務を担当するのだ。しかも業種は銀行。少なくとも世間のイメージ的には、これ以上はないお堅い会社の代名詞だ。もしこの仕事が成功すれば、世間にあまり馴染《なじ》みのない業種を扱う『日本ヒューマンリアクト㈱』の社会的な信用は、格段に増すだろう。べつだん会社組織のことを考える立場ではないが、それでも自分のいる会社の信用が増し、今後の経営が安定する方向にむかえば、真介だって嬉しい。やはり、少し肩に力が入る。

が、ため息の原因はそれだけではない。

今、真介の人差し指は、個人ファイルの中ほどのページで止まっている。

実を言えば、職場で初めてこのファイルをめくったときもそうだった。このページでつい、指が止まった。

どことなく見覚えのある顔写真が、一枚目の職務経歴書の右上に収まっていた。

氏名欄に視線が飛ぶ。池田《いけだ》昌男《まさお》——やはり、聞き憶《おぼ》えがある。

だが、どこでだったかは思い出せない。おそらくは古い記憶。二枚目の履歴書をめくる。生年月日……真介と同じ学年のようだ。たぶん社会人になる以前の付き合い。

学歴の欄を下から見てゆく。

一橋大学経済学部卒。

さらにその前。

北海道立足払《あしふつ》高校卒。

――ようやく思い出した。記憶が繋がった。

2

この部署に来て、かれこれ一年が過ぎようとしている。

空気が淀《よど》んでいる。ゆっくりと腐ってゆく自分も感じる。

池田昌男は、ひかり銀行本店内にある為替電信部の北米課に所属している。

担当は、西部標準時間エリアの主任。

ニューヨークやダラス、ロサンゼルス、モントリオール、バンクーバーなどの北米大陸全域から送られてくる英文の決裁書類《ドキュメント》を読み込み、大陸東部、大陸中部、大陸西部のそれぞれの標準時間に合わせ、その当日のうちに現地銀行に振り込んだり、逆に現地からの入金を処理したりするのが、この部署の仕事だ。現地余剰資金の調整や海外送金用本店準備金の取りまとめも、その付随業務としてある。

昌男は一人、苦笑する。

他人に説明してみればなにやら国際色溢《あふ》れる専門部署のように映るかもしれないが、内実そんなことはない。

英語の読み書きができ、帳簿上のストックをある程度前倒しして考えられる能力がある人間なら、誰にでも出来る仕事だ。少なくとも昌男はそう思う。

現に今もそうだ。課長からまわってきたドキュメントを検討している。日本の商社が振り出した三百万ドルの小切手。期日は明後日まで。シアトル支店に入金指示を飛ばす。次いで本店準備金の残高をチェックして、ほぼ午前中の業務は終わった。

「池田主任、このドキュメントの処理、どうしましょう?」

隣席、入行二年目の女性行員が声をかけてくる。一読し、適当な指示を与え始める。指示を与え終わったとき、北米課の課長が十階から戻ってきた。

十階……大小の会議室やホールが備えられており、今日からそこが面接室として使われている。課長は大きなため息をつき、自らのデスクに腰を下ろした。脂《あぶら》ぎった眉《み》間《けん》に深い縦皺《たてじわ》が寄っている。どんな経緯の面接になったのかは、その様子でおおよそ分かる。神田支店での支店長時代、融資先から密《ひそ》かに現金を受け取っていたこの男——ついでに言うと、その取引先の社長夫人ともデキていたという。つい笑みを堪《こら》える。昌男はこの上司が大嫌いだ。

課長と入れ替わりに、隣のシマの主任がネクタイを締め直しながら席を立ち、そわそわとした様子で扉に向かってゆく。

昌男より二期上の男性行員——普段は穏やかで人当たりのいいこの先輩も、ある一定量以上のアルコールが体内に入るとその人格が豹変《ひょうへん》する。つまりは酒乱だ。大宮支店での渉外課時代に接待で何度も失態を重ね、ここに送り込まれてきた。彼も、今から十階に向かってゆく。

「おい、池田っ」

部長の声が響く。

はい、と返事をし、席を立ち上がる。フロア奥の部長のデスクまで足を進める。

デスク上の部長の湯飲み茶碗《ぢゃわん》が、まだ暖かい湯気を立てている。いつもそうだ。その湯飲み茶碗の向こう、両手で新聞を広げたまま部長が問いかけてくる。

「池田。先週言っておいた準備金申請書の件はどうなった?」

「はい。それは雛形《ひながた》を作った後、手配課に正式な書類を作るように廻しておきましたが」

答えながらもデスクの上の書類を窺《うかが》う。それらしき書類が、すでに部長決裁の箱の一番上に載っている。

部長はそこで初めて紙面から顔を上げ、じろりと昌男を見た。

「それは知っている。だがな、おれはおまえに頼んだんだ。頼まれた以上、最後まで責任を持っておまえ自身がおれのところに正式な申請書類を上げてくるのが筋ってもんだろ」

なに言ってんだ、こいつは——ついそう思う。

たまたまあの日は手配課の担当主任が休みで、この部長が昌男に、代わりに作成しろと言ってきた。ただ、提出期限は五日後でいいという。正直、その時も呆《あき》れた。そんなに余裕があるなら、なにも担当外の自分に頼まなくても、翌日この担当が出てきてから頼めばいいだけの話だ。昌男本来の仕事でもない。

部長は何かを思いつくと、すぐ誰かにそれをやらせようとする。そのときに担当がいようがいまいがお構いなしだ。しかもその作業を任せたことを、本来の担当者に通知もしない。だから、いつの間にか同じ仕事を違う部署の二人がやっていたりする。

ロスだらけだ。課ごとの仕事の割り振りもグチャグチャになってくる。

だが、昌男は黙ってそれを受けた。その日のうちに雛形を作り、翌日出行してきた担当に、部長に頼まれた旨《むね》を話して、書類を預けた。むろん、相手からも感謝された。

誰からも非難される筋合いの話ではない。

「そうだろ。池田？」それでもしつこく部長は言葉をつづける。「だいたいな、仕事を引き継がせるなら引き継がせるで、なんでまずはこのおれに報告しない。え？」

この男――。

ようやく悟る。自分が軽んじられたと思っている。

この部長は旧安井銀行時代、三十代の後半でニューヨーク支店の支店長を務めていた。同期の中でも圧倒的な出世頭だったという。ドナルド・トランプも顔色なしの企業買収や五番街などでの土地売買を繰り返し、ニューヨークタイムズにその顔写真が載ったことも一度や二度ではなかったらしい。

が、その華々しい活躍もバブルの終焉《しゅうえん》とともに幕を閉じた。結果として生じた巨額の不良債権。取締役会での責任のなすり合い。本店に戻ってきたとき、最終的にそのババを引かされたこの男に、居場所はなかった。以来十五年、この部署に収まっている。部長のポストを与えられてこの閑職に追いやられ、合併後も飼い殺しにされたままだ。

午前中はどんなに部下が忙しく立ち働いていてもまったく我関せずで、日経金融新聞、日経産業新聞、日経流通新聞と、三紙の隅々にまでゆっくりと目を通す。呆れたことに自宅では新聞を読んでこないらしい。その間にも飲みかけのお茶が冷めると、近くの女性行員に何度でも淹《い》れ直させる。その対応が少しでも遅くなると激怒する。だから部長の湯飲みは常に湯気を立てている。徹頭徹尾自分の都合しか考えていない。挙句、わけの分からない指示を気まぐれに部下に飛ばす。

〝変人〟と、女子行員の間ではもっぱらの噂《うわさ》だ。

むろん、この男が昔からそうだったとは思わない。少なくともバブルでこけるまでは有能なバンカーだったはずだ。有能とは、対人関係のありかたや、仕事の取り組みかたを含めてのことだ。でなければ三十代でニューヨークの支店長など務まらなかっただろう。

……昌男は時おり思う。

人間というのは、もし自分が不本意な状況にはまり、そしてその現状が長くつづきすぎると、ついには性根まで腐ってしまうものなのだろうか。

現実にこの部署は、不要になった人間の吹き溜《だ》まりだ。そんな場所に長年いれば、いつかは自分もこういうふうになってしまうのだろうか――。

気づくと目の前の部長は鳴り止《や》んでいた。苦虫を噛《か》み潰《つぶ》したような顔つきで昌男を見上げていた。

「どうもすいませんでした。以後、気をつけます」

頭を下げ、自分の部署に戻ってゆく。席に着き、気づいた。

対面デスクの佐藤《さとう》が昌男を見ている。

「池田さん、気にすることないよ。あんなやつの言うこと」彼女は少し身を乗り出し、囁《ささや》くように言ってくる。「アッタマおかしいんだからさ」

昌男は笑った。

昌男は佐藤のあけすけさが好きだ。多少きついところもあるが仕事はてきぱきとこなせるし、なによりもこの雰囲気の暗い部署にあって、いつもさばさばと明るいところがいい。ある意味北米課の救いだ。佐藤妙子《たえこ》――この部署に異動してきてから知った。入行年次は昌男と同期だが、高卒なので四つ下の二十九歳。そのせいもあって昌男には気安い。もう五年も同じ部署にいる。今では昌男の部下だ。

「分かってる」

「あのときのこと、まだ根に持ってんのよ」

そうかもしれない、と思う。

三ヶ月ほど前の、ちょっとした出来事。

他の企業もそのような職場が多いが、この銀行も水曜はノー残業デーと決まっている。そしてその当日に月一回の割合で、部長主催の勉強会なるものが開かれる。

勉強会、とはいっても単に飲み屋に行き、他部署の噂話などをしながら酒を飲むだけの話だ。ときにはキャバレーの場合もあるし、居酒屋の宴会場の場合もある。

課長以下三十人ほどの管理職が、この部長の一挙手一投足に対して一斉に追従《ついしょう》笑いをしたり相槌《あいづち》を打ったりする光景は、醜悪以外のなにものでもない。部長もまたそれをよしとして、職場では滅多に見せない高笑いを響かせる。ときには醜悪を通り越して滑稽《こっけい》ですらある。

昌男自身、この勉強会と称する飲み会に出て、楽しいと思ったことは一度もない。それは他の主任や課長クラスの人間にしても同様だろう。誰も楽しくて付き合っているわけではない。

しかしプラス評価のつけにくい仕事——営業職や企画職ではなく、個人の能力差があまり表面にでてこないこの職場——では、上司の査定が将来の出世や来季のボーナスに大きく影響してくる。

彼らにだって妻はいるし子どももいる。家のローンもあるだろう。この銀行業界受難の時代、一度職にあぶれるとなかなかそれまでと同等の待遇では雇ってもらえない。だからいい年をした管理職のほとんどが、部長に必死に取り入ることとなる。

むろん昌男もその消極的な参加者の一人だった。五年前に結婚した妻もいるし、やはりマイナス評価の烙印《らくいん》を押されることは怖かった。

バカでも力を持つと、それは絶対なのだ——。

無意味な時間を過ごす中で、苦笑交じりに何度かそう思った記憶がある。

あの日もそうだった。

三ヶ月ほど前のノー残業デー。恒例の月イチの勉強会。

ちょうど年度末と月末が重なり、海外からの出入金業務が集中した。職場は朝からパニック状態だった。処理しても処理しても、次々と流れてくるドキュメントの膨大な量に追いつかない。当然、夕方になってもその状況は一向に改善されなかった。

五時五十五分——終業時間の五分前。

例によって部長の声が飛んだ。

おい。なにをぐずぐずしている。そろそろ仕舞いに入れ。

部長だけはすでに机の上を片付け、スーツの上にスプリングコートを羽織ったまま椅子《いす》にふんぞり返っていた。

それでも各課の課長以下はまだ作業に追われていた。昌男もそうだ。この日は昼食をとる暇もなく、部下の女子行員と終日ドキュメントの処理をつづけていた。つづけながらも次第にムカついてくる自分をどうしようもなかった。

だいたい年度末と月末が重なれば、職場がこういうふうな状態になることは最初から分かりきっていたことだ。それを知っていてこの日に勉強会を設定してくる部長の神経が信じられなかった。

六時ちょうど。職場に終業時間のアナウンスが流れ始めた。

部長が立ち上がり、ついに怒声を発した。

おいっ。もう行くぞ！　店の予約もあるんだからな。あとのことは残る人間にやってもらえばいい。

しぶしぶ、といった様子で課長クラスが席を立ち始める。主任クラスもそうだ。

女子行員たちは相変わらずドキュメントの処理をせっせとつづけている。この部署では決して主任以上になる事のない彼女たちは、この夜の勉強会に呼ばれることはない。いわば蚊帳《かや》の外の存在だ。だが、部員総出でやっても夜の十時は過ぎる仕事の量が、まだ残っている。彼女たちだけになれば、終わるのは零時を過ぎるだろう。そこまでやっても、彼女たちの立場で残業をつけることは許されない。むろん終電を逃したところでタクシー券も出ない。

部長が鞄《かばん》を手に取った。

「さあ行くぞ。月に一回しかない勉強会なんだからな」

目の前に、歯を食いしばるような表情でドキュメントを読みつづけている佐藤妙子の顔があった。隣席には、入行二年目を迎えようとしている女の子の、今にも泣き出しそうな顔もあった。程度の差こそあれ、月に一度は繰り広げられる光景——昌男の中で、小さく弾《はじ》けるものがあった。

同じ部署の課長と他の二人の主任が立ち上がるのを気配で感じながらも、黙々と仕事をつづけた。

「池田。行くぞ」

課長の呼びかけが聞こえる。

昌男は腰を上げなかった。

「行こうぜ。池田」

中部標準時間エリアの主任の声も、昌男を促してくる。

それでも昌男はパソコンにへばりついていた。

カタカタとキーボードを叩《たた》きつづける指先。さらに無意味な時間が経過してゆく。

「池田。やばいぞ。早く」とうとう背中から、酒乱先輩のささやきが聞こえた。「部長がこっちを見てるぞ」

構わず、パソコンに指示を飛ばしつづけた。どうせ飲み会は一次会だけでは終わらない。二次会、三次会とくだらない夜宴は深夜までつづく。

「先に行っていてください。見通しがつくところまで片付けてから、あとを追いますよ」

「おい、池田……」

「とにかく、いまはこっちが優先ですから」

おれは、意地を張っているのだろうか——。

キーを打ちつづけながらも、ふとそう思った。

理不尽な上司の前で正義漢ぶりっこをしたいだけなのだろうか。困っている彼女たちの前で、いい格好を見せたいのだろうか。

自分に酔っているだけなのだろうか。見栄《みえ》の産物なのだろうか。

……たぶん、違う。これは、おれ自身の問題だ。

無理解な上司。付和雷同する先輩たち。ある意味、銀行に限らず吹き溜まりの職場では、よくある局面なのかもしれない。

でもこれをいつまでもやり過ごすと、おれの心のどこかが、潰される。

そう感じた。

だから周囲の呼びかけにもこたえず、机にへばりついていた。

不意に人の迫ってくる気配がした。見上げると、怒りに顔をどす黒く紅潮させた部長がすぐそこまでやってきていた。

一瞬、摑《つか》みかかられるのかと思った。

が、部長は目の前で立ち止まり、昌男を見下ろしたまま口を開いた。

いい気になるなよ。

部長は吐き捨てるように言った。

「おまえなんぞの首を飛ばすぐらい、いつだって出来るんだ」

それが、三ヶ月ほど前のことだ。

以来、夜の勉強会に呼ばれることはなくなった。当然、部長との関係もギクシャクしたままだ。

「池田さん、昼食行こうよ」

気がつけば十二時を数分ほど過ぎていた。目の前の佐藤妙子が誘ってくる。

「あたしね、この前ガード下に、おいしい定食屋発見したんだ」

隣の二年目行員も、このときばかりは元気よくうなずく。

「そうですよ主任、一緒に行きましょうよ」

昌男は少し笑った。

あの事件以来、職場の女性行員たちは自分に対して気持ち悪いほど好意的だ。昼食になると同じ課の彼女たちは必ずといっていいほど昌男を誘ってくるし、この部署の女性行員同士でやっている内輪の誕生会にも、二、三度誘われたことがある。

さすがにこの誕生会の申し出のほうは断ったが、彼女たちは同様の誘いを他の男性行員には一度もやらない。こんな吹き溜まりの部署にいる将来性のない男性など、彼女たちのほうから願い下げだということなのだろうが、その中で昌男だけは、どうやら彼女たちの世界を垣間見る《かいまみ》ことを許された存在らしい。

「ね、行こうよ」

もう一度佐藤妙子が誘ってくる。が、昌男は首を振った。

「いや、今日はいいよ。飯の前にちょっと寄りたい場所もあるし」

佐藤が口をへの字に曲げた。

「そ。残念」

五分後、昌男は職場を出た。

一階でエレベーターを降り、エントランスホールを突っ切り、足早に正面玄関を目指す。地下にある社員食堂には、ここ数ヶ月行ったことがない。行ったところで部長をはじめとする取り巻き連中と必ず鉢合わせするだけの話だし、本店勤めの同期の人間に出くわすのも、なんとなく憂鬱《ゆううつ》だった。

ビルの外へと出た。

途端に初夏の太陽が鋭く瞳孔《どうこう》を刺す。昌男は思わず顔をしかめた。

ひかり銀行本店が建っている場所は、丸の内一丁目だ。通りの向こうには旧財閥系の同業他社の本店ビルや、経団連ビル、全国紙の本社屋がずらりと軒を連ねている。その前の通りを行き交う背広姿の男やＯＬたちの足さばきも、心なしか早い。そんな通りの反対側を、昌男は皇居の桔梗濠《ききょうぼり》にむかってゆっくりと歩いてゆく。

一丁目の区画を抜け、内堀通りの横断歩道を渡り、皇居の石垣の連なる桔梗濠の縁へと出た。遊歩道を少し進んでゆき、屋台でサンドイッチと缶ジュースを買った。それから街路樹の下の空いたベンチに腰を下ろした。青粉の浮いた水面を眺めながら、サンドイッチのセロファンを破る。

実を言うと、佐藤妙子には嘘《うそ》をついた。

本当は昼食前の用などない。ただ、少し一人になりたかった。

サンドイッチを一口食べ、つい苦笑する。

病み始めている自分を感じる。それどころか、同僚の誘いを断ってまで一人で飯を食いたいなどと思うこと自体、相当の重症だ。鬱病《うつびょう》の一歩手前。厭世《えんせい》観に完全に支配されている。

缶ジュースのプルトップを引く。

一口飲むと、やや気分が落ち着いてきた。

頭上の街路樹から蟬《せみ》の鳴き声が聞こえている。

子どもの頃、図鑑で読んだ。七年間を湿った暗い土の中で過ごし、太陽の下に出てからはわずか一週間で死んでしまう昆虫。当時、近所の雑木林で捕まえた油蟬のことをふと思い出した。

……。

――北海道の北の果てにも、わずかに夏の季節はくる。

足払、という小さな町で昌男は生まれた。

両親は小さな建具屋を経営していた。その屋号は、当然のごとく『㈲池田建具店』。家族経営に毛が生えた程度の規模だ。

もともと建具職人だった父親が二人の従業員を使って地元の建設業者の下請け仕事をメインにこなし、店頭には母親が立って来店客の個別の注文に応じるというものだった。

頑丈で、十年経《た》っても寸分の狂いや歪《ゆが》みも出てこない建具や玄関の扉。手前味噌《みそ》ではなく、自分の父親は質のいい建具を作っていたと、今でも昌男は思う。

反面、家計はいつも火の車だった。父親の頑固さのせいだ。たかが建具とはいえ、いい物を作っているという自負があったのだろう、納入費を値切られたりすると、得意先に向かって怒り出すこともたびたびあった。あるいは、来店客の無理な要求に必死に対応している母親を押しのけて、それは無理だよ、とそっけなく断る。

当然客足は伸び悩み、建築会社からの注文が途絶えたりすることも一度や二度ではなかった。従業員の使いかたもうまくはなかった。仕事の割り振りが下手《へた》なのだ。

家に本当にお金がなくなったときなど、白飯《しろめし》に醬油《しょうゆ》をかけただけで食べていた。いわゆる醬油飯だ。

そんなとき、子ども心に昌男は懸命に考えたものだ。

なんで、こういうことになるんだろう、と。

考えつづけた。そして高校生の頃に、思った。

個人として仕事が出来ることと、それを組織としてうまく転がしてゆくことは、ぜんぜん別能力の話なのだ、と——若年ゆえ、ここまで明確な言葉にはならなくても、漠然とそういう結論に思い至った。

自分なりのやりかたを通したいなら通したいで、別の販売ルートを開拓したり、規格品を手ごろな価格で店頭売りしたり、原材料の仕入れ値を安く交渉したりと、もっとうまく商売をやる方法があるはずだ……。

小学生の頃から勉強は出来た。昌男はコツを知っていた。授業中に理解もせずに漫然とノートを取るより、教師の言っていることをその場だけでもいいから完全に理解することだ。そうすれば後日その教科書を広げるだけで、そのときの内容をまずはほとんど思い出すことが出来る。その該当ページに載っている事柄を教師は説明しただけの話なのだから、復習は再認の作業だけで済む。

地元の高校を卒業し、現役で一橋大学に合格した。専攻は経営学。経済学部で、しかも経営学を勉強するならこの大学しかないと決めていた。

卒業後、旧『三友銀行』に入行。銀行で、大学で習った知識をもとに試してみたいことがあった。

日本橋支店の配属だった。むろん最初の研修期間はATMの裏で現金を差し入れたり店頭補助をやらされたりしていたが、その後の五年間は、渉外課と融資課でバンカーのイロハを叩《たた》き込まれた。

金が介在するヒト対ヒトの関係。ある意味でもっともナマっぽく、リアルな世界だ。

たとえば、住宅ローンが何ヶ月も滞っていた一家があった。昌男も折にふれ催促の電話をかけていたのだが、ある日、その一家の奥さんのほうから「ようやくまとまったお金が出来そうです」との電話があった。

数日後、その旦那《だんな》がクルマに轢《ひ》かれ、死んだ。幹線道路に不用意に飛び出したらしい。警察は迷いつつも事故死と判断を下した。一家には多額の保険金が入ってきた。

このときばかりは、昌男も背筋がぞっとした。

五年前、昌男は本店に異動となった。今の部署ではない。

配属は本店社屋十二階にある『企業精査部』。以前からの異動願いが、ようやく通ったのだ。

簡単に言えば、融資を前提とした企業の財務と事業内容を調査・検討し、将来にわたってより確実に貸付金を回収できるように企業再構築のシミュレーションを行う、という部署だ。相手先は上場企業の場合がほとんどだ。

そしてこの報告書を元に、本店の融資部が動き始める。取引企業にも役立って、当行にもメリットをもたらす業務。昌男が銀行に入って最もやりたかった仕事。自分の会社人生は、これからが本番だと思った。

そしてこの異動が嬉《うれ》しかったのには、もうひとつの理由がある。

当時、昌男には付き合っていた女がいた。ある半導体メーカーの経理部の女性だ。日本橋支店の外回り時代に知り合った。昌男の直接の窓口が、その女性社員だったのだ。

昌男と同じ歳《とし》だった。

一年、二年とその会社に通ううちに好きになった。アタマのいい女に特有の人当たりのよさと穏やかさを持っていた。その平衡感覚からくる、クールなユーモアもあった。

名前は、吉田《よしだ》彰子《あきこ》。

ある日、仕事の打ち合わせが終わったあと、勇気を振り絞って夕食に誘った。

付き合うようになった。

一年後、結婚を申し込んだ。が、彰子は、もう少しこのままの状態でいたい、と言った。その理由を昌男は聞いた。

少し迷った挙句、彼女は答えた。

「昌男くん、今の仕事はまだ、自分の本当にやりたい仕事じゃないって言っていたよね」

「それが？」

「……誤解されると困るんだけど、わたし、自分が本当に好きな仕事に就いている人じゃないと、ずっと一緒にはやっていけないと思う」

意味が良く分からなかった。そんな昌男の表情を読み取ったのか、さらにもどかしそうに彼女は言葉をつづけた。

「自営業でもそうだと思うけど、サラリーマンの人生でも、いいときもあれば悪いときもあるでしょ。営業成績でも、あるときは同僚に抜かれたり、抜き返したり。出世でもそう。ある時期には同期より早く出世しても、十年後にはその同期が自分の上にいっていたり……言い方は悪いかもしれないけど、その結果だけ見れば、やっぱり一種のシーソーゲームだと思うの」

「――うん」

「最後にはシーソーの片方で下がったまま、一生浮かび上がれないこともある。たぶんその人のせいだけじゃないとは思うのよ。上司とそりが合わなかったり、たまたま部門が斜陽になったり、そんないろんな要素もあると思うの」

「うん」

「でもね、今の会社でも見かけるけど、そういう人たちって、どこか投げやりになっているところがある。自分のことを妙に儚《はかな》んだりしている。わたし、そんな生き方ってやっぱりどうかなって思うの。自分を大事に思えない人が、自分の目に見えている周囲の世界を大切にするとは思えないしね」

なんとなく、その言わんとすることが分かってきた。

「でもね、やりたい仕事をやっているのなら、ある程度は我慢できると思うのよ。たとえ出世できなくても、きつい労働条件に置かれても、自分自身で納得できる部分はある。自分のやっていることに誇りみたいなものを持つことは出来るんじゃないかな」

だから、はやく好きな仕事ができるようになって、と彰子は言ったのだ。

昌男はこの部署異動の件をイの一番に彼女に報告した。

彰子は昌男の両手を取り、ぶんぶんと上下させ、よかったね、と笑った。本当によかったね、と。

半年後、吉田彰子は池田彰子になった。

企業精査部での仕事は楽しかった。

融資部から上がってくる懸案企業を取材・調査し、さまざまな角度から分析して組織の再構築を図る。レポートに入念にまとめ上げ、融資部に戻す。そのレポートを元に融資部は貸与条件をつける。結果として、昌男が担当した企業は業績が上向く企業もかなり多かった。好きでやっている仕事で、しかもその結果が現実に顕《あら》われる。昌男は夢中になって仕事をこなした。

が、二年前のことだ。

安井銀行と合併したころから次第に雲行きが怪しくなり始めた。

互いの融資部が統合されてより大きな部門となり、企業精査部の業務も内包するようになったからだ。この組織改編の裏では派閥の力学も手伝っていた。安井銀行主導で始まった合併は、上層部もその八割が旧安井閥で占められた。旧三友銀行のエリートコースでもあったこの企業精査部は、企業精査課に格下げになり、融資部の下部組織になった。

むろん、調査依頼は以前と変わらず上がってきてはいた。だが、昌男たちが書いたレポートは同じ部の調査課という部署でいったん止められる。調査課がその資料を元にさらに独自のレポートをまとめ上げ、融資課に提出する、という二重構造になった。つまり、昌男たちは裏方になった。組織上で評価されるのは融資部調査課のレポートだけ。企業精査課の仕事に日が当たることはほとんどなくなった。

それでもいい、と最初のころは昌男も自分を納得させていた。そのたびに彰子の言葉を思い出していた。

好きでやっている仕事なら、たいていのことは我慢が出来る。まだ、誇りみたいなものを保つことは出来る——。

結果的に相手先の企業にも役に立つ仕事であれば、それはそれでいいじゃないか、と。

だが、ある日どうしても我慢できないことが起こった。

昌男が作ったレポートを元にして調査課が仕上げた結果報告書が、融資先企業に対してまったく違った見解を示していたのだ。昌男が結論として出していたのは、そのコンビニチェーンの中間管理部門のコスト削減だった。スーパーバイザーとその上部組織である地域統括部を廃し、本社でより徹底的なコンピューター管理を行う。

ところが調査課がまったく同じデータから弾《はじ》き出してきた結論は、中間管理部門はそのままにしておいて、各支店のパート、アルバイトの現場スタッフを削る、というものだった。

どう考えてもおかしかった。昌男にしては珍しく怒った。

だからその調査課の担当者に直談判《じかだんぱん》に出向いた。議論になった。結果、担当者のデータの読み込みが浅く、そういう結論を下したのだと分かった。

昌男はレポートの訂正を迫った。もう遅い、と相手は答えた。融資課にはすでに提出済みで、相手企業とはもうそのレポートを元に話が進んでいる、と。

昌男は言った。それでも根本的な間違いを直すのに遅いということはない、と。

相手は答えた。仕方がないだろ。訂正するにはもう仕事の段階的に間に合わないんだから。

おそらくは自分のミスを表沙汰《おもてざた》にしたくなかったせいもあるのだろう、相手は必死に昌男の申し出を拒否してきた。

この――と、昌男は心底怒りを覚えた。仕事の段階的に間に合わない、という言葉も癇《かん》に障《さわ》った。段階的に間に合わない、という言葉は、所詮《しょせん》は作業労力を指す言葉だ。

だが、作業と仕事とは違う。この仕事の本質自体で間違いを犯せば、実際の業務で役立っている多くの人間の首を切ることにも繋《つな》がる。それこそが、取り返しのつかないミスだ。

――この男は、仕事と作業の区別さえついていない。

醬油飯《しょうゆめし》。そんなやつのせいで、今後もその必然もないのに仕事にあぶれ、夕食にもこと欠く人間が出てくるのだ。

気がついたときには震える大きな声で口走っていた。

「あなたみたいな人にこの仕事をやる資格はない。さっさと辞めたほうがいい」

昌男にそう言われた担当者は、旧安井銀行の出身だった。

運の悪いことに、融資部の部長が昌男のこのセリフを聞いていた。そして部長の安井銀行時代からの子飼いが、この担当者だった。

それから半年後、昌男は今の部署に飛ばされた……。

――気づく。頭上の蟬の鳴き声が不意に止《や》んだ。

死んだのかもしれない、とベンチに腰掛けたまま昌男はぼんやりと思った。

視線を落とし、泥の上を探す。どこにも蟬の死骸《しがい》は転がっていない。単に鳴き止んだだけなのかもしれない。

泥の上を漂っていた視線が、自分の右手に止まる。まだ一口しか食べていないサンドイッチ。しかし、食欲もない。

分かっている。

合併後、多くの旧三友行員は閑職に追い立てられた。企業精査部の部長は関連会社に出向。直属の課長も早期退職制度で職場を去った。

他部署の同期や先輩でも、ひどい憂《う》き目に遭った人間がいる。

各競馬場からの賭《か》け金を現金袋に詰め、現金輸送車で回収して廻る肉体労働をやらされている同期もいる。

人材能力開発室という窓も電話もない地下二階の部署に送り込まれ、朝から晩まで『自分は能無しです。銀行には不要な人間です』と、ノートに書き付けることだけを命じられている元支店長もいる。

それに比べれば、自分などははるかに恵まれていると思う。分かってはいる。だが、それでも腐ってゆく自分をどうすることも出来ない。

いっそ銀行を辞めようかと思ったことも一度や二度ではない。

しかし、この銀行を去って本当にやりたいことはあるのか。前の企業精査部ほど夢中になれる仕事が、いったい世の中にはあるのだろうか。

……いつもそこで思考が立ち止まってしまう。

3

月曜の一次面接開始から、三日が過ぎた。

ようやく相手からの連絡が来たのが、昨夜火曜のことだった。すぐに今日会う約束を取り付けた。明日の池田昌男の面接には、なんとか間に合った。

午後六時——真介はひかり銀行本店社屋を出た。丸の内界隈《かいわい》を抜け、急ぎ足で東京駅へと向かう。向かいながら無意識に頭部を左右にひねり、パキパキと首の骨を鳴らす。

いつものことだ。被面接者の恨みがましい視線。怒りを押し殺して震える声音。泣き出されたあとのなんともいえぬ居心地の悪さ……連日五人ずつを相手にクビ切り交渉を続けていると、三日目過ぎあたりから首筋と背中が岩のように凝り固まってくる。

丸の内北口に、すでに相手は来ていた。

スーツ姿のその大柄な男は、近づいていく真介を認めるなり、にっと笑った。

「悪いな。香港《ホンコン》行っていたんでメール見るのが遅くなった」

「仕事か」

「資金集め」

真介はうなずいた。

「で、どうする。適当な店でいいか？」

ああ、と相手はうなずいた。

「居酒屋かなんかでいいぞ。どうせおまえの少ないポケットマネーなんだろ」

つい真介は苦笑した。実はもうちょっとマシな店に案内するつもりだった。丸の内北口の向こうの区画に、出来立ての大きな商業ビルがあり、地下には十軒ほどの流行《はや》りの飲食店がテナントを構えている。そのビルに顎《あご》をしゃくり、真介は言った。

「あのビルの地下にちょっとした和食レストランがある。テーブル席はすべて半個室になっているから、ゆっくり話も出来る」

「おお。そりゃいい」

と、気のない抑揚で相手が返してくる。

山下隆志《やましたたかし》――高校時代の同級生だ。

目当ての店は七割ほどの混み具合だった。すぐに奥のテーブルに通された。

「半年振りぐらいか。会うのは」席に腰をすえ、真介をちらりと見て山下が口を開く。

「なんかいいことでもあったのか」

「なんでだ」

山下は笑った。

「前に会ったときより、顔つきがふやけて見える。中身のはみ出たシュークリームって感じだ」

真介も笑った。相変わらずひどいこき下ろしようだった。

「実は、彼女が出来た」

「へえ？」山下の目が面白そうに輝く。「どんな女だよ」

「建材メーカーに勤めている。仕事で知り合った。バツイチ。歳《とし》は四十一。いい女だ」

「どんなふうに？」

真介は少し考えた。性格がいい、優しいというような形容は、この相手には意味を持たない。そんなあやふやな表現など、こいつは求めない。

挙句、答えた。

「最初に個人的に会ったとき、口を吸ったらいきなりぶん殴られた。怒り狂った」

案の定、山下はゲラゲラと笑い出した。

「いいなあ、それ。お会いしたいなあ、その女」

そう、一人で悦に入っている。

やっぱりな、と真介は思う。

——こいつは、このテの与太話が昔から大好きだ。


山下と知り合ったのは、真介が高校二年生になりたての春だった。

九州は福岡県の、筑豊《ちくほう》という地方から真介のクラスに転校してきた。かつての炭鉱町として有名な街だ。

というのも、父親が鉱山技師だった。足払の近郊にある炭鉱の閉山業務にまつわる仕事で赴任してきたのだ。辺鄙《へんぴ》な田舎町、しかも北海道の北の果てには転校生など滅多に来ない。クラスの誰もが、この新しく来た転校生に興味津々《しんしん》だった。

山下の自己紹介は今でも覚えている。

担任の教師から紹介されたあと、この大柄な若者は教壇に立った。

「えー、山下です。自己紹介というのはなにかと厚かましいものですから、余興代わりに歌を一曲、歌いまーす」

と、次の瞬間には、その外見に似合わぬ意外に軽やかな声で歌い始めた。

しかも、自らの手拍子つき。

♪月がぁ でた出た〜 つっきがぁ 出たぁ〜
（あ よいよい）
三井炭坑ぉのおぉぅ 上にぃ出たぁ〜
あんま〜りぃ煙突ぅぅが 高《たつか》いぃので〜
さあぞぉやあ お月さ〜ん 煙たぁ〜あかろ
（さの よいよい）

と、その部分でいきなり締めくくり、

「地元の炭坑節。ま、こんなところの出身です。民度《みんど》でもあります。よろしくお願いしまーす」

そう言ってふたたび頭を下げた。

その、くどいほどのアナクロニズム。確信犯的な泥臭さの演出。十六やそこらの子どものやることではない。みんな、度肝を抜かれた。

個人的に親しくなったのは、それから三ヶ月ほどたった初夏だった。

真介はその日曜、まだ乗り換えたばかりのホンダＦＴ４００で、なんとなく町外れの峠道を攻めにきていた。所々に砂泥《さでい》の浮いた荒れた舗装路は、日中でも交通量はほとんどない。ダート・トラッカーには格好の遊び場所だといえる。

峠の分水嶺《ぶんすいれい》でＦＴ４００を降り、一休みしていると、遠くからかすかに単車の排気音が聞こえてきた。次第に近くなってくる。が、姿は見えない。はるか眼下の雑木林の中を縫うようにして、ゆっくりと峠を登ってきている。

真介は聞くともなくその排気音に耳を傾けていた。

タタン、タンタン。タン。タタタタン、タン──。

小気味よい単気筒《ビッグ・シングル》の音色。乾いている。よく整備もされている。アクセルのオン・オフに、いい、めりはりを感じる。心地よく鼓膜に響いてくる。

その排気音が周囲の大気を震わせるほどまでに迫ってきて、木立の向こうから一台の単車が姿を現した。ヤマハのＳＲＸ４００。その細身の車体の、無駄を省いた流麗なフォルム。

いい趣味だ、と感じた。

ＳＲＸは真介の手前でスロウダウンし、止まった。

「よう」と、シールドを上げ、乗り手が笑いかけてきた。「おまえ、単車なんか乗るのか」

相手は、山下だった。

それから急速に親しくなった。

だが、同じ趣味を持っているから、ということだけではない。

単にバイク仲間、ということなら、真介の周りにも、子どもの頃からの友達で単車乗りは大勢いた。

しかし、そんな彼らと走っていると真介は妙に疲れることが多かった。

そのときの気分次第でいきなりかっ飛んでみたり、ハイギアードから無理にアクセルを開けてみたり、右へのブラインドカーブで中央線《センターライン》を無視してインに突っ込んでいったり……。若さゆえの無謀だ。

そのたびに真介はひやひやとした。

機械に優しくない乗り方をする友達も多かった。上りの峠道のきついＲのカーブ。通常ならギアを落とし、回転数でトルクを稼いで余力をもって立ち上がるのが道理《セオリー》だ。少なくとも内燃機関の仕組みはそうなっている。そんなカーブを三速や四速ホールドのまま、強引に乗り切ろうとする。咳《せ》き込みかける排気音。明らかなトルク不足で、エンジンが悲鳴を上げかけている。

やっぱり、疲れた。

いつしか一人で走るようになっていた。

そんなときにこの山下と知り合った。一見無造作な乗り方のように見えて、山下はけっして単車に負担をかける扱いをしなかった。後ろから見ていても気持ちよかった。一緒に遠乗りに出かけても、必要がない限りは淡々とペースを崩さずに走りつづける。ペースを上げるときもゆっくりと上げてゆく。逆に、ゆっくりと下げてゆく。そして、前方にちょっと面白そうなコーナーや山道が見えてきたときだけ、かすかに左手親指を上げ、併走する真介に合図してくる。十分に余力を残したまま、競走《バトル》を繰り返す。

山下はどんなバトルになってもセンターラインを割らなかった。それが彼の乗り方のすべてをあらわしていた。最優先は、セイフティ。そういう面ではひどく大人だった。

かつての仲間との、イメージングの差だ。だから真介は、この男とは安心してつるむことが出来た。

勉強はぜんぜん出来ない男だった。

当然だと真介は思った。

山下はいつもろくすっぽ授業を聞いていなかった。聞いてもいないのに、授業を理解できるはずもない。

高校卒業とほぼ時を同じくして、炭鉱が完全に閉山になった。山下の両親は九州に戻ってゆき、彼自身は在京の大学へと進むことになった。

太平洋あけぼの大学。

そんな大学の名前は聞いたこともなかった。さすがに真介は呆《あき》れた。

「なんだ、そりゃ」

「名前の通り、壮大《そうだい》なるバカ大学だ」山下は笑って答えた。「おれには丁度いい。それにな、中央区に経済学部のキャンパスがある。これからは都会で遊び放題だ」

真介はますます呆れた。

「おまえ、そんな考えでホントにいいと思ってんのか」

「問題ないだろ」山下は平然としたものだ。「坪単価ン千円のキャンパスライフを選ぶようなおまえには、分からん話だ」真介は筑波《つくば》大学だった。「ま、何もないところでスポーツとセックスに励め。筑波山のガマも応援してくれる」

相変わらずのひどいこき下ろしようだった。

山下はなんとか四年で卒業した。

その就職先を聞いたときには、また逆の意味で驚いた。

五菱《ごりよう》銀行――。

旧財閥系の都銀の中でも、名門中の名門だ。

べつだんその就職先がうらやましかったわけでもないが、この極楽トンボがどうやってそんな名門企業に潜り込んだかには興味があった。

「コネでもあったのか」

「まさか」山下はこのときもくすくすと笑った。「親父《おやじ》なんか筑豊のしがない鉱山技師だ。親戚《しんせき》もみんな地元でしょーもない暮らしをしている。そんなもん、あるわけねえだろ」

「なら、どうした？」

「あれだよ。あれ」

一次面接でこの男は、ロクに社会に出たこともないぼくが偉そうな志望理由を並べ立てたところで、笑われるだけでしょう――そう人を食った自己紹介をした後、例によって炭坑節を唄《うた》い始めた。

いつの時代にも、こういうふざけた自己演出が好きな人間はいる。その度胸と泥臭さを、企業の〝兵隊要員〟として見込むのだろう。結果は、合格だった。

「しかし、なんで銀行なんか選んだんだ？　一番おまえに似合いそうにない業界だぞ」

するとこの男は急に鼻息が荒くなり、おそるべき単純思考を披露した。

「日本は資本主義だ。その資本主義ってのは、資本の主義だ。元手を持っているやつが一番偉いってことだ。で、日本で一番金を持っている企業は五菱銀行だ。だから、選んだ」

首都圏の外れにある小さな支店に配属され、さらに数年が過ぎた。

当初の鼻息の荒さはさておき、山下のその後の社会人生活は、そううまくはいかなかったらしい。

旧財閥系の銀行など、入社したときからその学歴によって出世のヒエラルキーはほぼ決まっている。東大、京大、一橋――さらに早慶とつづく。『太平洋あけぼの大学』などという、どこの馬の骨とも分からぬ大学出身の人間は、よほどのことがない限り出世コースの最後尾を歩き続けることとなる。

その現実が身に沁《し》みて分かってくるにつれ、この男はやる気をなくした。外回りの営業に出ても終日サボりまくり、結果としての日々の営業日報も、作文だらけ。あやまった。誤った。おりゃあな、人生誤ったぞ。

この当時は会うたびに、そう陽気に喚《わめ》き散らしていた。

人生誤った、人生誤った、と。

「だいたいな、おれが出身大学を答えるたびに得意先の担当者の顔が引きつるんだぞ」

これには真介も腹を抱えて笑ったものだ。こいつは会社を決める時点で、そんな簡単なことも分かっていなかったのか、と。

「とにかくさ、だったらその学歴の差を覆《くつがえ》すくらい、仕事で実績を上げればいいじゃないか」

冗談じゃない、と山下はさらに憮然《ぶぜん》とした。「それこそ性根が捻《ね》じ曲がるぐらい頑張らなきゃならん。性にも合わん。ま、福利厚生も給料もいいし、当分はこのまま食わせてもらうわ」

そんなふざけた勤務態度がバレるのは時間の問題で、当然、バレた。

支店上層部の話し合いでは、一時はクビにしようかという話もあったという。

が、クビにしようとすると組合がうるさい。支店長以下管理職の、のちのちの部下管理能力の査定にも響いてくる。

結果、常に支店長の目の届くところに置いておけば、まさかサボるわけにもいかないだろうという結論に達した。配属先は融資課の窓口。小さな支店だったので、その窓口は支店長デスクの目と鼻の先にあった。

ところが、ここで山下は意外な才能を発揮する。

暇に任せて融資先企業が提出してきたバランスシートをパラパラと眺めているうちに、ある類似点に気づいた。オーナー社長、それも中小企業になればなるほど、その社長の人格的な特徴がバランスシートの凹凸に如実《にょじつ》に出ている、と。

その詳しい見方は専門外の真介には分からなかったが、山下はそのバランスシートと人格の相関関係に気づいた。職人肌の社長なら職人肌なりに、強気な事業展開をする社長ならばその強気の気質が、バランスシートにちゃんと出ているのだという。

これは面白い、と思ったそうだ。

試しに、新規融資申し込みの中小企業社長がやって来るたびに、その人となりを知るために、まずは少しでもいいから話をし、その後でバランスシートを捲《めく》ってみた。

その経営内容は、どの会社のものもほぼ山下の予想通りだった。

この男にしては珍しく、初めて自分の仕事に興味を持った。自ら進んでいろんなことを調べるようにもなり、ある時期は土日も遊びに行かず、部屋にこもってひたすら企業経営の本を読み漁《あさ》った。

虚仮《こけ》の一念、とはこのことだろう。

一年、二年と経《た》つうちに、ポスト・バブルの不景気の真っ只中《ただなか》にあっても、山下の担当した融資先からの回収率だけは上がりつづけ、三年後にはその回収率はほぼ一〇〇パーセントを弾《はじ》き出すようになっていた。

それまで山下を〝病《や》み犬《いぬ》〟扱いしていた職場の人間たちも、ころりと態度を変えた。上司たちは半ばからかい気味ながらも〝人間、変われば変わるもんだなあ〟とこの男の肩を叩《たた》き、それまで鼻にもかけてもらえなかった独身の女性行員からも、時おり思わせぶりな態度を取られるようになった。小さな支店だったこともある。三十歳でカタチだけではあるにしろ、副支店長の名刺を持つまでになった。

「ったく、現金なもんだぞ」山下はため息混じりに言ったものだ。「おれって人間の中身自体はちっとも変わってないのによ。世の中って、こんなもんなのかねえ」

「ま、でも良かったじゃないか。ちゃんと仕事で評価してもらえて」

山下は首をかしげた。

「でもさ、おれはもうこれ以上出世は、出来んわな」

「なぜ?」

「結婚してねーから」あっさりと山下は言った。「家庭を持たないと、銀行じゃあ一人前として信用されない。独身《チョンガー》はダメだ」

「なら、結婚しろよ」

「ヤだ」このときばかりはきっぱりと言い切った。「よっぽど好きになった女を見つけない限り、おれは結婚はせん。たかだか三十年の付き合いの会社と比べて、奥さんとは死ぬまで付き合わんといかん。そんなのウンザリだ。結婚せん」

それからしばらくして、山下は今の会社に転職した。

M&A《企業買収・合併》を主体事業とする、従業員二十人ほどのファンド。規模自体は真介のいる会社と似たりよったりだが、扱う金額は桁《けた》違いだ。

年利三〇パーセントの運用目標を掲げて世界中の投資家から金を集められるだけ集め、その資金を元にお目当ての企業の株を買い占める。経営権を手に入れ、組織の贅《ぜい》肉《にく》を削《そ》ぎ落とし、さらに利潤が出るようになったら、株が買値よりある程度高くなった時点で売り払う。その差額から一定の割合を投資家に返し、そのあとに残った金が会社の粗利となる。

「ま、簡単に説明すればそういうことだ」以前に山下は言った。「解体屋とは違って、買収した後で部門のバラ売りをするようなあくどい真似《まね》はしない。言ってみれば企業再生屋だ」

聞けばこの山下は、昨日までの香港出張で三千万ドルの金を掻《か》き集めてきたという。注文した料理が五月雨《さみだれ》式にテーブルに運ばれてくる。

「で、なんだよ？」ビールを一飲みしたあと、山下が口を開く。「おれにちょっと相談したいことってのは」

「実を言うと、おまえにある人間の職務経歴書を見てもらいたい」真介は切り出した。「ひかり銀行に勤めているやつだ。わけあって名前は伏せてあるが、この男が今後、旧財閥系の銀行というカラーの中で、組織人として将来の目があるのかどうか。その意見を聞きたい」

「ふうん」山下はつぶやきつつ、真介が差し出した書類を手に取った。「……ひかり銀行、ねえ」

一応は社外秘の資料ということになっている。

でも、だいじょうぶなはずだ、と真介はひそかに思う。さっきも確認した。一枚目の履歴書は外してある。二枚目以降の資料には、池田の名前はどこにも載っていない。

もっともフルネームが載っていたところで、このズダ袋のような神経の持ち主が、そうそう容易に池田を思い出すとも思えなかったのだが。

山下は箸《はし》と皿を脇《わき》に押しのけ、熱心に経歴書に見入り始めた。

途中、二回質問が来た。

まずは企業精査部の仕事内容。真介は説明した。

へえ、と山下は感心したようにつぶやいた。

次に、為替電信部の業務内容。真介は解説した。

ふむ……と山下はうなり声をあげた。

三枚目、四枚目までたっぷり五分ほど読み込んでから、山下は顔を上げた。少し怪《け》訝《げん》そうな表情を浮かべていた。

「しかしおまえ、いつもこんなふうに手間暇かけた仕事の仕方をやっているのか」

「今回は特別だ」それから真介はぼやかして答えた。「昔の知り合いなんだ」

「ほう?」

「だからって辞職勧告に手心を加えることはしない。でも——たとえば今みたいに同じ業界にいた人間から意見を聞いて——より厳密にそいつの置かれた状況を検討して、ダメならダメで相手にとっても納得のいく説明をしたうえで、辞職勧告をするぐらいはしてやれる」

「なるほどね」

山下は両腕を大きく伸ばし、首の後ろで組んだ。それから真介をちらりと見て、ため息をついた。

「結論から言う。こいつにはもう目はないよ。たぶん、もう二度と浮かび上がれない」

やっぱり、と思う。それでも真介は口を開いた。

「理由は？」

「いくつかある」山下は真面目《まじめ》な顔つきで答えた。「まずは当たり前の話。銀行、それも旧財閥系のお堅い都銀になればなるほど、敗者復活戦は厳しくなるもんだ。こういうところには、ある一定以上の学歴の人間しか集まってこない。ま、旧帝大系と私学でも早慶レベルだろうな。誤解するなよ。アタマがいいとか賢いとか言っているんじゃない。ただ、受験勉強という延長線上での、作業レベルでの事務処理遂行能力は高い。長年の学歴競争で鍛えられてきているからな。で、銀行の業務ってのは、そのほとんどが規定ルールの中で確実に手早く職務《タスク》をこなしてゆくことがメインだ。そんなそつのない人間が、毎年どんどん入ってくる。そいつがダメになったら次に期待すればいいだけの話だ。代わりはいくらでもいる」

「でも、たまにはおまえみたいな例もあるわけだろ？」

「おれなんざ――」と、山下は苦笑いを浮かべた。「三十歳で子ども支店の次長クラスじゃあ、出世とは言えんよ。それにな、五菱銀行ってところは都銀の中でも一番ぼうっとしている銀行なんだ。要は、お坊ちゃんバンクなんだよ。この業界では有名な話だ。とにかくやることがトロいんだ。そのせいもあってバブル期には完全に時流に乗り遅れた。が、今じゃあ逆に世の中がこうなっちまったから不良債権も少なくて、業績自体もそうひどくは落ち込んでいない。組合も強い。おれみたいな馬の骨野郎でも、一、二年は我慢して様子を見る余裕があったってわけだ」

「そうか」

「だが、ひかり銀行あたりじゃあそうはいかない。安井と三友はもともと二行ともいけいけドンドン体質で、かなりの不良債権を抱えていたはずだ。だから合併した面もある。それにこいつ――」と、書類を人差し指で指し示し、「この資料で見ると、もともと三友の出だろ。知っているとは思うが、この合併話は、安井が三友を吸収したってのが実情だ。当然、行内での立場は弱い」

「うん」

「たぶんだが、資料にもそれが現れていると思う。今おまえに聴いた話だと、旧三友のこの企業精査部門ってところは、その仕事内容からしてもエリート養成部門だったんだろうが、合併後すぐに旧安井の融資部門に吸収されている。さらにその一年後に、この男は今の為替電信部とかいうところに異動している。〝出来て当たり前〟の仕事内容からして、この部署はおそらく〝冷や飯食い〟だ」

「だろうな」

「反面、この男の精査部での実績——部署内でもかなり優秀だったのは、この四枚目の職務経歴書を見てもわかる。日山《にっさん》自動車㈱、㈱笹印乳業、㈱長岡ボディ、大英不動産㈱……どれも東証一部上場の大企業ばかりを担当して、しかもそのそれぞれで社内表彰を受けている。この評価がお手盛りじゃないってのは——新聞を読んでりゃあ——その後、こいつの担当した会社のいずれもが、V字型で業績を回復しつつあることでも分かる」

ここで山下は、もう一度真介を見てきた。

「そんなやつでも、結局は窓際《まどぎわ》に追い立てられてしまっている。まあ、それほどひかり銀行内での旧三友の勢力は弱いってことだろうが、減点方式の評価しか下せない職場では、個人の能力が突出してくることはない。当然、上のほうから注目され、他部署から引き抜かれることもない。おれが『もう二度と浮かび上がることはない』っていったのは、そういうことだ」

　真介は内心思う。こいつ、ずいぶんと物言いがシャープになった。その語彙《ごい》自体は相変わらずナマっぽいが、いろんな要素を、その理由から推論、というふうに、しかもひとつの流れに沿って説明することが出来る。つまりはしゃべる前に、それだけの話の構築がアタマの中で出来ている。

　山下はもう一度資料に目を落とした。

「ところでこの男、おまえのどんな知り合いだ」

　ぎくりとする。

「なんでだ」

「だってこいつ、平成六年入行ってことは、おれらと同年の社会人組じゃないか」山下は笑った。「学生時代の知り合いかなんかだろ」

「……まあ、そうだ」

「ひょっとして、おれも知ってたりして」

　こいつ——不安になり、苛立《いらだ》つ。

「だから、名前は言えないっていってさっき説明したろ」

　ははーん、という顔を山下はする。

「知ってるんだな、おれも？」

「違う」

「ウソつけ」さらに山下は意地の悪い笑みを浮かべた。「じゃなければ、名前は言えないなんてバカ正直なおまえが言うわけない」

やられた。

真介は内心舌打ちした。先ほどの言葉。こいつのフック。引っかけられた――。

「なあ、言えよ」さらに山下はかぶせてくる。「高校時代のやつだろ。誰だよ？　おれはもう足払には無縁の人間だ。言いふらすこともない。言ったってそいつに迷惑はかからないぜ」

「だから、言えないんだって」

「いいじゃねえか」

そのしつこさに、ふと疑問がわいた。

「おまえこそ、なんでそんなことにこだわる？」

すると山下は、少し照れたように鼻頭を掻いた。

「……ま、ちょっとな」

4

木曜。昌男はキーボードを叩《たた》く手を休め、ちらりと腕時計を見た。

三時五十五分——。

そろそろだ。

昌男の一つ前の順番……隣の中南米課の課長。もう帰ってきてもいい頃だ。

四時数分前になったとき、その課長が戻ってきた。無言のまま、足を引き摺《ず》るようにして近づいてくる。隣のシマのデスクに腰を下ろすとき、かすかにため息をついた。一時間の不在の間に目の下に隈《くま》がくっきりと浮かび上がっている。相当に詰められたのだろう。

と、その課長の顔がふたたび上を向き、昌男を捕らえた。少し気弱そうな笑みを浮かべ、

池田、おまえだぞ。

と、口のカタチだけで伝えてきた。

昌男は無言でうなずき、席を立ちあがりかけた。

「がんばってね、池田さん」

対面の佐藤妙子が囁《ささや》いてくる。

こちらにも軽くうなずき、内心、ふとおかしみを覚えた。

部署をでて廊下を進み、エレベーターのボタンを押す。チン、という乾いた音がして、目の前の扉が開く。乗り込む。十階のボタンを押す。ふたたび扉が閉まる。昇降機が動き出す。

がんばってね、池田さん、か――。

つい一人で微笑《ほほえ》む。

がんばれ、とは、クビにならないように出来る限りの抵抗をしろ、ということなのだろう。が、たとえ残ることができたとしても、いったいこの自分にどんな明るい未来が待っているというのか。

むろん佐藤妙子が心底自分のことを心配して言っているのは分かる。が、昌男はそんな彼女の気持ちを少し気鬱《きうつ》に感じる。

おれはそこまでして、この会社に残りたいのだろうか。

もういい加減放り出されてもいい、という気持ちもどこかにある。

だが、放り出されたあとの自分。やはり何もイメージが持てない。

銀行業界は中途入社の募集などほとんど行っていないし、ごくまれに行っていたにしても、彼がかつて就いていたような職種の募集はまずない。銀行の中枢《ちゅうすう》を担《にな》う仕事は、生え抜きの行員のみに任せられる聖域だ。……やはり、イメージがない。

現在は家で主婦をしている彰子。為替電信部に異動になったとき、一種のジョブローテーションだと苦し紛れに説明した。

わたし、好きな仕事に就いている人じゃないと、ずっと一緒にはやっていけない――。

彼女は今も、昌男がバリバリ仕事をしているものだと思っている。

本当のことは言えなかった。ずるずると一年が経《た》った。

結婚と同時に買ったマンションの件もある。バブル以前と比べればずいぶんと減ったとはいえ、銀行の給料はメーカーや流通など他業種に比べればまだはるかにいい。三十三歳の昌男で、年収約八百五十万。仮に他業種に、しかも中途入社の立場で入社したとして、給料が大幅に下がるのは確実だ。下手をするとマンションのローンに圧迫され、生活が立ち行かなくなってしまう可能性もある。

……やはり、踏み出せない。

足元の重力が不意に軽くなった。エレベーターが十階に着いたことを知る。

廊下を進んでゆき、突き当たりの小会議室の前で立ち止まる。

軽いため息を洩《も》らし、それからノックした。

はい。どうぞお入りください——。

扉の中からくぐもった呼びかけが聞こえた。ノブを廻し、ドアを開ける。

「失礼します」

そう言いつつ、正面を見上げた。

若い男が、正面のデスクに座っていた。おそらくはこれが面接官。スーツの着こなしや髪型からしても、たぶん自分より年下。そしてその隣席に座っているのは、アシスタントと思《おぼ》しき女性。当然、こちらも若い。まだ二十代の前半に見える。

軽い屈辱を覚える。

名も知れぬクビ切り請負会社の、しかも年下と思しき面接官から退職勧告を言い渡される。これもリストラを進める銀行側の、プライドを切り崩してゆくあこぎな手のひとつなのか……。

相手が立ち上がり、正面から昌男を見てきた。軽く会釈《えしやく》する。

「池田さんですね。お忙しいところ、お越しいただきまして恐縮です」男は口を開いた。「さ、どうぞ。こちらの席におかけください」

――ん。見かけとは違ってこなれた所作。リズムある抑揚、丁寧な口調。当然、無礼だとは思わない。

しかし、この相手の身のこなし、表情、声音……分からない。何かが引っかかる。釈然としないまま、昌男は椅子《いす》に腰を下ろした。相手もデスクに座りなおし、ふたたび正面から昌男を見てきた。一呼吸遅れて、ふたたび口を開いた。

「本日あなたの担当をさせていただくことになりました、村上と申します」そう言って少し笑みを浮かべた。「コーヒーか何か、お飲みになりますか。それとも――」

だがその後半のセリフなど、昌男は耳に入らなかった。

むらかみ……村上？　あきらかに聞き覚えがある。

必死に記憶の糸を手繰る。もう一度相手の顔を見る。やや優男ふうのその面立ち……記憶が重なる。一瞬で糸が解《ほぐ》れる。

あっ――。

あまりのショックに、椅子から転げ落ちそうになった。

村上。村上真介っ！

「――いかがですか。それとも紅茶になさいますか？」

昌男の目を覗《のぞ》き込んだまま、村上が繰り返す。

こいつ。

おそらくはこいつもおれを認識している。いや、間違いなくそうだ。クビ切りの担当面接官なのだ。当然その手元には、こちらの履歴書も職務経歴書も揃《そろ》っているだろう。

羞恥《しゅうち》に顔から火が出そうになった。何故《なぜ》か、どうしようもない腹立ちも覚える。

はっきりと思い出す。高校時代にはロクに勉強もせず、単車を乗り回してばかりいたこいつ。受験勉強のための夏期講習や補習授業はおろか、文化祭や体育祭にもまともに出席したことがない。特に問題行動を起こすわけでもなかったが、校則で禁止のバイトも密《ひそ》かにやっていたという噂《うわさ》を聞いた。友達といえば他校のバイク乗りのヤンキーばかりで、はっきりいえばクラスのもてあまし者だった。教師たちも白い目で村上を見ていた。昌男もそうだ。

が、何を思ったのか高三の夏から突然狂ったように勉強を始め、翌年には筑波《つくば》大学に現役で入学した。そのときだけは、昌男もへぇ、と思ったものだ。

しかし、そのあとはふたたび元のロクデナシに逆戻りだった。社会人一、二年目の頃、帰省したときに、親や近所の元クラスメイトから聞いたことがある。

あそこの息子さん、ロクに就職もせずにバイクばっかり乗っているみたいよ。

村上？　ああ、あいつね。今もプー太郎だってさ。ナニ考えてんだか——。

自分でも知らぬうちに、コーヒー、と答えていたらしい。

いつの間にか目の前にコーヒーが出て来ていた。

「では、さっそくですが池田さん、用件に入らせていただきます——」

デスク上の書類に一瞬視線を落とし、村上が口を開く。その書類の右隅に載っている自分の証明写真。遠目にも窺《うかが》える。昌男はふたたび怯《ひる》む。高校時代は自分よりはるかに出来損ないだったこいつ……少なくとも昌男の認識はそうだ。怯まざるを得ない。

人生はシーソーゲーム。彰子の言葉がふと脳裏をよぎる。

「ご存知のことかと思うのですが、現在、御社では大規模な人員削減計画が進んでおります。池田さん、あなたの部門でも今年度で三割の削減予定になっております。ちなみにこの目標は、必達だということです」

村上は軽い笑みを浮かべたまま、いけしゃあしゃあと言葉をつづけている。その余裕綽々《しゃくしゃく》の態度。

さらに腹立ちが募る。怒りにこめかみが脈動する。

くそっ。な〜にが、池田さん、だ。ご存知のことかと思うのですが、だ。

こいつ、腹の中では絶対におれのことを笑っている。馬鹿《ばか》にしている。

気づいたときには口を開いていた。

「だから、私に辞めろとでも？」

「いえ。決してそういうわけではないのです。お間違えのないように」村上はすかさず返してくる。「ただ、これからも縮小をつづけてゆく部署にいらっしゃっても、組織人としての展望にはなかなか難しいものがあるでしょう。対して池田さん、あなたの企業精査部での仕事の実績を拝見させていただきましたが、正直申しまして素晴らしいの一言に尽きます。むろん今の部署に今後もいらっしゃることもひとつの生き方でしょうが、これだけの才能を使わないまま、このまま現在の仕事で――失礼な言い方ですが――燻《くすぶ》ってしまわれるには、あまりにも惜しいか、と」

早くも相手のプライドをくすぐりつつ、さりげなく自分がもっていきたい方向に誘導する。如才ないレトリック。

だが、と昌男は思う。それだけ優秀だった行員が、今はどうしてこんな掃き溜《だ》めの部署にいて、しかもよりによって昔の不良クラスメイトから、辞職勧告を受けなければならない羽目になっているのか。

情けなさに笑い出しそうになる。

要は、組織人として本当の意味では優秀ではなかったということだ。だから、こうして烙印《らくいん》を押されかけている。

「ですから、これを機会に、この企業精査部でのキャリアを活《い》かし、新しい外の世界にチャレンジされてみるのも一考かと思うのです。いかがでしょう？」

ややロを開きかけた昌男に、さらに村上はかぶせてくる。

「仮にそうなった場合には、会社としてもできるだけのことはさせていただきます。退職金は規定分に、勤続年数掛ける一ヶ月分の上乗せ。つまりは倍額ですね。それに有給休暇の買い取り。希望されるのであれば、再就職支援センターの利用も会社側負担でご利用いただけます。さらにオプションとして、退職受け入れ決定期日から実際の退職まで、最大六ヶ月間の完全有給の猶予《ゆうよ》期間も設けられます」

村上の口調は淀《よど》みなくつづく。

「不景気の長引いている昨今です。銀行業界でも決して悪い退職条件ではないと思うのですが、これを機会に新しい自分の可能性に踏み出してみられる気はありませんか？　むろん、お辞めいただかなくても結構なのです。ですが、御社での人員削減計画は今後五年間はつづきます。来期での人員削減では、これほどの好条件はお出しできないでしょう。六ヶ月間の有給猶予期間も四ヶ月に短くなると伺っておりますし、規定退職金への上乗せも、次回からは勤続年数掛ける〇・八ヶ月分になるということです。ちなみにこの条件は、回を追うごとに悪くなってゆきます」

そこまで一気にまくし立て、村上はあらためて昌男を見つめてきた。

「どうでしょうか。もしその気がおありなようでしたら、条件面から見ても早目の行動を起こすに越したことはない、と思うのですが」

何かを言おうとした。

が、この昔のクラスメイトを前に、言葉が出てこない。何一つセリフが思い浮かばない。悔しい。そして情けない。

分かる。この男は一切隙《すき》を見せない。相手が昔のクラスメイトだと分かった上で、仮面の役割を完璧《かんぺき》に演じようとしている。だから昌男も、かえって個人的な事情を訴えにくい。私的な憤懣《ふんまん》を洩らしにくい。仮面の役割に付き合わざるを得ない。おそらくこいつは、そうやって意図的に自分を追い込もうとしている。

彰子の顔が思い浮かぶ。

駄目だ。このままこの男にやり込められたままじゃ、絶対に駄目だ。クビになってしまう。必死に言葉を探す。思いつく。

「しかし、今の職場でミスをしでかしたわけでもない。私がクビにならなければならない謂《いわ》れは、どこにもないでしょう?」

「おっしゃるとおりです」村上の口調は変わらず淀みない。「しかし池田さん、あなたの将来を考えた場合、本当に今の職場に居つづけることが、はたしてベストの選択でしょうか」

そのいかにも見透かしたようなセリフ。屈辱にふたたび腸《はらわた》が煮えくり返る。

「それは私の考える問題であって、あなたに考えてもらう問題ではない」

「ですが、誰の目にも明白な事象というものは、失礼ながら存在するかと思います」

「事象?」

この答えは、やや遅れた。

軽く唇を舐《な》めたあと、村上が口を開く。

「つまり、この会社でのあなたの将来は誰の目から見ても薄闇《うすやみ》しかない、と言ったら、言い過ぎでしょうか」

今度こそ、心底《しんそこ》かっと来た。一瞬、手に持ったコーヒーカップの中身をぶっかけてやろうかとさえ思った。

「それこそ余計なお世話だ」分かる。自分の声が怒りに震えている。「思うのですが、なぜ私は部外者のあなたに、そんなことまで言われなくてはならないのですか」

「これが、私の仕事だからです」

あっさりと村上は答える。次に言葉の洪水が押し寄せてきた。

「どうか誤解しないで聞いてください。不必要にあなたを貶《おとし》めるつもりは毛頭ありません。ただ、私は面接をする際には、その相手の将来のことも出来るだけイメージングして対応させていただこうと心がけているつもりです。それがこの仕事をやる、私の最低限のモラルだと思っているからです。池田さん、むろんあなたとの面接でもそうです。なにが、その相手にとってのベストの選択なのか。例えばあなたで言えば、以前の企業精査部では優秀な実績を残されている。対外的に見ても、非常に優秀な実績です。この部署での在職期間中、これらの実績をぶち壊しにするほどのミスも不祥事も起こされてはいない」

「……」

「しかし、そんなあなたでも、合併後には今の部署に――また敢《あ》えて失礼な言い方をしますが――はっきり言って閑職に飛ばされていらっしゃる。これはどう見てもあなた個人の問題というより、組織上の問題でしょう。しかも現在の部署では、個人として突出した実績を上げ、また同じような職種に返り咲くことなど、夢のまた夢でもある。池田さん、あなたがもし現状に満足であると私が考えているのなら、ここまでは言いません。ですが、資料によるとあなたは入行当時から企業精査部の仕事を熱望されていた。たまたまこの部署に入ってたまたま仕事が出来たということではありませんよね。明らかに企業精査部の仕事をやりたかったから、銀行という職種を選ばれている。かたや現実には、そんな仕事から剝《は》がされ、今の部署に燻っていらっしゃる、あなたがいる」

「……」

「こういうふうに考えてくると、あなたが今の仕事で満足されているとは、そしてその先にある将来に納得されているとはとうてい思えないのですが、いかがですか？」

正直、ぐうの音も出なかった。

たとえクビを切ることが最終的な目的とはいえ、その目的のために、この相手はここまで昌男の現状を、そして昌男の心持ちを把握してきている。おそらくはその判断を下すための下準備も、入念にしてきている。

これこそがプロだ、と感じる。そしてこのイメージングのあり方こそが、仕事だ、と。

そう思う側面には――認めるのは癪《しゃく》なのだが――この昔のクラスメイトに対するかすかな尊敬も混じっている。

が、慌《あわ》てて思い直す。

これが、こういう人種の手なのだ。やり口なのだ。

むろん嘘《うそ》は、言わないだろう。自分が思ってもいないような言葉の羅列では、相手を説得することなどとうてい出来ないことを知っているからだ。だから必ず心の中で温めた言葉を使い、それを説得材料に使う。余計に始末が悪い。

「たしかに私個人としては、そうなのかもしれません」気がつけば一歩譲歩しながら、なおも食い下がっていた。「ですが総体としてみれば、世の中では自分の納得できない仕事に就いている人のほうが明らかに多いのではないのですか。それでも我慢できることは我慢して、日々を送っている。そういうのも勤め人の在り方だと思うのですが」

すると村上は薄く笑い、

「失礼ですが、だれも一般論など聞いてはいませんよ」そう、さらりと返してきた。「口幅ったいようですが、そんな考えは個人として大事な判断をする局面では、何の役にも立たないでしょう。私が聞いているのは、世間がどうかではなく、池田さん、あなた自身が自分の現状についてどう思われているか、ということです。問題をすり替えるのは、やめにしませんか」

確かにそうだ。今度こそ恥ずかしさに顔から火が出そうになった。……おれは今、誤魔化《ごまか》した。

本当にぐうの音も出なくなった。

無言のまま、しばらく経《た》った。

隣席のアシスタントが、ちらりと村上の顔を見たのに気づいた。顔つきにやや締まりはないが、かなりの美人。村上がかすかにうなずき返す。クリアファイルを片手に彼女が立ち上がり、デスクを回りこんで昌男に近づいてくる。目の前の、やや斜め横で足を止める。どうぞ、と両手でファイルを差し出してきた。

「その資料に、私がさきほどお話しした条件の詳細が書いてあります」村上が口を開く。「受け入れていただくにしろ、いただかないにしろ、今この場で決心してもらう必要はありません。ご家族との相談も必要でしょうから、その資料として用意させていただきました」

その後、ファイルの資料に基づいてさらにこまごまとした退職条件の説明があり、初回の面接は終わった。

「――以上ですが、どうです？　この場で決断なさいますか？」

「いや」と、かろうじて答えた。「それは、できません」

村上は大きくうなずく。

「では、今後どうなさるかを含めて、条件面での相談も、来週以降の二次面接に持ち越すということにいたしましょうか」

昌男はうなずいた。うなずくことしか出来なかった。

最後に、村上がかすかに目礼してきた。昌男も目礼を返し、席を立った。

踵《きびす》を返して部屋を出てゆく。ファイルを片手に、暗い廊下をゆっくりと進んでいき、エレベーターに乗り込んだ。

部署に戻って席に腰を下ろすと、

「池田さん、どうだった」

佐藤妙子がさっそく昌男に聞いてきた。

「まさか、受け入れることになったんじゃないでしょ？」

昌男は首を横に振った。

「それはない。条件面も含めて、次の面接に持ち越しになった」

「条件面って……」佐藤妙子はかすかに眉《まゆ》をしかめる。身を乗り出し、さらに小声になる。「まさか、辞めることも考えているわけ」

どうだろう。昌男は考える。自分でも分からない。

……少し、冷静になって考えてみる。

だいたい、自分がリストラ候補リストの、どのあたりの順位に位置しているのかも分からない。筆頭候補なのか、それとも予備候補的な順位付けなのだろうか。それを知るだけでも、今後の覚悟のあり方の参考にはなるかもしれない。

そうだ。たとえこの銀行を辞めることになっても、彰子とは今後も一緒に生きてゆくだろう。少なくとも自分はそのつもりだ。だから、辞めるにしろ辞めないにしろ、彰子に相談するためにも、それぐらいの現状は知っておくべきだ。

そう思うと、いても立ってもいられなくなった。

腕時計を覗《のぞ》き込む。五時五分前。面接室を出てから十分ほど経っている。自分が今日の最終面接者だったことは知っている。

となると、もうあの部屋を引き払っているかもしれない。

「ごめん。十分ぐらい席を外すから」

そう佐藤妙子に言い残し、昌男はすぐに部屋を出た。

村上を捕まえたのは、本店ビルから東京駅に向かって五十メートルほど行った場所だった。面接室はすでにもぬけの殻だった。慌ててエレベーターに乗り込み、エントランスまで直行すると社屋から外に出て大通りを見回し、ようやくそれらしき後ろ姿を発見したのだ。

地下鉄丸ノ内線の、東京駅入り口――。

村上はちょうどそこで件《くだん》のアシスタントと別れた直後だった。アシスタントが地下の入り口に完全に消えてしまうのを待って、そのスーツの後ろ姿に声をかけた。

「ちょ、ちょっとすいませんっ」

我ながら情けない。なんで昔のクラスメイトにこんな声のかけかたしか出来ないのか。理由はひとつだ。高校時代、昌男はこの村上とはそういう薄い付き合い方しかしてこなかった。

村上が昌男のほうを振り返った。

が、声は出さない。昌男をそれと認めても驚いた様子さえ見せず、やや小首をかしげたまま、口元にかすかな笑みを浮かべただけだ。

挙句、口を開いたセリフが、

「なにか？」

ふたたび怯《ひる》む。それでも腹を据えなおし、言葉をつづけた。

「聞き忘れたことがあるんですが、少し、いいですか」ああ……この言葉遣い。我ながら呆《あき》れる。「私がリストラ候補者のどれくらいの順位付けになっているのか、それを最後に聞き忘れていたことを思い出して、こうして追いかけてきたんですが……」

村上はふたたび微笑《ほほえ》んだ。

「申し訳ないんですが、仮にそういう順位付けがあったとしても、それはお教えできません。面接場面での交渉事項が、他の被面接者よりあなたに有利に働く可能性がありますからね」

「ダメなんですか」

「はい」

「そこをなんとか――」

「無理ですね」村上はにべもない。「私はこれが仕事です。えこひいきは出来ない」

「どうしても?」

「どうしても」

このぉ――ついに堪忍袋《かんにんぶくろ》の緒《お》が切れた。

「おいっ」気づいたときには大声を上げていた。「いくらなんでも、それぐらいは教えてくれてもいいんじゃないのかっ!」

「それは、どういう意味ですか」村上はこの期《ご》に及んでも丁寧な口調を崩さない。「面接者対被面接者の関係ではなく、昔のよしみで教えろとでも？」

「そう取るんであれば、そう取ってもいいさっ」

と、半ばヤケクソで返した。

するとこの男は束《つか》の間《ま》、穴の開くほど昌男の顔を見つめてきた。やがてその表情からいかにも嘘くさい笑みが消え、

「――なら、言ってやるよ」そう、ガラリと口調も変えてきた。「どっちにしてもそれは教えられないんだよ。おれとおまえが昔親しい親しくないは関係ない。誰にだっておれはこうする。もちろん面接で手心を加えることもしない」

「どうしてもか」

「ダメだな」村上は首を振った。「だいたい、おまえがおれの立場なら、そんなことをするのか」

昌男はふたたび言葉を失った。

ところが、やや間があったあと、さらに村上は言葉をつづけた。

「ただし、だ。確かに昔のよしみというのも少しはある。だからひとつだけ、おまえの今後に役立つかも知れない情報なら、教えてやってもいい」

「もったいぶりやがって――」思わず舌打ちしそうになりながら、それでも訊《き》き返した自分が悲しい。「……で、なんだよ、それは？」

村上はこれには明確に答えなかった。

「来週のアタマから、二次面接が始まる。おまえの面接日はおそらく火曜になる。その日の夜、空けとけよ。こっちもなんとか都合をつける。六時半に東京駅の丸の内北口で落ち合おう」

5

翌週の火曜――。

真介はむろん、その日の三番目にあった池田の面接でも手心は加えなかった。どころか、初回の面接よりいっそう苛烈《かれつ》に攻め立てた。あの手この手を使ってなんとか辞めさせようとした。面接の後半ではついに家族のことまで持ち出した。

真介は聞いた。

ところで、奥様には相談されたのですか？

池田はまだだと答えた。

何故《なぜ》です？　資料まで渡したのにどうして相談なさらなかったんです？

池田は黙っていた。

それとも奥さんとは、こういう重大な問題でも腹を割って話し合われることもないようなご関係なんですか？　不都合なことは言いにくいご関係なんですか？

そう、あえて相手にとって屈辱になるような言葉を選んだ。わざと怒らせ、「じゃあ辞めてやる」と、啖呵《たんか》を切らせようとさえした。

それでも池田は頑として首を縦に振らなかった。

どちらにしても、あなたにこの会社での未来はないのですよ。だいいちそれであなた自身のプライドが許すのですか——。

最後にはそこまで口にして、池田を説得しようとした。

思い出す。高校時代は常に学年トップの成績で、三年生の時は生徒会長のほかにも学園祭の実行委員長も兼任していたこの男。そんな男が、かつての同じクラスの劣等生に首を切られる。相当な恥辱だっただろう、とは思う。

一時間後。

平行線のまま面接が終わり、いよいよ翌週の最終面接にもつれ込むことになった。

池田は疲れきった顔で、だがこの前と同じように真介にかすかに目礼を返したあと、部屋を出て行った。

ネクタイを緩め、かすかにため息を洩《も》らした。

親しくはなかったとはいえ、昔のクラスメイトだ。おれは、冷たいのだろうか。仕事としてあまりにも四角四面に考えすぎているのだろうか——。

ふと視線を感じた。気づくと隣席の川田美代子《かわだみよこ》がじっと真介を見てきていた。

「どうかした?」

「いえ」川田美代子はその口元に、例によってぼんやりとした笑みを浮かべた。「けっこう、お疲れみたいだなーって思って」

ふと思い、聞いてみた。

「きつかったかな。今の相手に対して?」

彼女は微笑を浮かべたまま、首を振った。

「というか、熱いなー、って」

「え?」

「だから、いつもはもっと冷静なのに、村上さん、妙に熱いなー、って」このときの彼女は珍しく長広舌だった。「冷たいとかきついとか、そういう感じではなく」

内心、ぎくりとする。

「どういうこと？」

「だって、この人の初回の面接のときですけど、私内心驚きました。村上さんが面接者を相手に、自分の仕事に対するスタンスを説明したの、初めて聞きましたもん」

思わず顔が赤くなる自分が分かった。

「ま、たまにはね」

そう言って取り繕《つくろ》った。

すると彼女はふたたび笑い、つぶやいた。

「でも、ちょっといいなって」

――あれ。

いつにない彼女のそのコメント。

……ひょっとして。

だが、直後にはその戯《たわ》けた考えを慌てて否定する。

馬鹿《ばか》な。気がないから平気で口に出せるんだ。それに万が一おれに気があったとしても、それがどうだっていうんだ。

一瞬陽子の顔が脳裏をよぎった。この変態、とゲラゲラ笑っていた。

つい苦笑する。

罵《ののし》ったり怒ったりしながら、おれを明るく照らし出してくれる。恥知らずなことを言っても、いつも笑ってくれる。だから彼女といると、とても楽しい。

それなのに、束《つか》の間《ま》でもロクでもない妄想《もうそう》を抱いた自分がいる。

とんだ罰当たりだ。

6

――くそ。

相変わらずのバカ丁寧な口調で、しかも延々一時間にわたって、これ以上はないというほどの屈辱を味わわされた。最後には彰子との関係まで持ち出され、危うくブチ切れそうになった。本当に大きなお世話だ。だいたい辞めたあとの具体的なビジョンもないのに、そう易々《やすやす》と切り出せるわけがないじゃないか。

くそっ。やはり悔しいことこの上ない。

部署に戻ってきた昌男は、面接室での一件を反芻《はんすう》してしばらくは猛烈に怒っていた。だが、怒りつつも終業前の残務処理をこなすうちに、徐々に気分が落ち着いてきた。

……でも、それはそれだ。あいつもあれが仕事なのだから――。

そう思い直し、六時二十分には本店社屋を後にした。家路へと向かう勤め人やOLの雑踏の中、大通りを東へと進んでゆく。

五分後には、赤レンガのドームの下にある改札口に到着していた。

村上の姿はすぐにそれと分かった。

改札に次々と吸い込まれてゆく人の波の向こうに、見覚えのあるすらりとした男が立っている。群集の流れを斜めに横切り、村上の前に到着した。

(もう敬語を使う必要はないだろう)

そう思いつつ、口を開いた。

「待たせたか?」

すると村上は、先ほどとは打って変わったリラックスした笑みを見せた。

「ほんの二、三分だ。気にすることはない」

それからこの男は、何故か自分の右手に顎《あご》をしゃくった。

――?

村上の右横に、大柄な男が突っ立っている。黙って腕組みをしたまま、昌男を軽く見下ろしている。やがて、その頰《ほお》に笑みが浮かんだ。

「薄情な野郎だな。え、池田」やんわりと男は言った。「思い出せないか。山下だよ。

山下隆志だよ。高二のときに一緒のクラスだった」

仰天した。

確かに言われてみればそうだ。目の前に立っている肉厚な男。その面影。明確に昔の記憶とつながってくる。村上と同じロクデナシ。クラブ活動もせず、商業高校の女の尻《しり》ばかりを追い掛け回していた。

気がついたときには、

「おい、村上っ」と、辺り構わず怒鳴り散らしていた。「おまえなっ、ヒトを馬鹿にするのもいい加減にしろよ！　だいたいな、被面接者にも教えない仕事の話に、なんでおまえの昔の友達を呼ぶ必要がある！」

二人揃《そろ》っておれを笑い物にでもする気かっ。帰省したときにリストラ話でも言いふらすつもりか！

だが、そのセリフはかろうじて飲み込んだ。言えば、さらに自分が惨《みじ》めになる。

それでも憤懣《ふんまん》やるかたなく、村上を睨《にら》みつけた。

「まあ、そう怒るな」と、依然として笑みをたたえたまま、村上が返してくる。「おれがこの前言った情報な、それはこいつが持っているんだ」

「――なに？」

「だから、おまえの今後に役立つかも知れない情報だよ」

結局、村上と山下に誘われるまま、近所のバーに付いて行った。

「まず、誤解のないように説明しておく」

奥のテーブルに腰を下ろすなり、山下は口を開いた。

「おまえとは卒業後も付き合いがなかったから知らんと思うが、おれの新卒での就職先は五菱《ごりょう》銀行だったんだ」

確かに初耳だった。それにしてもこの男が、あの五菱銀行とは驚いた。

「で、そこに八年ばかりいたが、こいつが——」と、横の村上のほうに顎をしゃくった。「旧財閥系の銀行に特有の、社風みたいなものを教えてくれと言ってきたんだ。その上で、ある被面接者の職務経歴書を見て欲しい、と。で、そいつがその組織で先があるのかどうかを判断してくれ、と」

昌男は思わず村上の顔を見た。が、当の本人はあらぬ方向を向いてタバコの煙を吐いている。

「むろんその資料は職務経歴書だけで入行以前の履歴は付いていなかったから、おれにも誰とは分からなかった。ここまでは、いいか？」

「ああ」

「じゃあ次だ。当然おれはその職務経歴書を見た。はっきり言って、あの企業精査部とやらでのおまえの実績は、素晴らしいと思ったよ。ところが合併後に異動した為替電信部では、まあ、鳴かず飛ばずの仕事ぶりだ。将来が見込めそうな職場でもない。おまけに旧三友《みつとも》の出身という弱い立場もある」

「……だから？」

「だから、こいつにはこの銀行での未来はまずないだろう、と教えてやった。だが、それとは別に、この被面接者個人――つまりはおまえのことだったんだが――の企業精査部での職務実績自体には、ひどく興味を持った」

ビールが三つ運ばれてきた。そのビールを一口飲み、さらに山下は言葉をつづけた。

「で、ここからが本題だ。おれは今、M&A《企業買収・合併》を主体事業とする、従業員二十人ほどのファンドにいる。『ジャパン・キャピタル㈱』って会社だ」

昌男は内心ますます驚きつつもうなずいた。

『ジャパン・キャピタル㈱』……以前どこかの経済雑誌で読んだ記憶がある。こういう企業形態としては、この日本市場でも珍しく成功している会社だと紹介されていた。さらに思い出す。たしか年利三〇パーセントという運用目標を掲げて投資家から金を集めるという。そのあまりの高金利目標には、感心しつつも呆《あき》れた覚えがある。つまり商売として考えれば、その買収企業の株値を一年後には確実に三割増し以上に、さらに二年後には六割増し以上にもっていかなければ投資家への体面は保てない、というシビアさだ。それでもコンスタントに安定した利益を出しているファンドだと、その記事には紹介されていた。それで妙に記憶に残っていた。

「その会社、知っている。以前なにかの記事で読んだことがある」

昌男がそう答えると、山下はにっと笑みを浮かべた。

「なら、話が早い。業務内容自体、おまえがこの企業精査部でやっていた仕事とかなり近いだろ」

「みたいだ」答えつつも、ようやく山下がこれから何を言おうとしているのか、なんとなく見当がつきはじめた。「金をよそから引っ張ってくる以外は」

「ま、そこらあたりは確かに違うな」山下はうなずいてさらに言葉をつづけた。「おれが今いる会社は、社員一人ひとりが完全な個人商店でな。その社員の職階《グレード》に合わせた規模の会社の、資金調達から再生までを基本的にはすべて独力でこなしてゆく。入社すぐはグレード１で、二年ごとにそれまでの実績を社長に審査され、次の職階に上がるかどうかが決まる。職階がひとつ上がるごとに、扱う会社の規模は二倍になる。

むろん、給料も倍だ。ちなみに今のおれの職階はグレード2で、下から二番目だ。入社三年目だからこんなもんだろうが、とりあえず去年の昇進審査はパスした。給料はグレード1のときが年俸六百万。ってことは、おれの今年の年俸も分かるわな?」

昌男はうなずいた。つまりこいつは、現在の年収が一千二百万。さらに今の職階で順調に実績を積めば、来年には二千四百万、ということになる。むろん、それだけ扱う企業の規模も倍々ゲームで大きくなっていくわけだから、仕事内容も決して楽ではないだろう。どころか、恐ろしくきつくなっていくはずだ。

それは、この山下が現在自分の所属する会社を「ウチの会社」とは言わなかったことでも分かる。「おれが今いる会社」と言った。自分と会社との立場を安易に同一視できるほど、生ぬるい職場環境ではないということだ。逆に、そういうクールな認識を持つ者しか、生き残れないということでもある。

案の定、山下はその問題を口にした。

「もちろん社員のすべてが順調に次の職階に行くわけじゃない。昇進審査に二回つづけて落ちれば、もうそいつに会社での居場所はない。あとは辞めてゆくしかない。だから、今の会社は常に潜在的な人材不足だ」

このセリフにはさっきまでの腹立ちも忘れて、つい苦笑した。と同時に、これからこの男の言わんとする内容にいよいよ確信を持つ。

「が、やりがいという意味では間違いなくある。年収も大事だが、おれが今言いたいのはそういうことじゃない。収入は仕事に対する当然の報酬だ。だが、やりがいじゃない」そしてふたたび軽く笑い、昌男を見てきた。「良く似た仕事で実績を積んできたおまえなら、それぐらい分かるだろ」

たしかに――今度は昌男もはっきりとうなずいた。

それからふと、奇妙な感覚にとらわれた。今昌男の目の前に座っているこの二人。村上と山下。高校時代はもっとのほほんとした顔をしていた。だが、今目の前に座っている二人の顔つきは、すでにその頃とは別人のように引き締まって見える。仕事が人を変えるのだ、と感じる。

山下の話はなおもつづく。

「もともと今の社長には、いい人材がいるようなら個人的に誘ってみてもいいぞ、と言われていた。そういうわけで、おれはおまえに――正確に言えば先週見たその被面接者の職務経歴書に、ひどく興味をそそられた。しかもよく見ると、おれらと同じ歳《とし》に社会人になっている。で、しつこくおまえのことを聞いてみた。そしたらこの間抜けが――」と、ふたたび村上のほうに顎をしゃくり、「被面接者の名前は言えない、なんてたわけたことを口走ったもんだから、いよいよ確信を持った。そりゃ暗に、おれがこいつのことを知っていると匂《にお》わせているも同じじゃないか」

と、結論づけた。

これには昌男も思わず笑った。

「で、おれはさらにこいつに交渉した。この書類上の人間がもしクビになったらアプローチしたいから、その個人情報を教えてくれ、と。こいつはまたダメだと言った。それがどういう風の吹き回しか、先週の木曜にはまたこいつから電話がかかってきて、実はおまえだということを教えてきた。だけでなく、今日の飲み会の設定も、こいつがすると言ってきた」

あの日のことだ。あの一次面接が終わったあと、路上で口論した日のことだ。

思わず村上の顔を見た。すると相手は生真面目《きまじめ》な表情で昌男に言ってきた。

「昔のよしみで紹介するだけなら、互いの今の立場とは別だろう。だから、守秘義務違反には目をつむってくれ」

「むろんおれは、すぐにおまえの情報を履歴書・職務経歴書を含めてファックスで送ってもらった」ふたたび山下がそのあとを継ぐ。「翌日、社長に話をもって行った。実際に会って話をしてみないとなんとも言えないが、これだけの実績を持っている人間なら、まずは大丈夫だろうという返事だった。だからおれが、こうして会いに来た。ここまで言えばもう分かるよな？　今この場では、おれはおまえのリクルーターだ」

「おれのほうからも、ひとつ、ある」さらに村上が口を開いた。「おまえは、おれとの来週の面接で最終だ。山下に紹介しといて今さらこういうことを言うのもなんだが、おまえはその最終面接さえ乗り切れば、銀行側としてはそれ以上辞めさせる手立てはない。調べれば分かるが、労基法でそう決まっているんだ。だからこの最終面接さえ乗り切れば、このまましばらくは銀行に残ることも出来る。もちろんこいつの申し出を断ることも出来る。あとは、おまえ次第だ」

「……」


九時過ぎに会合はお開きになった。

東京駅で二人と別れ、昌男は京浜東北線に乗った。

最寄りの南浦和駅に着くまでの間、昌男は席に座ったまま、山下から貰《もら》った『ジャパン・キャピタル㈱』の会社案内にぱらぱらと目を通していた。

従業員二十二名に対し、売上高は千七百億。経常利益、三十六億……。

思わずため息をつきそうになる。

分かる。確かに魅力的な会社には違いない。ただし、この数字だけを見ても、かなりシビアな働きかたを要求される。それも尋常ではない働きぶりを。

派閥のようなものは一切ない、と山下は言っていた。

「っていうか、忙しくてそんなものを作っている暇がないんだ。ついでに言うと、あるのは実績による職階だけだ。役職もない。出世コースなんてものもない。だから足の引っ張り合いもない。出社時間も人によって違うしな。全員中途入社だし学歴もバラバラ。ハーバードのビジネススクール出のやつもいるし、東大も北大もいる。オックスフォードもいる。その三割ほどがＭＢＡ取得者だ。かと思えば、おれみたいにわけの分からん大学出身のやつもいる。共通しているのは、みんな鼻血を出さんばかりに必死に仕事をやっているってことだけだ」

……おれは果たして、そんな会社でやっていけるのだろうか。

仕事の内容自体に対しては、かつての企業精査部で培《つちか》った実績から、ある程度の自信はある。

だが、二年ごとに倍々ゲームで膨らんでゆく業務内容。体力的にも精神的にも相当な負荷がかかるだろう。おれはそんなところで、やってゆく自信があるのか――。

気がつくと南浦和駅に到着していた。

昌男のマンションまでは、徒歩十分の距離だ。構内を抜け、東口ロータリーに出て、家路へとゆっくり歩いてゆく。やがて駅前のネオン街を過ぎ、住宅街の区画へと入った。

しばらく進むうちに気づいた。

足元の影が、アスファルトの上にくっきりと浮かび上がって延びている。翻《ひるがえ》って天空を見上げた。駅前に散らばっているマンション群の向こう。西の空に、ぽっかりと満月が浮いている。

思い出す――山下隆志。転校早々の、あいつの『炭坑節』。あのときは昌男も他のクラスメイトも度肝を抜かれたものだ。

つい、苦笑いを浮かべる。

と同時に、故郷の旧《ふる》い記憶が一気によみがえってきた。ちっぽけな『㈲池田建具店』。腕のいい建具職人だった親父《おやじ》。それでも家計は火の車だった。ため息をついていたお袋。醤油飯《しょうゆめし》。

ゆっくりと思い出す。どうして経済学部を選んだのか。何故《なぜ》、企業精査部での仕事にこだわっていたのか――。

そう。

明確な言語化こそ出来ていなかったが、実家の『㈲池田建具店』をもっとシステマティックな会社に変えられないものかと、子ども心にもぼんやりと考えていた。そうすれば親父ももっと仕事に誇りを覚えられるだろう。お袋ももっと生活が楽になるだろう。

だから、会社の経営というものに興味を持った。かつての企業精査部の仕事に夢中になった。たぶん今もそうだ。子どもの頃からの志向は、そうそう変わるものではない。クルマ好きが一生クルマ好きなのと同様、おそらくはこれからも。

歩きながら、また一人で笑った。それまでのもやもやとした気分が、一気に四散してゆく感覚。

基本に戻れば、いつだって物事はシンプルになる。なら、そういうチョイスをすればいい。それが自分にとっての仕事の幸せだ。

……だが、その前にやっておくべきことがある。

マンションに着いた。エントランスで暗証番号を押しながら思う。あとローンは二十五年分も残っている……彼女は、認めてくれるだろうか。

エレベーターを八階で降り、８０３号室に向かう。

玄関のチャイムを押した。

軽い金属音を立ててドアが開き、おかえりー、と彰子が顔を覗《のぞ》かせた。

「どうだった、昔の友達との飲み会は？」

「うん。まあまあ」

答えながら彰子と一緒に奥のリビングへと進んで行った。昌男はソファに腰を下ろし、彰子はカウンターキッチンの向こうに進んで行こうとする。

「もし小腹が空《す》いているようなら、お茶漬けかなんか、食べる？」

「いや。いいよ」ここだ。昌男は思った。今このタイミングで言えなければ、またズルズルと引き延ばすことになる。「――それよりさ、ちょっと話したいことがあるんだけど」

「なに？」

「いいから、ちょっとこっちに来て座ってよ」

彰子がやってきて、テーブルの対面に座る。何故か軽い吐息を洩《も》らし、それから昌男を見上げた。

「で？」

「――うん……」

よく考えたら、どう切り出せばいいのかをまったく考えていなかった。昌男がしばらくまごついていると、不意に彼女は苦笑した。

「きたのかな」

「え？」

「銀行、辞めたいんでしょ」

いきなりズバリと急所を突かれ、昌男は飛び上がらんばかりに驚いた。

「な、なんで？」

「あたしだってバカじゃないわよ」彼女はさらに笑った。「マーくん、今の部署に移ってから職場での噂話《うわさばなし》を一切しなくなったしね。ため息も多くなった。昔はあんなに自慢話ばっかりしてたのにね」

一瞬、怯《ひる》む。

が、あまりにもあっさりと言われたことで逆に気持ちが楽になったのも、また事実だった。

「そう。実を言うと、そうなんだ」

言い出すともう、言葉が止まらなくなった。ここ数年分の鬱憤《うっぷん》を堰《せき》を切ったように彼女にぶちまけた。企業精査部自体が合併後、融資部の精査課として統合されたこと。

そこで思うように仕事が出来なかったこと。喧嘩《けんか》して今の為替電信部に飛ばされたこと。この仕事には全然興味を持てないこと。そして今の部署に居る以上、もう行内での敗者復活の見込みはないこと。

自分の恥部を曝《さら》け出すような恥ずかしさを感じながらも、包み隠さず、すべてをぶちまけた。

その間、彼女は昌男の顔をじっと見たままだった。

「――だから、もう銀行にはいたくないんだ。実はここ一年ほど、ずっと考えていた」言っているうちに次第に考えがまとまってきた。「でも、いろいろと考えてみると、やっぱり彰子には言い出せなかった」

「どうして？」

「前に彰子、言ったよね。本当に好きな仕事に就いている人じゃないと、ずっと一緒にはやっていけない――たしかにその通りだと思う。でもおれは、ただ辞めたいだけだった。じゃあ今の仕事を辞めていったいどんな仕事に就きたいのかっていうと、皆目見当もつかなかった。だから、相談もできなかった」

そう言って鞄《かばん》の中から『ジャパン・キャピタル㈱』の会社案内を取り出し、彰子の前に差し出した。

「これは？」

「おれが、できれば行きたいと思っているファンド」昌男は答えた。「実は今日、その話があった。一種の企業再生屋だ。仕事はかなりキツいと思う」

それからこの企業の業務内容と仕事内容をかいつまんで話した。かつての企業精査部の仕事とかなり似通っていること。個人的に任せてもらえる裁量はそれ以上だということ。二年ごとの審査で年収と仕事の量が倍々で増えてゆくこと。それを二回連続してクリアできなければ、会社を去らなければならないこと。入社面接自体は、まず問題ないだろうということ。

「この企業自体の業績は問題ないし、将来の展望もあると思う。問題は、おれがその労働環境に耐えていけるかどうか。ひょっとしたら数年後には放り出されるかもしれないし、放り出されなくても、自分からもう付いていけないと思うかもしれない。けど、もし彰子が賛成してくれるのなら、おれはやってみたい」

そこまで一気に言い切り、あらためて彼女を見た。

また彼女は少し笑った。

「もしあたしがダメって言ったら？」

それは、と思わず口ごもった。「……でも、おれはやってみたいんだ」

「ダメ」彼女は笑みを貼《は》りつかせたまま、一言で片付けた。「その返事では、ダメ」

偉そうに――一瞬、むっときた。おれがようやく勇気を出してここまで説明しているのに。今の職場にいてもただ腐ってゆくだけだというのに……。

が、確かに彰子の言うとおりだと悟る。

おれは自分の仕事のやりがいのためだけに、彼女とのこれからの生活を危険に晒《さら》そうとしている。言われて当然だ。

今までもそうだった。大事な問題に関しては、彼女は決してその場しのぎの返事をしない。何も考えずに、じゃあやってみたら、などという軽い言葉は決して口にしない。自分が吐いた言葉にあとあと責任が生ずることを知っている。

――そういうクールな部分が好きで、この女と一緒になった。

じゃあ、どうするか。

もし辞めることになっても、また別の仕事を探せばいい。食うためだけだったら、世の中に仕事はいくらでもあるさ――そんな考えもあるし、事実、世の中ではそういうふうにして仕事を選ぶ人間もいる。

だが、おそらくそんな答えを彼女は期待していない。逃げだからだ。最初から逃げ道を作って物事を考えているからだ。こと仕事に関する限り、彼女はそんな姿勢をおれには望んでいない。結婚したときからそうだ。いみじくも村上が言ったように、一般論の話ではない。

これは、彼女とおれの問題だ。

彼女の求めている言葉。覚悟……。

不意に、支店時代のあの交通事故死の事件を思い出す。

もう一度考える。できるか、と自問自答する。

怖い。

想像するだけでぞっとする。でも、言うだけではダメだ。ちゃんと想像しなくては。

くそっ——。

だが腹を据えた。情けなさに泣きたくなった。言うときに、かすかに声が震えた。

「おれの生命保険、二億かかっている。……言っている意味、分かるだろ。実際にそうするかそうしないかは、問題じゃない。でも、少なくともおれはその覚悟で仕事に取り組む」

一瞬、間があり、

「偉いっ！」

彼女は高く叫んだ。いきなり立ち上がると、そそくさとテーブルを回り込んできて、

「よく言えたね、マーくん。偉いよ。カッコいいよ」そう矢継ぎ早に声を発し、昌男の顔を両手で摑《つか》むと左右に揺さぶってきた。「だいじょうぶ。そんなことなんかあたしが絶対にさせない。いざとなればマンションなんて売り払えばいいんだし、あたしもまた働きに出ればいいんだから」

そうつぶやいて自分の腹部に昌男の顔をぐいぐい押し付けてくる。息苦しい。でも、柔らかい。なおも頭上から彼女の声が降ってくる。かすかに鼻声になっている。

「マーくん、今までつらかったよね。でも、カッコいいよ」

昌男も、泣き出した。

7

二次面接の終わった週末。

土曜日。

真介は羽田空港へとクルマを走らせていた。

午後三時着の飛行機で、陽子が戻ってくる。二週間の長期出張でおそらくはへとへとに疲れている。だからその迎えにと首都高を抜け、コペンの屋根をオープンにしたまま湾岸道路を南下している。

大井南の合流点を過ぎたところで、ドリンクホルダーの携帯が鳴った。道交法違反という言葉が一瞬脳裡《のうり》をかすめたが、結局は右手でハンドルを握ったまま、左手でフリップを開けていた。

「はい。もしもし」

「真介か。おれだ」山下の声だった。「いちおう報告しておこうと思ってな、電話した」

「なにを」

「池田の件。今日、会社に面接しにやってきた。社長面接だ。さっき終わって、帰ったところだ。結果は合格。九月から働くことになった」

「それは、よかった」

「これでおまえも辞めさせる人間が、一人増えたな」

これには真介も笑った。

「まあ、そういうことになる」

「おれもおまえも、あいつも満足。三方丸く収まって、めでたしめでたしだ」山下は上機嫌だ。「来月あたり、就職祝いでもやってやろうぜ」

「お。いいねえ」

「じゃ、そういうことで」

電話が切れた。携帯をドリンクホルダーに戻す。

時速八十キロ。七月の太陽。真介は相変わらずゆっくりとコペンを転がしている。

ちらりとダッシュボード上の時計を見遣《みや》る。

午後二時四十分で、羽田まであと二キロ。いい感じだ。

出口からスーツケースを引き摺《ず》ってくる陽子を、待たせることはない。

File 4. 八方ふさがりの女

1

十月。

日曜日の午後、真介は名古屋駅のホームに降り立った。

本当は、明日でもよかったのだ。

この土地での面接実施は火曜日からの予定だ。月曜の午後にやって来ても、先方の人事部長との打ち合せ、面接会場の準備には充分に間に合う。実際、他の面接担当官はすべて明日の午後にやって来る。アシスタントの川田美代子にしてもそうだ。

昨夜、この個人的な早出《はやで》には、陽子もベッドの中でぶつぶつ不満を漏らしていた。

「だってさ、最近はお互い忙しくて、週末ぐらいにしかまとまった時間がとれないじゃない」と、少し口を尖《とが》らせた。「どうして会社から言われたわけでもないのに、わざわざ日曜の昼から出かけてゆくわけ？」

ついその先の言葉を想像した。

そのぶん、あたしともっと一緒にいようよ。

たぶん彼女はそう言いたい。ついおかしくなった。気がついたときにはシーツの中で陽子の腰に右手を伸ばしていた。

「ちょ、ちょっと。ナニすんの」陽子が驚いた声を出す。「したばかりでしょ」

「だからさ、できればおれも陽子と一緒にいたい」本心には違いないから、そんなふやけたセリフがぬけぬけと口をついて出てくる。「明日から一緒にいられないぶん、今晩はもう一回しようよ」腰に廻した腕を胸部にもってゆく。指先で乳首を軽く摘《つま》む。

「ご奉仕。許して」

「ばーか」あっさりと陽子は返してきた。「ホントは自分がまとめてしたいだけのくせに、なに恩着せてんのよ」

思わず笑う。彼女のこういう辛辣《しんらつ》さが、真介は好きだ。

「だから、それを含めて、ご奉仕」

彼女もかすかな笑い声を上げた。左手を彼女の局部にもってゆく。指先が陰毛を掻《か》き分け、ヴァギナに触れる。湿っている。陰核を指の腹で撫《な》でる。濡《ぬ》れてくる。乳首も固くなってきた。

最終面接が終わるまで、二週間の名古屋出張になる。

今朝早く別れるときに、彼女は言った。

週末には、帰ってくるんでしょ?

もちろん、と真介は答えた。「陽子に会うためだけに、帰ってくる」

彼女は苦笑した。

「ったく。どこまでが本気なのやら」

最近の彼女は、こういう言い方をするときだけ、真介より年上に戻る。少なくとも真介はそう感じる。

真介は旅行用の鞄《かばん》を片手に、プラットホームから構内への階段を降りてゆく。中央コンコースに出て、桜通口を目指して進んでゆくと、天井から吊《つ》られている巨大な横看板が目についた。

『☆ようこそ☆　金の鯱《シャチ》が天下をにらむ　名古屋城の駅へ!』

その堂々たる横看板の両脇《りょうわき》には、お土産物屋が所狭しと連なっている。

ういろう。味噌《みそ》煮込みうどんセット。きしめん。天むす。ひつまぶし用うなぎ真空パック。冷凍エビフライ詰め合わせ。味噌カツのたれ。よりお手ごろなお土産ではカール『手羽先味』やプリッツ『八丁みそ味』などが目につく。大阪もそうだが、名古屋のこういう食文化のセンスには独特の愛嬌《あいきょう》がある。

コンコースを抜けきったところで、桜通口に出た。

アルミニウム製と思《おぼ》しき巨大ならせん状のオブジェが目に飛び込んでくる。その意味不明のオブジェを取り囲むように駅前のロータリーがある。タクシー乗り場に移動しようとして、気づいた。

ロータリー左手にある、古びてはいるが、巨大なビル。

『大名古屋ビルヂング』と、その屋上看板にはあった。しかし、何が〝大〟なのかは分からない。しかも〝ビルディング〟ではなく〝ビルヂング〟……その看板を見つつ、タクシー乗り場に移動する。一番手前に停まっているタクシー。ルーフの上にある雪洞《ぼん》《ぼり》看板。〝第一シャチ交通〟とある。これも、シャチ。たしか印鑑で有名な〝シャチハタ〟も名古屋の会社だった。そんなことを思いつつ、タクシーに乗り込む。

「キャッスルホテルまで」

「あーい」

と、間延びした声を上げ、年配の運転手がコラムシフトを上げる。タクシーがロータリーを滑り出す。後部座席にもたれかかった。助手席の背もたれに取り付けてある運転手紹介のプレートが目についた。

第一シャチ交通
運転手　藤本栄吉（昭和二十三年五月二十五日生まれ）
趣味　テレビ鑑賞・ペット（チワワ）

うっ――。

思わず吹き出しそうになった。京都や萩《はぎ》などの観光地ならいざ知らず、いったいどこの政令指定都市に自分の趣味まで列記する運転手紹介プレートがあるだろうか。しかも、テレビ鑑賞が趣味といえるのか。さらに趣味がペットという書き方も、どう考えても変だ。おまけに〝チワワ〟ときた。

しかし直後には思い直す。……たぶん、こういうことだ。目的地までの道中、お客の趣味が偶然同じなら、その話で盛り上がることも出来る。生年月日もそうだろう。一種のサービス精神だ。だから、趣味といえる趣味がなくても、運転手に敢《あ》えてそれを書かせる。

先日、新聞で読んだ情報を思い出した。新しく出来た中部国際空港には、結婚式場と大浴場施設も併設しているという記事。つまり名古屋では結婚式を挙げてすぐにハネムーンに出向き、機中泊になった旅行の帰りは、ハネムーン客でなくても風呂《ふろ》に浸《つか》ってすっきりとすることもできる、という趣向だ。たしかにサービス精神満点だ。一方で、その発想にはやはり、そこはかとない滑稽《こっけい》感《かん》を覚える。

けっこう、楽しい土地柄なのかもしれない——。

それが、真介の第一印象だった。

2

たぶん、二十メートルも上。

はるか高いガラス張りの天井から、秋の日が差し込んできている。屋外型コンベンションホール『オアシス21』。ガラス張りの天井の上には、水が薄く湛《たた》えられている。だからこのホール全体がキラキラと輝き、波打って見える。

「先日発売させていただきました私どもトヨハツ自動車のこの大型セダン『トローレ』は、クルーザー級のヨットのような快適性と、海のような開放感を併せ持つ居住空間が、そのインテリアのコンセプトになっております——」いつものセリフ。いつもの口調。マイクを片手に、日出子《ひでこ》は言葉をつづける。目の前には、三十人ほどの聴衆。そして日出子の背後には三ナンバーサイズの大型セダン。「なお、エクステリアに関しましても、その海をイメージしましたコンセプトを引き継いで、全体のフォルムをうねりのある質感でまとめあげてございます。ボディカラーは、イメージカラーのマリン・ブルー・マイカを筆頭と致しまして、ワイン・レッド・マイカ、ブリティッシュ・グリーン・マイカ、レモンイエロー、パールホワイト、チタンブラック、オフホワイトと、七色を取り揃《そろ》えてございます」

言いつつ、色のサンプルボードを片手に持ち上げてみせる。

ほほーう、と右手の聴衆から感嘆とも軽い揶揄《やゆ》ともつかぬ声が上がる。居並ぶオジサン・オバサンたちの、一様に緊張感のない顔。ブランド物なのに冴《さ》えない服装。日出子は想像する。おそらくは渥美《あつみ》半島の先端あたりから貸切バスでやってきた団体の観光客。名古屋市内まで日帰り旅行にやってきて、ついでに話題になっている最新の観光スポットでも訪ねようということになった。それで、栄《さかえ》の中心街にある、立体式の階層公園で開放型のコンベンションホールも兼ねているこの巨大な施設『オアシス21』までやってきた。

そんなことを思いつつも、言葉はよどみなく口をついて出てくる。

「ちなみにこの『トローレ』のスペックを申し上げますと、排気量は四千二百cc。エンジン型式は新設計のV型八気筒となっております。このエンジンブロックから発生される馬力は——」

パシャ。

——ん？

アナウンスをつづけながら、さりげなく聴衆の左手を窺《うかが》う。

やっぱり、いた。

額ににきびの吹き出たカメラ小僧。今どきケミカルウォッシュのジーンズに白いテニスシューズ……そのダサダサの服装とは対照的に、いかにも高価そうな望遠レンズ付きのカメラを両手に構えている。レンズの先が、日出子の背後のクルマではなく、明らかに彼女自身の腰元を向いている。午後からの三時間立ちっぱなしで、太ももから次第にずり上がって来ているミニのタイトスカート。その隙間《すきま》を狙《ねら》っているに違いない。

パシャ。パシャパシャ。パシャパシャ。

ふたたびのシャッター音——しかも今度は容赦ない連続音。心底ウンザリする。ようやく死に絶えたかと思っているところに、しぶとく復活してくるマニアックな陰性動物。いやらしいカメラ小僧。

パシャ。パシャパシャ。

このぅ……たいがいにしときゃーよ。

あわてず、だが素早く腰元に手をやり、手のひらを添えるようにしてスカートの裾《すそ》を下に伸ばす。膝上《ひざうえ》まで押し下げる。このカメラ小僧にだけ分かる素振り。さすがに恥ずかしくなったのか、カメラ小僧は構えていた機材を下ろした。意外と素直。よしよし。

しかし説明をつづけながらも、一ヶ月ほど前から常にくすぶっている不満が、ゆっくりとぶり返してくる。

いくら仕事とはいえ二十八にもなったわたしが、なんでこんな超ミニのコスチュームを身につけなければならないのか。世の中の男は節度のある紳士ばかりではないのだ。情けないことこの上ない。会社も会社だ。よりにもよってこんな衣装を仕入れてくる服飾課長のセンスは、いったいどうなっているのか。同じ女性として、いやらしい目に晒《さら》される者の恥ずかしさが分からないのだろうか。それでなくても半屋外でのイベントが多いせいで、夏は炎天下の中、冬は寒風の吹きすさぶ中で、終日立ちっぱなし喋《しゃべ》りっぱなしになるこの仕事。一日が終わるころにはヒールを履いた脹脛《ふくらはぎ》もぱんぱんに硬くなり、声もかすれ気味になっている。がんがんに日焼けもする。肉体労働そのものだ。

しかも、だ。そこまで頑張っているわたしたちに対して、先日あろうことか会社はリストラ計画を打ち出してきた。そしてその面接は、今週から始まろうとしている。これでは不満がたまらないほうがどうかしている。

内心、ため息を洩《も》らす。……でも、それはそれだ。わたしたちの都合でしかない。

クルマという商品に対しての、夢を売る仕事。

十年前の新入社員のときにそう教育されたし、日出子自身、今もそう思っている。夢に疲労はいらない。不平不満もいらない。だから疲れた素振りは見せられない。笑顔も絶やさないようにしなくてはならない。

「――というわけで、高速走行時もこのスペックに裏打ちされた快適な居住空間と安定した直進性を両立させましたこのクルマは、まさに陸のクルーザーと言うにふさわしい仕上がりといえるでしょう」

そう言って、最後の説明を締めくくった。

「なにか、質問はございますか？」

先ほどの団体客の一人が、のんびりと口を開く。

「おねえさん、馬力はどんぐりゃーかね？」

あぁ……もう——途端に日出子は拍子抜けする。それはたった今、説明したばかりでしょ。

しかし日出子が口を開くよりはやく、その脇にいたオバサンが中年男性の脇をつついた。

「あんたあかんがね。よー聞かにゃあ。このお嬢さんがさっき説明してくれたがね」

オバサンは得々として言葉をつづける。そうだ。あんたの言うとおりだ。もっと言って。

「馬力は、四千二百だが」

おいお〜いっ。

思わず叫び出しそうになる。

それは排気量でしょー。タンカーや戦闘機じゃないんだから、四千二百馬力もある市販車なんてこの世には存在しないよっ。

案の定、周囲からも失笑が洩れた。が、かえってそのせいで場の雰囲気が和やかになる。

日出子もやや気持ちが落ち着く。……夢と雰囲気を売る仕事。客を楽しませること。

だから、これはこれでいいのだ。

観客中央の若い客が口を開く。

「すいません。この新型車は、『トヨハツ』の上級ブランドの中では、具体的には何のクルマの後継車になるんですか」

お。なかなか専門的な質問。答え甲斐《がい》がある。さらに気をよくし、日出子はその問いに答える。

「それはですね、私ども『トヨハツ』のクルマで四十年ほどつづいたマークⅢという車種がございましたが、残念ながらこの春に生産中止となり、このマークⅢの後継車として――」

件《くだん》の客の方角を見たまま解説しているうちに、気づいた。

その若者のやや左後方に、スーツ姿の男が立っている。軽く腕組みをしたまま、こちらを見ている。おそらくは二十代の後半から三十前後。しかしその立ち姿が、どことなく妙だな、と感じる。

すぐにその違和感の理由に思い至る。

日曜日なのに、カチッとしたスーツ姿の客。むろん土日も関係ない個人客相手の営業マンがサボりで顔を出したのなら、そういうこともあるだろう。でも、そのわりには何故《なぜ》か手ぶらなのだ。営業マンなら、必ず営業鞄《かばん》を持っているはず。この『オアシス21』のスタッフという感じでもない。もちろん日出子の会社の社員でもない。しかし、ぶらりと立ち寄ったクルマ好きというには、日出子の解説にあまり熱心に聞き入っているようにも見えない。

——何者？

一日に何十人、多いときは何百人という人間を相手にする職業柄、日出子は人の観察は得意だ。十年もこの仕事をつづけているうちに、自然に観察力が身についた。

「——というわけで、この『トローレ』の開発に踏み切らせていただいたのです」

さらなる質問が左手の奥、ちょうどカメラ小僧の背後から飛ぶ。

「このクルマは『トヨハツ』のどの販売系列で売られることになるんですか？」

その答えを口にしながらも、さりげなく件《くだん》の男を観察しつづける。

すらりとした体型。三つボタンのダークスーツから受ける陰影が、さらに細身を引き立てている。かといって脆弱《ぜいじゃく》な感じは受けない。見る側の受ける印象を意識した着こなし。顔つきはというと、目、鼻、口というパーツが、ほどよく秀《ひい》でた額の下にバランスよく散らばっている。まあ、いい男に分類してもいい。口元に浮かんでいるいかにも人馴《ひとな》れした笑みは、接客業に特有のものだ。ややホストっぽい印象も受ける。

でもホストではないだろう。そこまで全体の雰囲気は崩れていない。

何者なのだろう？　やはり疑問に感じる。

「すいませーん。このクルマのアルミホイールとかグリルとか、そういうオプション関係のラインナップはどうなっていますか」

ふたたび左手から質問が飛んだ。さきほどのオバサンの受け答えで場の緊張が取れたのか、この四ステージ目では妙に質問が多い。

「えー。それに関してはですね、こちらをご覧いただけますか」そう言って、足元のフリップ集を取り上げた。そのフリップを順にめくっていきながら説明を始める。

「ちょっと見にくいかも知れませんが、こちらにホイールが三種類、グリルが二種類、内張りのサンプル色が五種類載っております。詳しくは私どもの各販売店でお尋ねいただいたほうが、より詳細な資料を差し上げられるかと存じます」

そう言ってふたたび顔を上げたときには、聴衆の中に男の姿はなくなっていた。つい目線で探す。はるか先、ちょうど会場を出てゆく寸前の、男の後ろ姿が見えた。

3

……こういう場合、女はどうも苦手だ。

真介は、ついそう思ってしまう。

木曜。

面接開始から三日が過ぎていた。連日五人ずつの面接で、そのすべてが女性だ。今日の午前中までで、計十二人を面接した。さらに昼食をはさんで、今、午後の一人目が終わった。

被面接者は、全員が二十代の独身女性だ。しかも国内ナンバーワンの自動車メーカー『トヨハツ自動車㈱』直属のコンパニオンだけあって、その顔立ちもスタイルも人目を引くような女の子が揃っている。職業柄、滑舌もいい。きりっと引き締まった表情の女性も多い。はっきり言って真介の好きなタイプだ。

だが、そんな彼女たちも辞職勧告を交渉するうちに、真介を睨《にら》みつけたまま目尻《めじり》にうっすらと涙を溜《た》めてゆく。拳《こぶし》を握り締める。唇を震わせる。ときには泣きながら文句を言ってくる女性もいる。

コンパニオンを専門職としてやってきた彼女たちに、これから事務職としての仕事は難しい。むろんこの会社にも、三十歳を過ぎればイベント主催に関係する事務職への登用制度はある。が、これはあくまでも会社に居つづけた場合を前提とした社内的な登用制度で、仮にクビになった場合、同じようなコンパニオンの仕事をつづけるには正社員としての雇用はなかなか厳しいのが現状だ。どこかの派遣会社にでも登録するしかない。しかしそうなると、これまでの安定収入はとても望めない。その上に退職になれば社員寮まで追い出される。

やはり、やりきれない。まるでこちらが極悪人にでもなったような気分だ。

それは隣にいる川田美代子にしても同じようで、いつもは滅多に感情を表に出さない彼女も、ときおりかすかなため息を洩らしている。同じ女性の立場として、やはり心穏やかにはいられないのだろう。

「疲れているみたいだね」

そう真介が問いかけると、彼女はかすかに微笑《ほほえ》んだ。

「多少。でも、大丈夫です」

仕事の依頼が来たのは、二ヶ月ほど前だ。

例によって社長の高橋がこの仕事を取ってきた。高橋は『トヨハツ自動車㈱』とは浅からぬ縁があったらしく、このトヨハツの百パーセント子会社であるコンパニオン派遣会社『T・スタッフ㈱』の社長を紹介された。

もともと本社の一部門であった広報部第一営業セクションを独立させたのが、この

『T・スタッフ㈱』だ。従業員数は八十名。事業内容は当然のごとく、トヨハツのクルマの広報活動。具体的には、本社ショールームをはじめとして、幕張メッセなどのモーターショウや、販売系列ディーラーの催す各種イベント会場に出向き、ナレーション業務を行うというものだ。

以上のことを説明し終えた会議の席上、高橋はさらに言葉をつづけた。

「だから、もう分かっているかとは思うが、被面接者のすべてが女性だ。それも、見た目にはかなり感じのいい女性ばかりが揃《そろ》っている」そう言って、この社長にしては珍しく冗談を飛ばした。「おまえらもまだ若い。独身も多い。中には自分の好みの子も混じっているだろうが、ま、心を鬼にして頑張れ」

このコメントには真介をはじめとした席上からも失笑が湧《わ》いた。

『T・スタッフ㈱』が事業縮小に向かった経緯は、トヨハツ本社が主催するイベントの減少だ。トヨハツ本社は二年前、各地域にある販売部門をすべて販社化して独立採算制をとった。販促活動もそれまでの本社負担ではなく、各販社の自前で行う。だからT・スタッフ所属のコンパニオンはそこに出向くという業態で広報活動をするわけだが、当然、その販促経費は各販社からの持ち出しになっている。経費を各販社が渋り、広報依頼が減少したというのが、今回のリストラの背景だ。

配られた業務内容紹介の資料の中に、この派遣会社の今月の派遣スケジュールというものが混じっていた。より具体的な仕事内容の資料として付け足されていたものだ。パラパラとめくっているうちに気づいた。

ちょうど面接開始の週の日曜、名古屋の栄という繁華街でトヨハツの販促イベントが開かれることになっている。

束の間《つかま》、考えた。

今まで様々な会社の面接業務をやってきたが、その相手が実際に働いている職場を垣間見《かいまみ》たことはほとんどない。だが、より詳しく被面接者の仕事内容を知るには、やはりその働いている姿を実地で見ることが必要だろうとは、常日頃から思っていた。

だから新幹線のチケットの予約を前日にずらし、名古屋にやって来た。ホテルにチェックインし部屋に荷物を預けたその足で、栄の会場『オアシス21』に出向いた――。

「さて、と」

思わずそうつぶやき、壁の時計を見上げた。午後二時二十五分。

次の面接は、三十分ちょうどからの開始だ。

「美代ちゃんさ、次のファイル」

「はい」

真介の手元に、今日四人目の資料が差し出された。

ファイルの扉をめくる。一枚目の履歴書。飯塚《いいづか》日出子、とある。

愛知県瀬戸市の出身。昔から陶磁器の産地として栄えてきた町らしい。

地元の高校を卒業後、『トヨハツ自動車㈱』本社の広報部に、正社員として採用されている。特待枠としての採用だ。というのも、中学、高校を通じて名古屋市内のスイミング・スクールに所属していたこの女性は、高校卒業当時、女子自由形の百メートルで全国九位のレコードを持っていた。だから、勤務時間内ではコンパニオンとしての仕事をこなし、終業後は実業団のスイミング・プールで、練習にみっちりと精を出す――少なくとも三年前まではそんな生活を送っていたらしい。

さらにそこから先の裏事情は、『T・スタッフ㈱』の人事部長から聞いた。

実業団を引退したのは、なかなか思うような結果を出せずに七年が経《た》ち、年齢的な限界もあったのだろうが、ひとつには広報部第一営業セクションが独立して子会社化されたことによる。それまで本社や名古屋市内のショールーム関係だけの範囲だった広報活動が、一気に全国レベルにまで拡大されたからだ。出張が重なり、満足に練習時間が取れなくなったことも要因のひとつだろう、とその人事部長は語っていた。

もう一度、履歴書の右上にある顔写真に目をやる。口をきゅっと引き結んだ真面目《まじめ》くさった表情が、こちらを見返している。

彼女には一度、『オアシス21』で会っている。

むろん会場には他のコンパニオンも数多くいて、個人ファイルには事前にすべて目を通していたから、自分の担当だと分かる女の子も数人、目についた。しかし、それは一目見るなり相手をそれと認識できたわけではない。一瞬のタイムラグがあり、ああ、この女性はおれの担当だ、という具合だ。

だが、何故かこの飯塚日出子だけは、そのブースで姿を見るなり認識できた。

何故だろう、と思う。むろんブスではないが、他のコンパニオンに比べて、かくべつ美人というわけでもない。それどころか、この圧倒的な美形集団の中では明らかに下位グループの顔の造作だ。カメラ小僧にしつこく写真を撮られていたときには、さりげなく、だが懸命にスカートの裾《すそ》を下ろしていた。見当違いの質問が飛んだときには、一瞬あからさまにむっとして眉根《まゆね》を寄せた。しかし、そういうあけすけな仕草で印象に残っているわけでもないような気がする。

もう一度、しげしげと顔写真に見入る。

そこでようやく気づいた。危うく笑い出しそうになった。

おでこだ——。

彼女の額は、やや眉の上からせり出し気味になりながら、その生え際《ぎわ》まで完璧《かんぺき》な卵形の半楕円《はんだえん》を描いている。まるで（これがわたしだ！）とでも言わんばかりに、はっきりとその存在を自己主張している。

以前に陽子と見た『ロッタちゃん　はじめてのおつかい』というスウェーデン映画のＤＶＤ。その女の子の主人公〃ロッタちゃん〃に、見れば見るほどよく似ている。意地っ張りで頑固な女の子。勝気でもある。友達をすぐに泣かしてしまう。

なるほど。

4

直後、面接室のドアが二度、ノックされた。

はい。どうぞお入りください――。

意外に軽い声。たぶん若い。

それでも心臓はどきどきと高鳴りをつづけている。若くても、相手はリストラのプロフェッショナルなのだ。油断は出来ない。それにわたしはクビになどなりたくない。絶対に、負けない。自分に気合を入れる。

「失礼しまーす」

そうわざと大きな声を出し、面接室に入った。

室内全体が視界に入ってくる。一瞬で観察する。正面のデスクに男。その脇《わき》に女。男はたぶん同年代。女は間違いなくわたしより年下。ちなみにそこそこの美人。

と、その男が立ち上がった。

「お忙しいところ、ご足労頂きまして恐縮です」三つボタン、紺黒のダークスーツ。ごく細いストライプのシャツに、臙脂《えんじ》・黒・白を基調とした柄模様のタイを締めている。地味派手だ。その顔が、正面から日出子を捉《とら》えてくる。ん？「私が、今回あなたの面接を担当させていただくことになりました村上と申します。どうぞよろしくお願いいたします」

え——。

日出子は一瞬棒立ちになった。

相手は笑みを浮かべたまま、軽く手を差し伸べてくる。

「さ、どうぞ。こちらの席にお座りください」

目の前の男……間違いない。この前の日曜、『オアシス21』にいた。でも……え、なんで。どうして。なんでこんな偶然が？　アタマの中が混乱しまくっている。

「さ。どうぞ」

言われるまま、機械人形のように椅子《いす》に腰を下ろす。

途端、あっ、と思い至った。

下見。わたしたちの仕事ぶりの偵察。

間違いない！

なんて男だろう——事前にわたしたちをこっそり値踏みしていたのだ。だからこの男は、わたしたちが必死に働いていた現場で軽く腕組みなどをして余裕の笑みを浮かべていた。なんて姑息《こそく》。すごく卑怯《ひきょう》だ。

「コーヒーか何か、お飲みになりますか」

「結構です」自分でも驚くほどきつい口調で答えていた。「それよりも早く、お話を進めていただきたいと思います」

やや驚いた表情を相手は浮かべた。ふん。いい気味だ。

かすかな咳払《せきばら》いを洩《も》らしたあと、この村上という男は話し始めた。

「では、早速ですが本題に移らせていただきます」そう言ってデスク上の書類をめくる。日出子はすばやく見て取った。その右隅に、冴《さ》えない表情の自分の顔が映っている。やや怯《ひる》む。さらに負けるもんかと思う。「もうご存知でしょうが、現在、御社では大幅な人員削減計画が進んでおります。従業員八十名のうちの二十名を削減する、という計画です」

そんなこと、知っとるわ。

日出子は心の中で罵《ののし》る。あえて強がってみる。

「正直申しまして、飯塚さんを始めとされる従業員の方には、かなり厳しい状況になっております。ですが、経営側としても従業員の方々になんら責任はない、ということは重々承知しているとのことで――」

うだうだと会社側の言い訳を解説した後、村上はその口調に抑揚を加えた。

「ですから、もし早期退職を受け入れていただいた場合には、会社としてもせめて、できるだけの好条件で送り出させていただきたい、と――」

日出子がそれと気づいたときには、いつの間にか早期退職した場合の優遇措置の説明が始まっていた。

曰《いわ》く、社内規定の倍額の退職金。有給休暇と社内株の一・五割増での買い取り。退職後一年間の在籍証明の発行……なるほど、会社側が悪いと思っているのはたしかに本当のようだ。かなりの条件を提示してきている。

――あれ？

直後には、束の間でもそんなことを思った自分に対して猛烈に腹が立った。

なんなのだ、このゆるいわたしは。そしてなんなのだ、このゆるい会社は？

国内生産台数第一位。地球的な規模で見ても総生産台数は九百万台を超えて世界第二位を誇る『トヨハツ自動車㈱』。ソニーや松下電器とともに、この日本のナンバーワンブランドである。過去六十年の社歴で、どんなに不景気の波が押し寄せて来ようと、どんなに同業他社が大リストラを断行しようと、終身雇用制と年功序列を頑《かたく》なに貫き通してきた。そういう安心感の元で社員すべてが滅私奉公のようにして働き、結果として超優良企業に成長してきた。

日出子が就職するころには既にポスト・バブルの時代だったとはいえ、インターハイで優勝したこともある彼女には、トヨハツ以外にも実業団からの誘いが五、六社はあったのだ。なかにはこのトヨハツよりも心惹《ひ》かれる社風の企業も存在した。だが、そういう安心感があったからこそ、親や部活の先生の薦めもあってこの会社を選んだのだ。

当時、みんな言っていた。

あの会社なら、結婚したあとも、居たいと思えば一生面倒を見てくれるよ——。

それを、なんなのだろう、この会社のやり様は。入社して五年後には思いもしなかった部門の子会社化で出向になり、そしてさらに五年後の今は、こうして辞職勧告を言い渡されている。

さらに腹が立ってくる。

目の前の男のたわごとはまだつづいている。

「どうでしょう。もしよければ、この条件だけでもまずはご検討していただけないでしょうか？」

気がつけば拳《こぶし》を握り締めていた。

「検討もなにも、私は今のところ会社を辞めるつもりはありませんから」勇気を振り絞って、宣言するように言った。言い出すともう止まらなかった。「それ以前に、今までの私の仕事でなにか重要な落ち度があったり、お客様からの評判が悪かったりすれば別ですが、特にそういう失態もないと思いますし、実際、勤務評定でもまずまずの評価を貰《もら》っています。ご存知かもしれませんが、勤務評定もこの十年、Ａマイナスの評価以下に落ちたことは一度もありません。そんな私が、何故《なぜ》こんな退職勧告のようなものを受けなければならないのですか？」

錯覚かもしれない。一瞬、なぜか相手の目の端に、かすかな笑みが走ったような気がした。

「おっしゃりたいことも、ご不満も、ごもっともです」

日出子が口を開くより早く、さらに村上は言葉をつづけた。

「ですが、私たちが御社より依頼された仕事は、その個々人の仕事の出来不出来より、こういう条件ならば退職してもいい、という人を、まず優先的に誘導させていただく、というものです。実績より退職希望者を優先させていただく、ということですね。ですからまずは、検討していただく条件として、退職条項を提示させていただいたというわけです」

「それなら、私は希望しません」日出子は言った。「実績もいい。希望もしない。今のような話でしたら、私が辞めなくてはならない理由は、どこにもありませんよね？」

束の間、沈黙があった。

「……ここに、御社の従業員の方々の、様々な要素の平均値を取った資料があります」村上はそう言って、日出子の個人ファイルの隣にあった冊子を開いた。「女性スタッフに限り、平均年齢は二十四・三歳。平均勤続年数は五年。そのほとんどの退職理由が結婚です」

今度こそ本当にかっときた。

「だから？」思わずナマ言葉で言い返した。「何が、おっしゃりたいのです」

相手の答えは、ここでも一瞬遅れた。

「非常に申し上げにくいのですが、つまりは人件費です。会社の経営が思わしくない要因のひとつに、この人件費の圧迫があります。そして飯塚さん、飯塚さんにかかっている給料プラス福利厚生費は、スタッフの中でもかなり上位に位置します。失礼な話かもしれませんが、そういう面もあります」

そう。本当に失礼だ。おまえが、だ。

「でも、勤務評定は、その給料への年齢加算分も考慮した上で、つけられているはずです」日出子はわざと〝年齢加算分〟にアクセントをつけて反論した。「その上で、ある程度の評価を貰っているということは、私は、その給料に見合った働きをしているということではないのですか。十の報酬に対して八、九の仕事しかしていないのなら話は別ですが、単純に額だけを取り上げて比較する問題ではないと思いますけど」

相手の目元に、ふたたびちらりと笑みが走った。

見た。錯覚ではなかった。

久々に腸《はらわた》が煮えくり返る。こいつ、絶対にわたしのことをバカにしている――。

「とにかく、私は今のところ、辞めるつもりは一切ありませんので」

「もしですが、仮に会社があなた個人のことをあまり必要でないと思っていたとしたら、どうです？」

一瞬、怯む。言葉に詰まる。どうしてこの男は、こんな意地悪なことを言うのか。——ひょっとして、わたしは今の人事部長に嫌われているのか？　不安になる。弱気になる。しかしそんなはずはないと思う。考えがまとまる。ふたたび反撃にでる。

「であれば、予《あらかじ》めリストラ候補者のリストが作成されて、名指しで勧告を受けるのではないですか。こんな全員を対象としたふやけた面接ではなく」

村上はあっさりとうなずいた。

「おっしゃるとおりです。そしてあなたの明確な意思も今、拝聴させていただきました。ですが、経営サイドとしてはこの半期で従業員数を六十名様までに圧縮しなければいけないのも、また事実です。ですから、全体としてその目標値に達しない限りは、最低あと二回は私の面接にお付き合いいただくことになりますが、よろしいですね？」

「けっこうです」

「念のために申し上げておきますが、今回、仮に会社に残られたとしても、給料ダウンは確実で、さらに来期以降にも予想される人員削減計画では、退職条件は今よりも悪くなる可能性が濃厚です。その点も、現段階で踏まえておいて頂ければと存じます」

「……分かりました」

その後に、隣の女性アシスタントからファイルを手渡された。退職条件が事細かに列記された資料。ふと思った。まだこの会社に居たいのに、追い出されかかっている自分……みじめだ。みじめ極まりない。危うく涙が滲《にじ》み出そうになった。

そんな日出子の気も知らずに、村上が書面に書いてある内容をかいつまんで説明し始めた。

その日の終業時間定刻に、日出子は会社を出た。

約束があった。オフィス裏手の駐車場に行き、クルマに乗り込む。自分のクルマだ。日出子に限らず、名古屋の人間はクルマ通勤の場合が圧倒的に多い。事実、この会社に勤めるスタッフも全員がクルマ通勤だ。

名古屋はその都市の規模に比べ、電車網が発達していない。逆に、道路網はおそろしく発達している。中心街でも往復六車線や八車線は当たり前で、なかには道幅が百メートルある大通りもある。都市部でもなるべくラッシュにならないようにとの、行政の都市計画上での配慮だ。ただし、その裏では、この土地に莫大《ばくだい》な法人税を落としている『トヨハツ』の意向も働いているのではないかという噂《うわさ》もある。

日出子はシートベルトをつけ、イグニッションを回す。一発でエンジンが目覚める。

『トヨハツ』の〝ラボ4〟。いわゆる軽量四輪駆動《ライト・クロカン》だ。

就職したとき、このクルマを新車で買った。以来もう十年も乗ってローンも完済したが、今のところ乗り換えるつもりはない。愛着がある。いい加減いろんなところがヤレてきたが、基本的な部分にはなんら問題はないということもある。使用頻度の激しい運転席側のパワーウィンドウだって、一度も壊れたことがない。

この〝ラボ4〟に限らず『トヨハツ』のクルマはどの車種も、信頼性を高めることがまるで会社への忠義だといわんばかりの誠実さで、ひたすらきっちりと作りこんである。会社での立ち位置を、自分の人生の立ち位置と同一視する。ある種、三河根性《みかわこんじよう》丸出しだ。こと品質に関する限り、一回は潰《つぶ》れかけた東京に本社のあるメーカーのクルマや、瀬戸内に本社のあるメーカーのクルマだと、とてもこうはいかない。だから、結果として世界のナンバーワンブランドになれたのだ。

ギアをドライブに入れ、駐車場を出ていきながら、ふと苦笑する。

自分をクビにしようとしている会社のクルマ……それでも、今も懸命に仕事をこなし、この会社の製品に一種誇りのようなものを覚えている自分は、いったいなんなのだろう。わたしこそ、三河根性丸出しだ。蹴《け》られても懐《なつ》く、忠実な犬だ。

わたしの人生、ぜんぜん冴えていない。いつもどこか情けない――。

昔から、そうだった。

日出子、という名前にしてもそうだ。瀬戸市で〝みそカツ屋〟をやっている両親が、わざわざ熱田《あつた》神宮まで出向き、決めた名前。

日出《い》づる処《ところ》の子ども。

なんともめでたい名前だ。聖徳太子級だ。みそカツ屋の一人娘。家族の期待を一身に背負った大切な長女。

だが、物心ついた頃から日出子はこの名前がいやで嫌でたまらなかった。

子どもの頃、喘息《ぜんそく》持ちだった。だから五、六歳まではあまり外に出ず、もっぱら家の中で一人で遊んでいた。とは言っても、両親は商売で忙しい。絵本と人形が友達だった。

たまに外に出て近所の子どもと遊んでいても、最後には必ず泣かされて帰って来る。

理由がある。

日出子は幼い時分から、どういうわけか不思議とおでこが張っていた。ぷくり、と額が出ていた。これで近所の悪ガキどもから散々からかわれた。

やーい、やーい。

ひでこ、ひでこ。デコ、デコー。デコイチ、デコイチ、しゅっぽっぽー♪

〝デコ〟

が、あだ名になった。

とはいえ、子どものころ気の弱かった日出子はろくに言い返すことも出来ず、べそべそと泣きながら家に帰る。

試練の日々は小学校に上がってからもつづいた。友達と話しながら廊下を歩いているときなど、男子生徒が突然なんの前触れもなく、たーっ、と走ってきて、ぱん、といきなり日出子の額をはたいた。このときも、わんわん泣いた。

大事な一人娘。〝みそカツ屋〟の跡取り娘。両親もさすがにこれではいけない、と思ったのか、嫌がる日出子を無理やり近所のスイミング・スクールに放り込んだ。体を鍛えることによって、心も鍛えよう、というわけだ。

今にしてみれば、この両親のもくろみは意外に当たった、と日出子は思う。

水の中で体を動かすのは楽しかった。そうこうするうちに、同年代の子どもの中では、誰よりも早く、しかもちゃんと泳げるようになった。ジュニア・スクールの大会で、何度も入賞した。

わたしだってやればできる、という自己認識が芽生えた。喘息も治った。

自分に、自信ができた。

それ以降は、（やーい、デコ、デコ）とからかわれても、「なによ、あんたなんて〝チビ〟だがね！」とか、あるいは「あんたこそ〝短足〟の〝顔デカ〟だがっ」と平気で言い返せるようになった。次第におでこのことでからかう子どももはいなくなった。

〝デコ〟というあだ名も、中学生になる頃には〝ディッキー〟に昇格した。

まずまずのあだ名だ、と自分でも満足を覚えた。デコよりも、カッコいい。

ただひとつ、部活の後輩から、

〝おはようございますっ。ディッキー先輩！〟

〝はいっ、分かりましたっ。ディッキー先輩！〟

と挨拶《あいさつ》されたり返事されたりするのには閉口した。なんとなくその組み合わせは妙だ。その証拠に、その場に居合わせたクラスメイトたちもくすくすと笑っていた。

中学三年の県大会自由形で優勝。つづく全国大会でも六位に入賞した。

ますます水泳にのめりこむようになった。反面、小学校時代はいつもトップクラスだった学校の成績は、ずるずると下降をつづけた。

それでもいいと思っていた。わたしは、ゆくゆく〝みそカツ屋〟を継がなくちゃいけない。大学なんか行ってもしょうがない。そう、ぼんやりと感じていた。

ただし、子どもの頃からの習性で、本だけは暇を見つけてよく読んだ。司馬遼太郎《しばりょうたろう》の『竜馬《りょうま》がゆく』という本を、高校一年の夏休みに読んだ。子どもの頃はわたしと同じ泣き虫で、気が弱かった坂本竜馬。それでも自分を鍛え上げ、明治維新の立役者となった。

とてつもなく面白かった。泣いた。笑った。大感動した。

是非、その生まれ故郷を見てみたいと思った。居てもたってもいられずに、夏休みの残りを利用して、高知に行った。土佐だ。

夕暮れ時の〝桂浜《かつらはま》〟をぶらついた。

この地をかの人物も歩いたのかと思うと、感慨もひとしおだった。

二学期が始まり、部活の女の先輩に、ディッキー、夏休み、どこかに行った？　と聞かれた。鼻息荒く、「高知の〝桂浜〟」と答えた。

「え、なにそれ？」

「坂本竜馬の故郷」

一瞬、相手の目が点になり、途端に件《くだん》の先輩は大爆笑した。

「ヤだーっ。やっぱディッキー、でェら変《へん》！　でも、おんもしろーい！」

……二度と小説のことなど口にするもんかと心に誓った。

その先輩の誘いもあり、『トヨハツ』に入社した。当然のごとく、今の会社でも〝ディッキー〟という呼び名が広まった。女性が圧倒的に多い職場ということもある。あだ名はすぐに定着した。職場の後輩も、やっぱり〝ディッキー先輩〟と呼ぶ。ただし、二十八にもなった女をつかまえて、だ。

坂本竜馬は凡庸な少年時代から脱皮して、やがては歴史上の偉人となった。しゃんとした人間になった。でも、わたしの現状は未《いま》だにこうだ。やっぱり、わたしの人生って、いつもどこか情けない。冴《さ》えてない。

市街の中心部に入り、名古屋駅の桜通口に着いた。

らせん状のオブジェのあるロータリーを回りこんでゆくと、その先に相手はいた。スーツ姿に旅行鞄《かばん》を片手に提げて、小柄な男がのほほん、と突っ立っている。でも日出子のクルマにはすぐにそれと気づいたようで、大きく片手を上げてきた。

助手席に乗り込んでくるなり、相手は浮かれた声を上げた。「やぁやぁ。どうも出迎え、ありがとさーん」日出子を振り返った顔は満面の笑みだ。「いやー、おれもさあ、今日はもう疲れたのなんのって、さあ。たいへん大変」

わざわざ迎えに来ていながらも、このはしゃいだような口ぶりには、早くもウンザリとさせられる。いったい今の世の中の何が、この男をここまで陽気にさせるのか。おまえはいったい漫才師か。

ここ三年、付き合っているのかいないのか分からないような日出子の彼氏。頼りないことこの上ない。名前は、小倉弘彦《おぐらひろひこ》。

そのまま繁華街の栄に向かった。夕食を食べるためだ。クルマに乗り込んできてすぐ、弘彦が手羽先、手羽先、と念仏のように繰り返したからだ。

「久しぶりに戻って来たんだから、ぜひ、『まるちゃん本舗』の手羽先が食べたいなぁ」

で、仕方なく栄の中心街にある有名な手羽先屋へと向かった。

駐車場にクルマを停め、受付で五分の待ち時間のあと、奥のテーブルに通された。注文は先に済ませていたので、ビールと手羽先はすぐに届いた。

「うーん。やっぱ、うまい！」弘彦は手羽先片手にビールをひと飲みし、こちらを見てきた。「どう最近、おまえん家《ち》の〝みそカツ屋〟は？」

みそカツ屋……つい舌打ちしたくなる。

「そんなことより、今日はわたしの話でしょ」日出子は切り返した。「あんた、その相談に乗るために名古屋で途中下車したんじゃないの？」

「あ。そういや、そうだった」弘彦は他愛《たわい》もなく笑う。――ったく。やっぱりとことん頼りない。「で、どうだった。初回の面接は？」

日出子は、今日の面接の様子をかいつまんで話し始めた。

話しつつも、この男との出会いをぼんやりと思い出す。

弘彦に初めて会ったのは五年前。恥ずかしながら、職場の同僚の主催した合コンだ。相手の男性たちは、東京に本社のある有名な商事会社の、名古屋支店の社員たちだった。

正直言って、日出子は行きたくなかった。〝見た目〟採用ではなく、〝泳ぎ〟重視でこの会社に採用された自分……。客観的に見て自分より顔立ちのいい同僚ばかりが出席することもあるし、なによりもその場で、後輩に〝ディッキー先輩〟と呼ばれるのが嫌だった。その妙なあだ名に、男性側は必ず興味を示す。由来を知ればその場はいつも大爆笑となる。笑っているほうは愉快でいいかもしれないが、笑われる側――しかも身体的特徴のあだ名で――にしてみれば、たまったものではない。

だからこのときもいったんは誘いを断ったのだが、絶対に職場でのあだ名を言わないとの条件で、しぶしぶ参加した。

が、合コンが始まって三十分後には、早くもウンザリとし始めていた。女、それも特に美人を前にすると、独身の男たちはなんとか相手に気に入ってもらおうとして、自分を大きく見せたがる。しかも自分自身の自慢ならまだしも、会社名のブランド自慢。自分がいかに大事な仕事を任されているかの、ほのめかし。見ているこっちが恥ずかしくなる。バカ丸出しだ。スケベ心丸出しだ。どうして世の男たちはこうもアホたれ揃《ぞろ》いなのだろう。

会社は、あんたらの本質とは、なんの関係もないがね。

やっぱり、ウンザリした。

一人だけ、会社や仕事がらみの自慢をしない男がいた。他愛もないバカ話のときだけ、軽い口ぶりで会話に参加してくる小柄な男。

それが、この小倉弘彦だった。

二次会の終わりごろ、ふとしたきっかけでこの男と口を利《き》いた。

「あんまり会社のこと、言わないんだね」

そう日出子が聞くと、

「だってさ、おれの持ちもんじゃないもん」そう言って、きゃはっ、と笑った。「大株主でもないしさ、単なる雇われ人。だからってサボるつもりもないけど」

気の利いた答えだった。思わず日出子も笑った。

相手グループと別れるとき、この男は日出子に名刺を渡してきた。合コンの間に男が名刺入れを取り出したのは、この一度だけだった。だから日出子も名刺を渡した。

なんとなく付き合いが始まった。

しかし、見かけとは違ってなかなかシャープな男かもしれない、と思っていたのは、最初のうちだけだった。

今、その男が手羽先をせっせと齧《かじ》りながら、日出子の話にうなずいている。その合間にも絶えずビールを傾け、手羽先の上に胡椒《こしょう》をふりかけ、ティッシュで指の先を拭《ぬぐ》う。見ているといらいらする。ヒトが真剣に相談を持ちかけているのに、とにかくせわしない。

ついに日出子はキレた。名古屋弁丸出しで喚《わめ》いた。

「ちょっとっ。おみゃー、ちゃんとわたしの話、聞いとんのっ」

「もちろん」

「だったら、まぁちょっと飲むなり食べるなりのペース、緩めりゃええがっ。話しとるこっちだって落ち着かんで！」

すると相手は照れたように笑った。

「だってさ、ここの手羽先、ムチャクチャ旨《うま》いんだもん」

その口の端が、手羽先の油でぬらぬらと光っている。

本当にこいつは……。

こうして見ていると、正真正銘おいつむが弱いようにしか見えない。

実は、弘彦はもともと名古屋の出身だ。東京に出たくて慶応大学に進んだはいいが、今の商社に勤めてみたところ、あべこべに名古屋支店の配属となったという。

ふぅぁ。おれって、ついてねえよなあ。

そう弘彦がぼやくたびに、なんとなく日出子はむっとした。三代前から千種《ちくさ》区に住む生粋《きっすい》の名古屋人のくせして、だいたいその関東弁も気に入らない。標準語ではない。ふん。しょせんは関東弁だがね。それに地元に住んで地生《じば》えの女と話すんなら、ちゃんと名古屋弁使やー。名古屋の悪口も言うな。

おまけにこの男のもっとも気に入らない部分は、そのクルマのチョイスだ。名古屋の赴任中に買ったクルマは、何を血迷ったのか、ホンダのS2000……。

たしかにこのロードスターがカッコいいのは認める。性能もいい。が、少なくとも日出子の感覚では非国民だ。日出子に限らず郷土愛の多少ある名古屋人なら、誰だってそう思う。思わず口を尖《とが》らせて言った。

「なんで弘彦、『トヨハツ』のクルマ、買わんわけ？」

するとこの男が笑ってのたまうには、

「だってさ、『トヨハツ』のクルマって、なんかオッサンくさいじゃん」

大喧嘩《おおげんか》になった。


目の前に、その非国民の顔がある。

二人しか乗れないロクでもないクルマを四十八回ローンで買い、いつも金欠でピーピー言っている情けない男。

が——。

日出子が一通りの事情を説明し終えると、とにかくさ、と、あらたまった口調で弘彦は言った。「今のところ、日出子は会社を辞めるつもりはないわけだろ。だったらいいじゃん。今のまま突っぱり通せばさ。強制的にはクビにできないんだし」

「でも……」と、そこでつい、昔の気弱な自分が出る。「ひょっとしたら会社に必要とされていないかも知れないのに、居てもいいのかなって——」

「いいんだよ。それでも」珍しく弘彦は言い切った。「日出子がさ、今の仕事をつづけたいって思っているんなら、大威張りで居ればいい。迷惑かけてるわけでもないんだし。会社の方針は会社の方針。日出子の生き方は日出子の生き方。関係ないよ」

少し、ほっとする。

なんだかんだ言っても、この男は時おり、ほんの時おりだが、きりっとしたことを言う。そしてそういう言葉は、決まって日出子に安心感を与えてくれる。

だから三年前、この男が東京本社に呼び戻されたあとも、細々と付き合いがつづいている。むろん、その間に、お互いに新しく付き合う相手ができなかったせいもあるのだが……。

「そうかな」

と、つい日出子がつぶやくと、

「そうだよ」と、力強く弘彦はうなずいた。「だいたいさ、余剰人員とか人件費のことなんか、人事部長にでも任せておけばいいんだよ。それを考えるために給料貰《もら》ってるんだから」

しかしそのあとで、にやっと笑ってつづけた言葉は、いつもの軽薄男に逆戻りだった。

「じゃなかったらさ、そろそろおれの、お嫁さんになる？」

そのあまりの気安さに、思わずむっとする。

「あんた、貯金あんの？」

「いや。ない」

「でしょ」日出子は言った。「だったらどうやって結婚式挙げんの？」

「別にいいじゃん。そんなのしなくたって。役所に婚姻届さえ出せば」

「じゃあ、新居はどうすんの？」

「金が貯《た》まるまでは、とりあえず東京のおれのアパート。多少狭いけど問題ないと思うよ」


弘彦は平然としたものだ。日出子はふたたび怒鳴った。

「あんたはそれでよくても、わたしは嫌なのっ」

だいたい名古屋では、ある程度甲斐性《かいしょう》のある男なら、結婚時の家持ちは当たり前だ。それも一軒家だ。だから、女も家財道具山盛りのトラックを連ねて嫁入りするのだ。

なにも自分の結婚式でそうしたいと思っているわけではない。ただ、名古屋女の通例どおり、結婚とはそれぐらいの覚悟がいるものだろうと日出子も思っている。送り出す親の面子《めんつ》だってある。それを、貯金も持たず、唯一《ゆいいつ》の手持ち資産は四年落ちのホンダS2000だけという状況で、平然と結婚を口にするこの男の神経が信じられない。その気楽さにもウンザリする。これではとても怖くて、東京になど行けない。

「相変わらず、つれないよなあ」

のんびりと弘彦がぼやく。

ふん。このたわけ。一生言っとりゃー。


九時前には店を出ていた。

弘彦は明日の朝イチから大阪で商談がある。だから、今から大阪のホテルに向う。

「着いたら、ホテルで寝ながら資料読みさ」

助手席にちょこんと座ったまま、唄《うた》うように弘彦が言った。

ふと思う。弘彦に電話をかけたのが、四日前。会って相談したいことがあると告げると、東京から大阪に向かう今晩に、強引に時間を空けてくれた。

この男、たしかに甲斐性はない。でも、甲斐性がないなりに、わたしのことを心配してくれている。少なくとも、必要とあれば駆けつけて来てくれるだけの気持ちはある……。

名古屋駅のロータリーでクルマを降りたとき、思い出したように弘彦がつぶやいた。

「そういやさ、日出子ん家《ち》の〝みそカツ屋〟、いつ連れて行ってくれるんだ。旨《うま》いんだろ？　話には良く出るけど、おれ、この五年間一回も行ったことないんだぜ」

一瞬、言葉に詰まる。が、すぐに適当な言い訳を思いつく。

「あんたが、ちゃんと結婚の費用を貯めたらね」日出子は言った。「そしたら、紹介する」

「なるほど」弘彦はふたたび笑った。「じゃあ、頑張ってみようかな」

笑って手を振り、名古屋駅の構内に消えていった。

「……」


その夜は、実家に帰ることにしていた。

会社の寮に住んだときからの両親との約束。週に一回は、必ず家に戻ってくること。

だから今、日出子は家への道を走っている。走りながらも、思う。

わたしは、ずるい——。

さっき弘彦に言った最後のセリフ。誤魔化した。嘘《うそ》をついた。

道は空《す》いていた。三十分ほどで瀬戸市に入り、十時前には家に着いていた。

クルマを実家兼店舗の前にあるパーキングに停め、降りる。店の入り口にかかっているいる大きな看板を見上げる。『みそカツの飯塚屋』……すでに営業時間は終わり、看板を照らし出すライトも消えている。

ふと、ため息をつく。それから気を取り直し、がらりと店の扉を開けた。

「ただいまーっ」

右手に十二席のカウンターがあり、その逆側は五つのテーブル席。収容人数は三十名ちょっと。この手の店としてはまあ中堅規模だ。それでもけっこう繁盛《はんじょう》している。

昼前後の二時間と、夕刻から夜にかけての三時間は、平日でもほぼ満席状態だ。

懐《なつ》かしい甘辛ミソのたれの匂《にお》い。漂っている。揚げ油の匂い。立ち込めている。

「おう。遅かったな、日出子」

カウンター内部の厨房《ちゅうぼう》から、父親がひょっこり顔を出す。

「うん、ちょっとね」

「あかんが、あんた。まっと早う帰ってこんと」

テーブル席を拭《ふ》いていた母親も、顔をしかめる。

「ごめん、ごめん」

カウンターには、従業員が三人。そのうちの一人、背の高い男が顔を上げ、日出子を見て控え目に笑いかけてくる。

「日出ちゃん、おかえりー」

「安さん、ただいまー」何か、言わなくては。「もう、仕舞いだよね？」

「そう」と、日出子より二つ年上のこの男は、うなずいてくる。「それと、明日の仕込み」

「大変だね、いつも」

するとと相手はまた微笑した。

「日出ちゃんだって、そうだろ」

「まあね」

「日出子、飯は食ってきたんか？」

横合いから父親が口を出してくる。思わずほっとして、答える。

「うん。もう食べてきた」

ふたたび母親が口を開く。

「風呂《ふろ》沸かしといたで、さっさと入ってきゃー」

「分かった」

安さんに軽く頭を下げ、横を通り過ぎる。廊下奥の暖簾《のれん》をくぐり、さらにその奥にある扉を開け、飯塚家の住居スペースに入る。

ドアノブを締めた途端、思わず安堵《あんど》の吐息を洩らした。二階へとつづく階段を、ゆっくりと上ってゆく。

二階の東南の角部屋が、日出子の部屋だ。寮に引っ越したあとも、両親がそのままの状態で定期的に掃除をしてくれている。小学生のときから使っていた勉強机。本棚。小さな丸テーブル。バッグを畳の上に置き、これもまた昔から使っているベッドに腰掛け、次いで寝転がった。頭の後ろで両手を組み、古ぼけた天井を見上げる。

「……」

ふたたび憂鬱《ゆううつ》が押し寄せてくる。

もう一度、吐息を洩らす。

安さん、か――。

十年も前から日出子の店で働いている、仕事ぶりのしっかりした男。仕入れ、混雑時の客あしらい、開店前の下準備。何をやらせても実にうまく物事をさばける。悪い意味でなく、そつがない。穏やかで人当たりもよく、二人いる後輩に対しても一度も声を荒らげたことがない。ついでに言うと、顔立ちも引き締まっていてなかなかカッコいいから、常連のお客さん、特にオバサンたちの人気者でもある。

……もう一度、ため息をつく。

たぶん両親も、なんとなく知っている。気づいている。

安さんが、わたしを好きなこと。

父親も母親も、日出子の将来についてあれこれと口に出したことはない。

それどころか、

「今はもう、家業を継ぐ、継がないの時代じゃない」

「あんたはあんたの好きなようにすればええがね」

とさえ、口では言ってくれる。

だけど、本当は二人とも、家を継いで欲しくてじりじりしている。たぶん。可愛《かわい》がって育てた一人娘の将来を縛り付けるのはかわいそうだと思い、言い出せずにいるだけだ。心底は、家業を継いでくれ、その上で安さんとでも結婚してくれれば、これ以上の喜びはないと思っている。

だから安さんも、もういい加減自分の店を持ってもいい年齢なのに、そんな両親の気持ちの滲《にじ》みに引き摺《ず》られ、ずるずるとここで働きつづけている。

――真面目《まじめ》で誠実な男。男ぶりだって悪くない。

安さんの、何が気に入らないというわけではない。

でも、わたしはどうしても踏み切れない。情けなくても、甲斐性がなくても、やっぱり弘彦のほうがいい。母性本能、というわけではない。弘彦と話していると楽しい。うまく言えないが、自由な気持ちになる瞬間がある。社会的な規制や、いろんなしがいらみから一瞬浮遊させてくれるような、あいつのフラットさ。それを味わうのが楽しい。

かといって、これから年老いていく両親を残したまま東京に行くなんて、とても出来ない。十年後、二十年後。わたしが面倒を見なくて、世の中のいったい誰が面倒を見てくれるというのだ。

弘彦に貯金がないからでも、持ち家がないからでもない。

分かっている……本当の理由は、それだ。

ふう。

なんてことだろう。

わたしの人生、弱冠二十八にして、すでに八方ふさがりだ。

5

週末、真介は約束どおり東京にいた。

吉祥寺のベトナム料理屋で、陽子と向かい合っている。

〆《しめ》のフォーを一口すすり、陽子が口を開いた。

「で、どうだったの。名古屋での一次面接は」

「まあ、しんどいなあっていうのが、正直なところ」

「どうして？」

真介はその理由を説明した。被面接者がすべて女だということ、職業柄、美人が多いということ。しかもそういう彼女たちが今にも泣き出さんばかりの顔で、真介を睨《にら》みつけてくるということ。

陽子は、笑った。

「それはキツいね。特に真介には」

「なんだよ、それ？」

「いいカッコしいだからね、君は」

「バカ言え」

陽子はふたたび笑い、すぐにその話題を切り上げた。

「そういえば来週、中休みがあるって言ってたよね？」

たしかにそうだ。コンパニオン業務は土日も休みがない場合が多いので、来週に限っては、その代休が水曜にある。当然、真介たちの面接業務も休みとなる。

「うん」

「どうすんの？　こっち戻ってくるの？」

「いや。まあ一日だけだし、名古屋観光でもして過ごすよ」

「そう――」

店を出たとき、思い出したように陽子は言った。

「言っておくけど、あたし、浮気する男は駄目だからね」

ぎくりとした。

その瞬間、なんとなくあの飯塚という女のことを思い出していたからだ。名古屋のでこっぱち女。何故《なぜ》か分からないが、彼女には独特の愛嬌《あいきょう》がある。ちょっといたずらをしてみたくなるような、そんな愛嬌だ。だからこの前の面接中、つい意地悪な質問をしてしまった。今ではひどく後悔していた。それで、なんとなく考えていた。

「そんなこと、するわけないだろ」

少しむきになって言うと、

「どうだか」と、陽子は返してきた「あんたはそういう面、あんまり信用できないような気がする」

「するわけないだろ。おれには陽子がいる」

陽子は苦笑した。苦笑して、「そのまま立ってて」と言い、真介の足元にしゃがみ込んだ。「ズボンの折り返しのホックが、外れてる」

プチッ、とそのホックを留め、陽子は立ち上がった。我知らず感動して、真介は言った。

「ありがとう」

陽子はうなずいた。

「じゃあ、行こうよ」

「うん」

手をつないで百円パーキングまで戻った。二人で過ごす週末。とても気分がいい。

6

目の前で、後輩が吐いている。

さっき食べたばかりのエビフライ、天むす、そして大量のお酒。

食べ過ぎたのだ。そしてそれ以上に飲みすぎたのだ。職場の後輩はガードレールの植え込みの陰で、目に涙をにじませながら吐いている。日出子はせっせとその背中をさすっている。

栄の中心地、公園通りと錦《にしき》通りの交差するすぐ脇《わき》の舗道に、二人はいた。後輩の細い背中を、頭上から降り注いでくる大小のネオンがちかちかと照らし出している。

「どう、だいじょうぶ？」

なおも背中をさすってやりながら問いかけると、

「……うぅ。ディッキー先輩、くるひぃよう」

ようやくくぐもった声が洩《も》れ聞こえてきた。

今年二十五になったこの後輩。今日の二次面接で、ついに辞めることを承諾してしまった。その後の当ては、まだない。明日は休み。だから後輩のやけ酒にとことん付き合った。挙句、結果はこうだ。

背後の舗道を行き交う人々。振り返らなくても分かる。おそらくは通り過ぎながら、好奇に満ちた視線で舗道の脇にしゃがみ込んでいるわたしたちを見ている。でも、かまうもんか。見たいならいくらでも見ればいい。

「使いな、これ」

そう言ってハンカチを差し出した。後輩はそれを手に取って握り締め、しばらく黙っていたが、やがて口を開いた。

「ごめんなさい、先輩。こんな醜態見せちゃって」

その声が、多少湿っている。吐きすぎて涙が出たからではない。これからのことを思って、ふたたび泣き出しそうになっている。

「いいんだよ。わたしだってしこたま酔ってるし」

事実、そうだ。最後の店を出たときには、この後輩に負けず劣らず日出子も千鳥足だった。ただ、後輩の荒れようを見るにつけ、自分はしっかりしていなければいけない、と思った。その気持ちの張りが、かろうじて意識をまともに保たせている。

後輩はまだ立ち上がれないようだ。しばらくはこのまま動けない。少しため息をつき、腰を上げる。ガードレールに身をもたせかけ、手首を返して腕時計を見る。午前一時半。地下鉄も終わり、もうタクシーで寮に戻るしかない。

ため息をつく。

わたしだって昨日の二次面接では、またあの村上とかいう面接官に、散々にムカつくことを言われた。

コンパニオンという職種を考えれば、このまま居ても、やがては今の仕事を引退せざるを得ないんですよ。

飯塚さん、あなたのその気力があれば、どこに行かれてもかなりのレベルでやっていかれることができると思うんですが。

今後居つづけても、待遇面は今以上になるということはありませんよ。脅し、すかし、なだめ――。そして、それらすべての手法の延長線上にある辞職勧告。

それでも意地になって拒否しつづけた。

また、吐息を洩らす。

わたしの人生、これからいったいどうなるんだろう。

そう思いながら、ぼんやりと通りを見遣《みや》った。

……通りの向こう側。立体歩道橋の階段の脇に、小さな像が建っている。

近寄らなくても分かる。前足の一本をなくした、犬の銅像。

〈忠犬サーブ〉だ。

子どもの頃、絵本で読んだ。目の不自由なご主人を救おうと、自動車の前に飛び出した盲導犬。そのときの事故が元で、前足を一本なくした。読んだとき、やっぱり泣いた。

日出子は社会人になるまで、この犬の逸話が全国区レベルのものだと信じて疑っていなかった。ある日、他県出身の職場の同僚数人とペットの話をしていた。〈忠犬ハチ公〉の話が出た。あたし、ああいう犬、欲しいなあ、と誰かがつぶやいた。でもさ、

〈忠犬サーブ〉の話もいいよね、と当然のごとく日出子は言った。みんな、一瞬怪訝《けげん》そうな顔をした。

え、名古屋の忠犬だよ。知ってるでしょ、とさらに早口で言い募ると、大笑いされた。誰もそんな話など知らないという。

その忠犬の像が、通りをはさんで見えている。

もともとは、名古屋駅の駅前に堂々と建っていたものだ。それが駅前の再開発でツインタワーや何やらができ、栄に移築されてきた。

〈忠犬サーブ〉。身を挺《てい》して人助けをした犬。

今は、大通り公園の植え込みの傍だ。あまり目立たない場所に、ひっそりと建っている。人目にもあまりつかないだろう。忠義など、今はもう流行《はや》らないのだろうか。

なんか、サーブ、切ないなあ――。

そう思った瞬間、不意に泣きたくなった。直後には慌《あわ》てて気を引き締める。いけない。わたしはもう、泣かないんだ。

植え込みの脇にうずくまったままの後輩を振り返る。そろそろ、帰ろう。

「さ、帰るよ」

そう言って後輩の腕を摑《つか》み、無理やり立たせた。ふぅあ、と意味不明のつぶやきをあげ、後輩が日出子にもたれかかってくる。たぶん胸のつかえが取れ、残っている血中アルコールのせいで、今度は猛烈な睡魔に襲われ始めている。意識も朦朧《もうろう》としている。

酔っ払いが二人、よろよろとよろけながらタクシー乗り場まで歩き始めた。

前方からサラリーマンと思《おぼ》しき四、五人の集団が近づいてくる。やや和やかな雰囲気。おそらくは飲み会の帰り。次第に迫ってくる。その左端を歩いていた若い男が、顔を上げた。

一瞬、日出子は呼吸が止まりそうになった。

村上だ！

気づかれたくない。慌てて顔を伏せ、舗道脇によけようとした途端、後輩と足がもつれた。お互いの脛《すね》が交差した。

あっ。

そう思ったときには、目前にアスファルトが迫っていた。

こける――。

咄嗟《とっさ》に手を突こうとする。が、左腕が後輩の重みに引っ張られ、バランスを崩した。右肩から落ちるようにして見事に転んだ。すばやく視線を移動させる。隣で後輩が尻《しり》餅《もち》をついている。

「だいじょうぶですか」

頭上から声が降ってくる。ヤバい。聞き覚えがある。間違いなく村上の声だ。無視だ無視。そうするしかない。慌てて後輩の腕を取り、立ち上がろうとした。

しかし村上の行動はそれ以上に素早かった。気づくと、目の前に右手が差し出されていた。拒否しても、立ち上がるときに相手はわたしを認識する……最悪。

観念した。仕方なく顔を上げる。

案の定、村上は明らかに驚いたような顔をしていた。

「おーい、村上。どうした？」

日出子の背後から呼びかけが聞こえた。村上の連れ。おそらくは他の面接官だ。その全員にバレる。無様なわたしたちの醜態。あとで笑い物になる。もう、泣きそうだ。

が――。

「いや、なんでもない」

目の前にしゃがみ込んだままの村上が答えた。心底、ほっとした。日出子の顔をちらりと見て、さらに村上は言葉をつづけた。

「さき、行っててくれ。この子たちを起こしてから、あとを追うから」

「おれらも手伝おうか」

「いいから、いいから」

そう慌てたように言って、村上は手のひらで相手を遠ざけるしぐさをした。ふたたび日出子の背後から笑い声が響く。

「へんなこと、すんなよ」

村上が顔をしかめた。

「ばか。先に行けよ。いいから」

なんとなく違和感がある。この男のくだけた話しかた。ナマな表情も意外に映る。背後の男たちの遠ざかってゆく革靴の音——もう一度、ほっとする。

「立てますか？」

村上がそう言ってふたたび手を差し伸べてくる。

「だいじょうぶです」

その手を振り払うようにして、日出子は立ち上がった。少し、よろけた。村上が日出子の右ひじを支えてくる。

「だから、だいじょうぶですって」

つい体をひねり、きつく言った。すぐにその手が引っ込む。ふん。いい気味だ。たしかに他の面接官に言わないでいてくれたことには感謝する。でもこれ以上、誰がこいつなんかの世話になるもんか。

後輩が尻餅をついたまま、植え込みに寄りかかってかっくりと首を落としている。

「さあ、行くよ」

そうせかせかと呼びかけて、後輩の腕を取り、強引に立たせようとした。ぐにゃり、とした手ごたえ。まいった。この束《つか》の間《ま》で、完全に眠りに落ちてしまっている。同僚の中でも抜きん出て美人のこの子。合コンでもいつも一番人気なのに……無様だ。滑《こっ》稽《けい》だ。そしてとても、かわいそうだ。

「私が、やりますよ」

そう言った直後に、村上が後輩の前にしゃがみ込んでいた。

「え？」

「背負わせてください」日出子を見上げ、村上は言った。「もう立って歩けませんよ。この人は」

「え。――でも、結構です」

「いいですから」村上は少し苛立《いらだ》ったような口調になった。「意地を張るのはいいかげん止《や》めにしませんか。あなた一人じゃ、どうしようもないでしょ」

「……」

結局、村上に後輩を背負ってもらい、その横をタクシー乗り場まで歩き始めた。

村上は後輩を背負ったまま、日出子の隣を黙々と歩いている。日出子自身も、黙ったまま足を進めている。

感謝すべきなんだろうか。お礼を口にしたほうがいいんだろうか。

――けど、やっぱりこいつらは許せない。

「言っておきますけど、恩になんか着ませんよ」日出子はつい権高に言った。「この子だって、あなたたちがやり込めなかったら、ここまで悪酔いすることはなかったんですからね」

なにか言い返されると思い、つい身構える。

が――、

「でしょうね」歩きながら村上はあっさりとうなずいた。「分かっています」

これには逆に、言い返す言葉を失った。

タクシー乗り場に着いた。

後部座席に後輩を乗せこんだ村上は、つづいて日出子が乗り込む際に、半身をずらした。

「タクシー代、だいじょうぶですか?」

「あります」乗り込みながら日出子は答え、それからようやく口にした。「どうも、ありがとうございました」

　控えめな笑みを、村上は浮かべた。

「また、金曜日の面接でお会いしましょう。今度が、最終です」

　これには日出子も、なんとなく笑った。

「わたし、辞める気はありませんよ」

　ついそんな言葉が口を突いて出た。

　ふたたび村上は笑った。

「今のセリフ、なんとなくあなたらしいです」

「そうですか」

　村上は生真面目《きまじめ》にうなずいた。

「とても素敵だ。危うく惚《ほ》れそうです」

　……ん。

　――は?

思わず顔を上げたときには後部ドアが閉まっていた。タクシーが走り出す。つい後ろを振り返る。

リアウィンドウの向こう、車道の脇に突っ立っている村上が、両手をきっちり脇にそろえ、最敬礼をしたままこちらを見送っている。タクシーが一つ目の信号を過ぎ、交差点を曲がったところで、その姿は見えなくなった。おそらくはこちらが見えなくなるまでその姿勢をつづけていた。

あらためて前に向き直り、一人、思わず笑う。

日出子たちと同様、あの男も同僚と飲んで少し気が大きくなっていた。たぶん箍《たが》がゆるんでいた。だからあんな気障《きざ》っちいセリフを、最後に口走った。

もう一度、一人で笑う。

とんだ色男気取りだ。いかにもわざとらしいあの最敬礼といい、たぶん元々は草深い田舎者だ。

でも、いい気分――。

7

翌朝、携帯の鳴る音で真介は目覚めた。

寝ぼけまなこで携帯を手に取りつつ、時刻を見る。午前八時半だった。

「はい、もしもし」

「あたしだけど」陽子の声がする。「ごめん。ひょっとしてまだ寝てた？」

「うん、昨日ちょっと深酒しちゃってさ」

「あとで、かけ直そうか？」

「いや。もう起きるよ」

「そう？　じゃあね、実を言うと、お願いがあるんだけど」

「なに」

「手羽先の真空パックみたいなやつがあったら、買ってきて欲しいんだ。いい？」

「いいよ」真介は答えた。「たしか駅の構内でも見かけたから」

「ありがと」陽子は言った。「朝の料理番組でやってたのよ。鶏肉《とりにく》を使ったおいしそうなサラダ。帰ってきたら作ってあげる」

「いいね」

「でしょ。じゃね」

「分かった」今日は水曜。陽子は当然、今から仕事だろう。「また、夜に電話する」

「はい」

それで電話は切れた。

やや二日酔い気味だ。ふらふらとベッドから立ち上がり、洗面所に行く。

顔を洗いながら、ふと昨夜のことを思い出し、少し笑った。

頑張れ。

名古屋の雌鳥《めんどり》——飯塚日出子。

8

午後になり、日出子は久しぶりにプールに出かけた。

『トヨハツ』の本社敷地内にある、実業団専用のプールだ。思い出してみると、ここに来たことさえ三年ぶりだった。

ロッカーで水着に着替え、シャワーを浴び、室内プールへと入っていった。

まだ少し体がふらつく。ゆうべの酒が若干残っている。でも、これくらいふわふわしたコンディションのほうがかえって気持ちよく泳げることを、日出子は今までの経験から知っている。余分な力みが、泳ぎに出ないからだ。

「あ、ディッキー先輩っ。おひさしぶりでーす！」

プールサイドにいたかつての仲間が駆け寄ってくる。

うん、と日出子はうなずき、その後輩以外は誰もいない屋内を見回した。「今日は、練習なし？」

「はい」後輩は大きくうなずく。「久しぶりの休みです」

「あんたは？」

「あたしも、もう帰ります。昨日覚えた泳法の確認に、ちょっと来ただけで」

「そっか」

しばらく立ち話をしたあと、後輩がロッカールームに消えていった。

プールには誰もいなくなった。しん、と静まり返っている。

一面のガラス天井から太陽光が差し込んできて、プールの底を青く照らし出している。水の中で光の筋が斜めになり、無数に揺れている。その上に、鏡面のような水面がある。

手すりを握り、足指の先から静かに入水する。

ゆっくりと、泳ぎ始める。

見なくても分かる。肌で感じる。柔らかな水の圧力。水面を頭頂部で掻《か》き分け、波が左右に広がっていく感覚。泳ぎを習い始めた子どもの頃、この感触がたまらなく好きだった。

レンズの隅できらきらと乱反射する水の粒子。クロールで何往復かしたあと、ふと思い立って背泳ぎに切り替えた。

やっぱり。

天井の窓ガラス一面に、秋の空が高く広がっている。その空に浮かんでいる鰯雲《いわしぐも》が、窓脇を順々に伝って日出子を追いかけてくる。

空を見上げて泳ぎながら、昨夜のことを思い出す。

危うく惚れそうです。

思わず笑う。つられて、はるか昔のことも思い出す。

はいっ、分かりましたっ。ディッキー先輩！

ヤだーっ。やっぱディッキー、でェら変！

今度は、苦笑が洩《も》れる。

全国大会でいつも結果が出ず、悔し涙を浮かべていたわたしを慰めてくれた実業団の先輩たち。犬ころのように慕ってくる後輩たち。

だけど、職場や水泳仲間だけではない。

出張の途中で、わざわざ会いに来てくれた弘彦。わたしのことを思い、家業を継げとは言い出せずにいる両親。安さん……。面接官の村上までもが、とても素敵だ、と言ってくれた。

空を見上げながら、もう一度笑う。

もちろん今の状況は状況だ。八方ふさがりなことには変わりがない。

でも、みんなわたしに勇気をくれる。いたわってくれる。励ましてくれる。冴《さ》えてないなんて言っていたら、罰が当たる。もう少し、このままがんばってみよう、とも思える。

人の輪が繋《つな》がり、広がっていく。包まれている。

だから笑って泳ぐことができる。この世界を。

File 5. 去り行く者

1

気がつけば、今年ももう十二月になっていた。

午後遅く、真介は社長室に呼ばれた。

「おう、来たか」

高橋は少し笑って椅子《いす》から立ち上がり、部屋中央のソファーセットまで回り込んできた。

「ま、座ってくれ」

そう言って手前のソファーを真介に勧めた。

この社長はいつも、部下に対してもある程度丁寧な口調を崩さない。座れ、あるいは、おれの言うことを聞け、などという命令口調は決して使わない。

そんなことをぼんやり感じながら浅く腰を下ろし、真介は口を開いた。

「で、なんでしょうか。その、ちょっとわけありの話っていうのは？」

うん、とやや気の乗らなさそうな口調で、高橋は語り始めた。「実を言うとな、おれの知り合いが、音楽プロダクションをやっているんだが——」

高橋の大学時代の友人が、音楽プロダクションを経営しているという。現在では従業員十五名、資本金三千万ほどの規模の会社だ。

うち、会社専属の音楽プロデューサーが六名。そのうちの二名の、どちらかを解雇したいのだという。しかも、その相手の選択権はこちらに任されている。

たしかに妙な話だった。

「六人のうちの随意の一名を減らすのではなく、六人のうちの二名があらかじめ候補になっており、その内の一名どちらかを、私が指名して辞めさせる、ということですか」

真介はあえて、〝辞めさせる〟という言葉を使った。指名解雇は日本の労働基準法では違法だ。だから、その言葉しか思いつかなかった。

「そうだ」と、高橋はうなずいた。「正確に言うと、おまえの決定を受けて社長が辞職勧告をするそうだ。だから、こちらとしては違法行為をしたことにはならない。ちなみにこの決定の仕方については、すでに二人のプロデューサーの了承も取り付けてあるから、このおれの友人も、違法にはならない」

なるほど、といったんはうなずきかけ、ふたたび疑問が湧《わ》く。

「しかし、なんでこんなまどろっこしいことをするんでしょう。その社長が、どちらか自分の都合のいいほうに辞職勧告をすればいいだけの話ではないのですか」

「ところが、そういうわけにもいかないらしい」

プロデューサーは二人とも四十代の半ば。どちらも会社創業期からのメンバーで、現在の制作部門は、実質的にこの二人が両翼を担《にな》って動かしているのだという。

「二人の関係は、昔から相当悪かったということだ」

それだけならまだしも、来年度から始まる制作部門の組織改編にあたり、二人の意見が真っ向から対立しているとのことだった。他の四人の後輩プロデューサーも巻き込んで同じフロア内でいがみ合いがつづき、改編のアウトラインもまとまらないという醜態を晒《さら》しているらしい。

つまりは、これからの組織運営にも実質的な影響が出始めている。

「そういうわけで、社長としても下手にどちらかを切れないという事情がある」高橋は説明した。「不用意に切ると、社長が一方のグループの意見を認めたことにもなるからな。ただし、この諍《いさか》いの根っこにあるのは、二人の以前からの対立問題だ。組織改編における意見の食い違いも、もともとは双方の仕事に対するスタンスの相違からきている。だったら次善の策として原因の一方を取り除くしかない。だから、ここはひとまず外部のプロに判断を委託しようということになったらしい」

「しかし、なぜ私なんです？」真介は聞いた。「相手の社長とそういうご関係なら、差し出た意見かもしれませんが、高橋社長が面接をされたほうがよろしいのでは？」

「最初にこの話を聞いたときは、おれもそう思っていた」高橋は珍しく顔をしかめた。「だが、よくよく考えてみると、おれは音楽に興味がないんだよ。センスもないしな。特にこの会社で扱っているジャパニーズ・ポップスに関しては、からきしだ。どれも似たような音楽にしか聞こえない。そういう人間が、音楽プロデューサーの首を切る判断はできないだろ」

　内心、少し笑った。高橋にも知らないことはあるらしい。

「資料を読んで理解できるような業界ならともかく、たぶん感覚で理解する部分もある。今までの実績を、担当したミュージシャンで判断する部分も、出てくる」

「なるほど」

「で、おまえの登場だ。聞くところによると、おまえ、たまにコンサートにも行っているらしいな。それなりに今の日本のミュージシャンにも詳しいだろ」

考えてみる。社内に限っては、あるいはそうかも知れない。同年代の社員と世間話をしていても、ほとんど音楽の話題は出ない。

「ただ、私だって素人《しろうと》には違いないですよ」

「それはいい」高橋は返してきた。「要は、そのジャンルに興味があるかどうかが大事だと思う」

いちおうは納得した。

「来週の水曜、相手の社長に会うことになっている。そのときにおまえも連れて行くから、詳しい話を聞いてみてくれ」

「分かりました」

話は、終わった。

2

その日、陽子は業界団体の事務局に来ていた。

八重洲《やえす》に居を構える、『関東建材業協会』の事務局。関東近県に散らばる建材メーカーと木材卸売業者の同業種協会だ。全国規模の『日本建材業協会』の下部団体にあたり、関東ブロック組織としての位置付けでもある。活動内容としては、業界の底上げのための広報や販促活動に始まり、親睦《しんぼく》を図るために月に一度の地区会議の開催と、年に一、二度の協会旅行を企画している。

とは言っても、実際に名前ほどにいかめしい団体ではない。正式な団体職員は、事務局長が一人だけ。他のスタッフは、局長の事務処理を手伝う派遣社員の女の子が二人いるだけで、事務局のフロアスペースもこぢんまりとしたものだ。八重洲口会館の裏手にある、小さな雑居ビルのワンフロアを借りている。

今、陽子は来客用のテーブルで事務局長と向かい合っている。

今年で六十になるこの薄禿頭《うすはげあたま》の男は、二十年近く前に、とある建材メーカーから転職して今の事務局長に就任し、以来ずっと現職にある。

見てくれこそ冴《さ》えないが、陽子はこの局長がわりと好きだ。今の営業企画推進部という立場柄、ここ五、六年でいろいろな仕事上の付き合いを重ねていくうちに、自然とそう感じるようになった。特に目新しい企画を立ち上げたり、派手な販促活動をしたりするわけではないが、ごくごく堅実に一つ一つの懸案をこなしてゆく仕事ぶりだ。人当たりもいい。加盟企業間の利害の調整役などもうまくこなせるし、親睦会の行事などでも、各会社の代表が気持ちよく過ごせるよう、さりげない気配りもできる。

だから、この二十年、うるさがたの揃《そろ》った業界で、どこの会社の代表からも特に目立った不満が出ることもなく事務局長の椅子に座りつづけている。

局長がピースの煙をゆっくりと吐き出しながら、やんわりと言ってきた。

「芹沢さん、そういえばね、あんたがこの前手がけたプロジェクト、卸売業者の間ではけっこう評判になってるよ」

「そうなんですか」

「卸売業者だけじゃない。在京の建材メーカーの間でも、知っている人間は知っている。地区懇親会とかでもけっこう噂《うわさ》は流れるからね」

少し気になって、聞いた。

「どんな、噂です？」

すると局長は明るく笑った。

「キツい女だって。この前来た栃木の小泉建材の社長も言っていた。段階式ケービー制の導入。微妙なところを突いてくるから、断りようもないって」

これには陽子も笑うしかなかった。

「でも、悪い言い方はどこもしてないから安心していいよ。今まで静かだった古池に小石を放り込めば、多少の漣《さざなみ》は立つさ」

そのたとえは分かった。この業界は、そもそもの業態ということで捉《とら》えれば、それこそ江戸時代以来の何百年という歴史がある。本質的な取引のあり方にしても、昔ながらの慣例を誰も変えようとはしない。つまりは、静まり返った古池、だ。そういう業界だからこそ、たとえば陽子程度の立場の人間が小石を放り込んでも、幾重にも丸い漣が広がっていく。

「たしかにそうかもしれませんね」

そう相槌《あいづち》を打つと、今どきループ・タイのこの局長は、ふたたび笑った。

「やっぱりね、こういう場合、女の人はいいよ」

「え？」

「だから、変な意味ではなくてね」局長は言葉をつづけた。「ぼくもさ、長い間勘違いしていた時期があったんだ」

そう言って、部屋奥のコピー機の前にいる女性スタッフと、その隣で資料をホッチキス留めしているもう一人に、さりげなく目を向けた。

「十年ほど前までは、他のスタッフは正式な団体職員を雇っていたんだよ。男性のね。それをぼくが、今の女性派遣スタッフに切り替えた」

意味が分からなかった。

おそらく陽子は怪訝《けげん》そうな顔をしていたのだろう、

「結局ね、女の人のほうが自分の中で意味付けさえできれば、男性よりもきっちりと仕事をこなすってこと。多少の軋轢《あつれき》には目もくれずに夢中になってやる、というか」と、局長は解説を加えてきた。「ただ、軽い事務系だとその意味付けができない場合が多いから、腰掛け程度に仕事をやってしまいがちになるけど、それは本人の問題というよりは、指示するほうの問題だよね」

「はあ」

「とにかく、そう思い至ったことがあったんだ」と、強引に結論付け、話題を変えてきた。「ところでさ、あんたの会社の営業企画推進部がなくなるって聞いたんだけど、本当？」

陽子はうなずいた。

「来年の夏ごろには管理部本体に吸収される予定です」

「そのあとあんた、どうすんの？」

「さあ。私もどこの部署に行かされるか分かりません」それから思い出し、つい苦笑した。「今年の春だって、危うくリストラに遭いかけましたしね。私」

「なるほど。そりゃ大変だ」

局長はちらりと壁のカレンダーを見遣《みや》った。

「そういや来週の金曜ね、事務局の忘年会やるつもりなんだけど、来ない？　いつも三人しかいなくて、たまには外部の人にも参加してもらって賑《にぎ》やかにやりたいんだけど」

予想外の誘い。少し考える。たぶんその日は予定はまだ入っていない。

だからうなずいた。応じるように局長も両膝《りょうひざ》を叩《たた》いた。

「じゃあ、詳しい場所と時間は、あとでメールしておくから」

「分かりました」

3

水曜。

汐留《しおどめ》サイトビルの四十七階にあるレストラン。テーブル席のすぐ眼下に、新橋から銀座にかけての夜景が広がっている。

真介は入り口を背にして下座の椅子に座っている。真介の左手上座には高橋が座り、真向いには、高橋から紹介された音楽プロダクションの社長が、眩《まばゆ》いばかりの夜景を背負って座っている。

名前は大西晋《おおにしすすむ》。高橋と同じ四十七歳。大学で同じゼミを専攻した間柄で、卒業後、高橋は人材派遣会社へ、大西はレコード会社に就職し、十年ほど前、ほぼ時を同じくして自分の会社を立ち上げた。

前菜を食べ終わるころまでにはあらかたの用件が済み、すでに資料も手渡されていた。

大西と高橋はアワビのステーキを口に運びながら、昔話に花を咲かせている。学生時代の同期が今どうしているのか。スキーの合宿で行ったあの山小屋はもうなくなったらしい。部長になったあいつの会社は、今そうとう景気が悪い、などなど。

同じくアワビの皿をつつきながらも、真介はそんな二人の会話に、聴くともなく耳を傾けている。社会の中で、同じような立場に身を置く二人の中年男。当然、関心を持つ領域はオーバーラップしてくる。同じような世間の見方をする場合もある。だから、卒業後もその関係はつづけているのだろう。

もうひとつ思うことがある。

高橋は、真介の知る限りいつも誰かと仕事の話をしながら食事を摂っている。むろんそうせざるを得ないほど忙しいせいもあるのだろうが、それをごく自然に楽しんでいるように見える。日常のレベルから仕事に対する意識の〝開きかた〟が違うのだろうと感じる。仕事とプライベートの仕切りがない。

現に今もそうだ。さっきまで仕事の話をしていたかと思えば、いつの間にか大学時代の思い出話に変わり、それがまた気づかぬうちにふたたび仕事の話に戻ってくる。仕事とプライベート。その二つの世界を流動的に動いてゆく意識。二人にとって、仕事とは単なる職業ではない。立場も含めた生き方そのものなのだろう。

自分はどうだろう、とわが身に置き換え、内心苦笑する。

たしかに就業時間が終わったあとでも、たまには休日でさえも、仕事のことを考えてしまう時がある。考えてしまうような仕事でもある。しかし知らぬ間につい考えてしまう、といった感じで、そんな自分に気づいたときにはけっこうウンザリする。仕事のことを考えると、どうしてもつい構えてしまう自分がいる。無意識に気負い、多少鬱屈《うつくつ》した気分になる。仕事とプライベートの間の意識に、明らかに段差がある。それが自分の限界ではないかとも思う。あるいは、単なる勤め人と、会社を経営する者の、後天的な意識の違いかもしれない。

「ところで、村上さん」

大西に呼びかけられ、我に返る。

「なんでしょう？」

「さきほどお渡しした二人分の資料ですが、分からないことがあったら、遠慮せずにどんどんわたしに聞いてきてください。時間のある限りは答えさせていただきますから」

高橋と同じだ。目下の者に対しても、ごくごく丁寧な口調。むろん社外の人間だからということもあるだろうが、かえってその丁重さに、恐縮してしまう。

「平日ですと、何時ごろお電話差し上げるのが一番よろしいでしょうか？」

「二時くらいが一番いいですね。午前中はまだ会社に出ていないことが多いですし、夕方からは外回りの仕事が多くなります」

「分かりました」

「くどいかもしれませんが、変な遠慮は無用ですから。今回の件は、うちの会社にはとても大事なことです」

九時過ぎに会合は終わり、二人の社長とはビルのエントランスで別れた。大西はもう一軒バーに行こうと誘ってきたが、遠慮させてもらった。旧友同士の二人だけでお互いに積もる話もあるだろうと思ったからだ。高橋も少し笑っただけであえて引きとめようとはしなかった。

タクシーに乗り込んだ二人を見送り、新橋駅までゆっくりと歩いてゆく。歩きながら携帯を見る。メール着信あり。陽子からだ。用件は、今週土曜の外食の件だった。

先週末は、久しぶりに陽子と会わなかった。

彼女が、同じ市内にある実家に泊りがけで行っていたからだ。陽子の父親は七十三。母親は六十九。二人併せて国民年金の上に、かつて父親が勤めていた会社の厚生年金まで貰《もら》い、ローンの完済した家に住んでいるので、少なくとも経済的には悠々自適の生活だ。

だからかえって危ないのだと彼女は説明した。

「取り立ててやるべきこともないし、危機感のかけらもない日常だもの。そういうのって、間違いなくボケると思うのよ」

だから、その兆候の偵察に、定期的に実家に行くのだという。

面白い考えかたをする女だな、と思う。と同時に、彼女の親に対する愛情を感じた。たぶん両親からも可愛《かわい》がられて育っている。そういう女は、家に付く。おそらくは親が死ぬまで近くを離れない。

その点、男など冷たいものだ。郷里を出てしまったらそれっきりで、夕暮れになっても帰らずに遊び呆《ほう》けている子どもと同じことだ。

真介もそうだ。遠方というせいもあるが、今年も郷里には帰らない。とんだ親不孝者だ。

交差点を渡りながら、一人で苦笑いを浮かべた。

4

連絡を受けたとき、意外だな、とは思ったのだ。

『石亭庵《せきていあん》・東京店』。メールに表示されていた、いかにも高そうな店の名前。ひょっとしたら料亭っぽいところかもしれない。少なくとも陽子の常識では、職場の忘年会で使うような店名ではない。

でも、少し考えて納得もした。

派遣の女の子は、外食を含めた遊興に意外にうるさい場合が多い。仕事もしっかりして、遊びもしっかりする。それが彼女たちの生き方の指針だったりもする。だから理不尽な残業に従わざるを得ないような正社員の立場は、最初から選ばない。正社員から派遣社員に切り替えた人件費の浮きもある。それで彼女たちの希望に沿って、局長が店を奮発した。

そういうことだろうと思い、気楽に銀座一丁目にあるその店に向かった。

案の定、料亭だった。受付で名前を名乗ると、すぐに廊下の石畳を通って一番奥にある部屋まで案内された。

「お邪魔しまーす」

言いながらふすまを開け、何気なく顔を上げた。

途端、自分でも固まるのが分かった。というよりも、ぎょっとした。

開け放ったふすまのすぐ目の前に事務局長が座っている。座ったまま半身をひねり、「やあ、お疲れさま」と、笑いかけてきた。しかし、派遣社員の姿などどこにもない。その代わりといえばいいのか、左奥の上座に、恰幅《かっぷく》のいい初老の男が座っている。

その男が陽子を見たまま、頰を緩めてきた。

「さ、どうぞ。そんなところでポカンとしていないで、こっちに来ませんか」

「あ、はい」

動揺しながらもなんとか返事だけはした。

男の名前は知っている。知っているどころか、この業界で彼の名前を知らない人間はいないだろう。

相川幸三《あいかわこうぞう》――。

建材業界最大手の『アイカワ・ホーム㈱』の代表取締役社長にして、『日本建材業協会』の会長でもある。さらに在京の会社という関係もあり、その下部組織にあたる『関東建材業協会』の会長も兼任している。業界団体のパーティなどでも必ず壇上で挨拶《あいさつ》をするから、陽子も以前からその顔は見知っている。どころか、会社の代表で出た会議で、一度質問をされたこともある。

でも、なんでそんな男が今この場所にいるのか……分からない。ひょっとして、あたしは夢でも見ているのか。

「さ。どうぞ」

勧められるまま、会長の対面に茫然《ぼうぜん》と腰を下ろした。

「ごめんね、芹沢さん。驚いたでしょ？」局長がふたたび笑みを浮かべた。「今、説明してあげるから」

仲居が飲み物の注文を取り、去ってゆく。

「実を言うと、忘年会ってのは、うそ」局長が言った。「今日は、最初からそのつもりだったんだ」

「そのつもり、とおっしゃいますと」

「だから、会長に会わせるつもりだったんだよ」

「え？」

「私のほうからも説明しましょう」相川が口を挟んだ。「芹沢さん、でしたよね。あなたのことは以前から聞き及んでいました。『森松ハウス㈱』になかなか元気のいい社員がいる、とね。もっとはっきり言ってしまえば、彼から〈私の後釜《あとがま》によさそうな女性がいるのですが、どうでしょうか〉という相談を受けていました」

今度こそ仰天した。

ふすまが開き、先ほどの仲居が姿を現す。お盆からビールを二本と小鉢を取り、テーブルの上に置く。それでもそのビール瓶をすぐに手に取り、会長のグラスに中身を注ぐくらいの気転は残っていた。

「ありがとう」

満足そうに言って、相手は陽子に軽く会釈《えしやく》をしてきた。つづいて局長のグラスにもビールを注ぐ。礼を言い、局長が注ぎ返してくる。泡交じりの液体をグラスを傾けて受ける。少しずつ気分が落ち着いてくる。

「ただ、こういう場合、相手を呼び出すのにはどうしても気を使ってね」会長がのんびりと言葉をつづける。「その本人の、あとあとでの社内的な立場を考えるとね。だから今回のことは芹沢さん、あなたの会社の社長にもまだ伝えていない。それはこの話がうまくまとまったあとでもいい」

意味は分かる。いかにもこの旧《ふる》い業界のトップらしい老練さだ。

根回し。

陽子のいる会社の社長に予《あらかじ》め陽子に会う旨《むね》を伝えて会えば、もし断られた場合、事務局としては多少の面子《めんつ》を失う。噂は当然流れるから、陽子に代わる新たな後釜探しでも、その相手には、自分は二番手候補、という印象を持たれてしまう。

陽子にとっても得な話ではない。もしこの話を断って会社に居つづける選択肢を選んだ場合、社内的には（それでも転職の誘いの場には、いちおう出て行った女）というレッテルを貼《は》られてしまう。職場での環境が気まずくなる。あたしも事務局側も黙っておくしかない。結果的に今夜の会合はどこにもバレない――うまいやり方だ。

「つまり、今回の話が流れれば、私はこの会合に出たこともない。そして会長も個人的に私には会われたことはない、となるわけですね」

会長は、いかにも満足そうに笑った。

「そう。だれも知らない話になる。逆に今夜、うまくまとまったら、私があらためてあなたの会社の社長に、会う旨を伝える。そのときが、公式には初めての会合となる」

陽子はうなずいた。

「正直言って、道義的にはあまりいいやりかたとは思えなかったが、お互いの事情もある。どうか勘弁していただきたい」

ふたたびうなずきかけ、ふと素朴な疑問がきざした。

「でも、どうして私なのでしょうか？」陽子は言った。「自分でこういうことを言うのもなんですが、私自身、社内的に見ても特別優秀とは思ったこともないですし、事実そうだと思います。役付けもそうです。それに年齢的に見ても、事務局長という役割にはまだ荷が勝ちすぎるのではないかと思うのですが……」

「簡単な質問から答えてあげるよ」局長が口を開いた。「年齢的な部分はまったく問題ない。現にぼくも事務局に入ったのは四十ちょい過ぎのころだったしね」

「むしろ現状では、ある程度若い方がいいのです」会長がその後を受ける。「私もそろそろ息子に会社を譲ろうと考えている。この関東建材業協会に所属する他社さんも、戦後から数えると、そろそろ三代目に切り替わりつつある。あなたとほぼ同年代か、若干上の年齢層にです。そんな連中が、二十近くも年上の局長と同じ感覚で話をするというのは、なかなか難しいでしょう」

「現に、そうなりつつあるんだよ」局長はため息をついた。「最近なった社長さんたち、やっぱりぼくに対して若干腰が引けている。相談ごとも遠慮気味だしね。そろそろ潮時じゃないかとは、誰でも思うよ」

「そうですか……」

うなずきつつ、会長のグラスにさらにビールを注ぐ。それを一口飲み、会長が口を開く。

「それから社内的な評価云々《うんぬん》の話ですが、私はこういう事務局に向いている人間というのは、必ずしも社内の評判と一致しなくてもいい、と考えています」

——？

意味が、分からなかった。

陽子の表情を読み取ったのか、さらに会長は言葉をつづけた。

「当人が勤め人でも、社会人である以上は、私は、昔から二通りの評価の仕方があると思っています。ひとつは今も話に出た社内的な評価ですが、もう一つは社外からの評価です。芹沢さん、あなたの社外的な評価——つまり取引先からの評判——は、この事務局長から折りにつけ聞き及んでおりました。今回の『森松ハウス㈱』でのプロジェクトも、この業界の常識に染まった人間にはなかなかできない発想です。たしかに卸問屋には厳しい注文が多いですが、それでも彼らはあなたのことを悪くは言っていない、というように伺っております」

と、ここで会長は苦笑を浮かべた。

「そうですね。せいぜい『キツい女』くらいですか」

陽子は思わず局長の顔を見た。相手は少し恥ずかしそうに笑みを返してきた。確信する。あたしとの会話は、以前からすべてこの会長に筒抜けになっていたのだ。しかもかなり詳しく。おそらくは、この前の「男よりも女が云々」という持論も、会長に披露している。

「その評判が、大事なのです」会長はさらに言葉をつづける。「事務局は折衝の多い仕事です。ときには相手の会社にとって一歩引いてもらわなければならないような相談を持ちかけることもあるでしょう。それでも相手を怒らせずに納得させられるだけの資質を持った人間でないと務まらない。まあ、あいつがそこまで言うのなら仕方ないかな、と思わせなければならない。それは隙《すき》のない論理でも、人当たりの柔らかさでも、個人的な愛嬌《あいきょう》でも、なんでもいい。ただし、その資質はなくてはならない」

相手のいかにも確信ありげな口調に、かえって不安になる。口説き落とそうとしているのだから多少のおだてや持ち上げは含まれているにしても、誉められすぎだ。自分でも分かっている。あたしはそこまでの人間ではない。おそろしく居心地が悪い。

「お言葉ですが、会長は私とこうしてちゃんと話されるのは、初めてでいらっしゃいますよね」おそるおそる陽子は口を開いた。「たぶん私と、もう二度、三度と話をされてみれば、間違いなくそれほどの人間ではないということがお分かりいただけると思うのですが……」

するとと会長は、目の端だけでちらりと笑った。

「こういう場合の評価は、他人が下すものであって本人が下すものではないと思うのですが、いかがですか」

「……」

「それにね、私は局長の目は信用しています。言っておきますが、この男の、人を見る目は確かですよ。だから事務員を派遣社員に切り替えたときも、好きなようにやればいい、としか言わなかった。結果はご覧の通りです。人件費が浮いた上に、何も問題はない」

「はあ」

「私も忙しい身上です。この会長職が私の本業でもないし——失礼ですが——事務局長選定のすべての時間に付き合うわけにはいかない。そういうこともあり、局長に後任の選定は一任したのです」

「でも、私にできるでしょうか」ここまで言われているにも拘《かかわ》らず、そして内心どこかで嬉《うれ》しがっているにも拘らず、気が付けばつい尻込《しりご》みしている自分がいる。分かる。いきなり渦の中心に放り込まれたような不安と戸惑いが、あたしをこうさせている。

「それに、転職していきなり局長の職務というのも、やはり荷が勝ちすぎるのではと……」

「それは心配ないと思う」局長もここぞとばかりかぶせてくる。「当座は局次長という名目で組織に入ってもらい、ぼくの仕事のサポートをしてもらう。で、ぼくが辞める来年の七月までに、局長としての仕事内容を完全に把握してもらう。その間に派遣社員も順次入れ替わってくるから、あなたが使いやすい人間を採用すればいい」

ちなみに給料は年俸制で、次長としての初年度は八百万。局長になれば最低でも一千万は保証するという。

少し考える。

たしかに何も問題はない。どころか、引き継ぎのやり方や労働条件、報酬を考えても仕事環境としてはほぼ完璧《かんぺき》だ。逆に言えば、そこまで考えてきたからこそ強気であたしに押してくるのだろう。

一回は納得しかけ、すぐに慌《あわ》ててそういう単純な自分を戒める。

駄目だ。すぐに納得しては、駄目だ。

あたしのこれからを変えるかもしれない、すごく大事な申し出だ。だから、よりいっそう慎重にならなくてはならない。四十一年間の人生から学んだこと。おいしそうに見えるからといって、すぐにケーキに飛びついてはならない。値札を見ずに買ってはいけない。カロリー表示を確認せずに買ってはいけない。

「ですが、どうして私なんでしょうか」先ほどの質問をもう一度繰り返した。「年齢的に問題がないことも、社外的な評価云々の話も分かりました。しかし、そういう条件を満たす人材なら同業他社さんにもいらっしゃるでしょう。どうして、私なんですか？」

すると会長と局長は互いにちらりと目を合わせた。

「たしかに、そうだね」先に口を開いたのは局長だった。「じゃあ、言いにくいことから先に言わせてもらうよ。実を言うと、ぼくの後釜に適当かと思われる人間は他にもいた。それでも数人ほどで多くはなかったけどね。ただ、ぼくが目を付けさせてもらった彼らの今置かれている状況は、非常に安定したもので――つまり、会社の経営が安定していて、かつ彼らの社内的なポジションにも明るい展望があるということだけど――たぶん、この話を切り出しても受けてくれる確率は低いだろうと踏んだんだ」

なるほど。内心、苦笑する。その点あたしなど、社内的な展望はどう見ても明るくはない。つまりは話に乗ってくる可能性が大きいというわけだ。

「言っておきますが、むろんそれだけではありませんよ」会長がやや早口でそのあとを引き継ぐ。「総論めいた話になりますが、男ってやつはどうしても仕事のやり方が保守的になる。私だってそうだ。なにか新しいことを、とは思っていても、つい今までの仕事のやり方を踏襲してしまう傾向がある。業界での常識に縛られてしまう。周りの目を気にしてバランス取りをしてしまうんですよ。だから、新しい試みに手を出すことが少ない。伸びている業界ならそれでもいいでしょう。ですが、正直言ってこの業界もどんどん先細りになっている。そんなときこそ、あなたのような人が必要なのです」

「私のような、とは？」

「つまり、言い方は悪いですが、局長の言葉を借りれば、自分がいいと思ったら脇目もふらずにまっしぐら、というタイプです」会長は笑った。「現に、あなたがこの秋に仕上げた『森松ハウス㈱』のプロジェクトがそれを証明している。そして――さきほども言いましたが――そんなことをやっても社外的に悪い評価は生まれていない。おそらくその資質は、局長になってからも活《い》きてくるものだと思っています」

それから一呼吸置き、さらに言葉をつづけた。

「この業界の社長連中は、みんな程度の差こそあれ、このままの状態ではいけないと思っています。危機感を持っています。そんなときこそ、オールラウンダーではなく、一つのことにのめり込むような性格の局長が適任だと考えています。だから、あなたに接触したのです」

「はい……」

そう答えながらも、思う。

妙な感覚。現実感というものが妙に希薄だ。自分の目に見える世界が、今までと変わっていく感覚。目の前のコップでさえ、先ほどのコップとは違って見える。

新しい世界が、目の前にある――それに反応し、震える心。期待するとともに、不安も感じている。五感のざわめき。だから、目に見える周囲のものが違って見える。

5

え？

真介は思わず箸《はし》を止め、陽子の顔を見上げた。

「だから、誘われたの」陽子が淡々とした口調で繰り返す。「業界団体の、事務局長のポストに」

土曜日の新宿三丁目。沖縄料理店の個室になった小部屋で、素麺《ソーミン》チャンプルーと海ぶどうを小皿に取り合って食べていた。

「すごいじゃん」一通りのいきさつを聞いた後、思わず真介は言った。「それって、一種の引き抜きじゃないの」

が、陽子は相変わらず浮かない顔だ。

「でもさ、あたしに、本当にそんな立場の仕事が向いているのかな」

「どうして」

「言われたし。自分がいいと思ったら、脇目もふらずにまっしぐら、というタイプだって。一つのことにのめり込むような性格だって」

危うく笑い出しそうになった。この女の骨柄。たしかにその通りだ。陽子はいかにも自信なさそうに言葉をつづける。

「会長は、今こそそういう性格の局長が必要な時期だって言うんだけど、こういう折衝の多い仕事には、やっぱりあたし、ちょっと違うんじゃないかなって」

真介はまだ笑いを堪《こら》えている。いつも感情が剝《む》き出しで、あけっぴろげなこの女。

だから周囲とは一見、派手なトラブルを起こしがちに見える。

「でもさ、それは会長の言うとおりだと思うよ」ようやく気持ちを落ち着け、真介は言った。「陽子はさ、たしかにあまり周りの目を気にしないけど、かえってそれがいいんじゃないかな」

「――どういうこと」

「いつも自分の立場を計算してモノを言う奴《やつ》って、やっぱりヤな野郎じゃん。だからその場はたとえうまく収まったとしても、長い時間が経過してゆくうちに、嫌われる奴は嫌われてゆくんじゃないかな。その性根に愛想をつかされるというか」不思議だ。いつもこんなことを考えているわけでもないのに、何故《なぜ》かすらすらと言葉が出てくる。「でもさ、陽子はそんなことあんまり考えてない。というか、気が回らないというか」

さすがに陽子はむっとした。

「あんた、あたしのことなんだと思ってるわけ？　あたしはね、今四十一よ。それくらい考えるわよ」

「いや。違うと思うね」真介は言葉をつづけた。「歳《とし》とかは関係ない。陽子はさ、いざとなれば立場より自分の考えとか感情とかが優先する人間だよ、たぶん。でも、長い目で見ればかえってそっちのほうがいいんだよ。一時は諍《いさか》いを起こしたとしても、相手だって心底陽子のことは嫌いになれない。だから、問題が解決すれば関係も修復する。以前に腹を割って話しているだけに、むしろ仲が良くなる。相手が社外的な評判がいいって言ったのは、そういうことも含めているんじゃないかな」

「……そうかな」陽子はなおも懐疑的だ。「でもね、仕事上でなにか諍いが起こって、相手をとんでもなく怒らせたら、どうする？　それでその相手が他の社長を巻き込んで、あたしをやめさせる運動でも起こされたら、たぶんあたしはクビになると思うよ」

しばらく考えた。彼女の言葉。でもそれは、たぶん表層だ。本当に彼女の言いたいことではない。

「不安なのか」

つい、そう訊《き》いた。

一呼吸あり、
うん、と彼女はかすかにうなずいてきた。

「たぶんあたし、自信がない。おびえている」

ふだんは強気一本槍《いっぽんやり》のこの女。そんな彼女が、今はしゅんとしてテーブルの上を見つめている。妙に切なくなった。何とかしてやりたいと思った。だから陽子の手を取り、軽く握りしめた。

気づく。彼女の目がやや潤《うる》んできている。

でも泣きたいのではない。自分もそうだ。握っている手のひら。互いに少し湿っている。滑稽《こっけい》なことに欲情してきている。

が——。

「なら、念書を取ればいい」どうしてかは分からない。出てきたのは、そんな生臭い言葉だった。「しばらくは辞めさせないと、会長から確約をもらえばいい。安心だろ?」

一瞬、陽子はぽかんとした。

直後、

「ひっどーい!」

そう一声喚《わめ》いたかと思うと、いきなり激痛がきた。テーブルの下で思い切り真介の脛《すね》を蹴《け》り上げてきたのだ。

「あっつ」

痛さに耐えかね、思わず真介は右脛を抱え込んだ。

「あんたさ、嘘《うそ》でもいいからなんでそこで『だいじょうぶだよ。おれがついているから』ぐらいのこと、言えないわけ？」機関銃のように陽子がまくしたててくる。「手までわざわざ摑《つか》んでおいて、なんでもうちょっと優しい言葉が言えないわけ」

「そんなこと言ったってしょうがないだろ」泣きそうになりながら真介も言い返した。「現実は現実だ。そんな臭いセリフなんか吐いたところで屁《へ》のツッパリにもならないだろ」

「ばーか」

「バカはおまえだ」

「おまえって、おまえってなにっ」さらに陽子は憤然として、テーブルを叩《たた》いた。「あたしはあんたより年上だし養ってもらっているわけでもない。そのあたしに対して、おまえってナニよっ」

「バカに年上も呼びかたも関係ない」

負けずに言い返しながらも、つい情けなくなる。

せっかくの外食で、しかも個室料まで奮発した沖縄料理。なのに、どうしてこうなるのか。おれが好きになる女は、どうしていつもこういうタイプなのか。

6

……眠れない。

暗い部屋の中、陽子はぼんやりと天井を見つめている。

今のまま会社に残るのか。それとも踏み出すのか——先ほどからそればかりを考えている。堂々巡りをつづけている。寝返りを打つ。時計を見る。午前二時半。もう一時間以上もこうして悶々《もんもん》としている。

横の真介。仰向けになったまま、かすかに寝息を立てている。

つい一人、苦笑する。あたしが転職のことでこんなに悩んでいるのに、この呑気《のんき》モノが——。

でも、まあいい。

先ほどまでの肉の愉悦。相変わらずの乱痴気騒ぎが終わったときには、二時間が経過していた。この男の腰も首筋も、たぶん相当疲れてしまった。だから正体もなく眠りこけてしまっている。

相手を起こさぬようゆっくりと身をよじり、真介の寝顔に見入った。

口は閉じている。規則的な寝息だけだ。いつもそうだ。この男は飲んでもいびきなどかかない。たぶんまだ若いせいだ。声帯によぶんな肉が付いていない。

先ほどの沖縄料理店での一件を思い出す。

この男は手を握ったあと、ぬらりとした目であたしを見てきた。とても動物的だった。だから一瞬、あたしも濡《ぬ》れた。

ところがその後につづいた、突き放すようなそっけないセリフ。たぶん照れだったのだ、と今では分かる。

最近になって気づいた。

この男は一見軽いようでいて、自分の範囲を超えた言葉を決して吐かない。わきまえている、と言ってもいい。その時点で実際に背負えない話に関しては、冗談でも口にしない。

そこに一抹《いちまつ》の寂しさを感じながらも、だからこそ信用できるのだと思う。

あたしが脛を蹴り上げたとき、痛さに泣きそうになっていたこいつ。

つい腕を伸ばし、指先で相手の首筋にかすかに触れる。肩口まで、そっと指の腹を走らせてゆく。真介がわずかに首をひねり、眉《まゆ》を寄せる。

もう一度、薄闇《うすやみ》の中で笑った。

あたしはけっこう、いやらしい――。

相手の肌の匂《にお》いが毛穴の中にまで沁《し》みこむほど馴染《なじ》むにつれ、あたしはこの男に期待し始めている。八つも年下の、この男に。

でもこの気持ちは、あたしの心の中だけに秘めておこう。

7

先週の末、真介は大西にある提案をしていた。

それが受け入れられ、二人のプロデューサーそれぞれの担当ミュージシャンに、アンケートを配布できるようになった。

理由がある。

まずは数字だと思い、この二人のプロデューサー――石井と黒川――の、今までの実績を弾《はじ》き出してみた。それぞれの担当の、過去十年間に売り出してきた全ミュージシャンの総売上高から、その売り出しにかかったCD制作費や宣伝広告費、事前活動費、取引先接待費を引いてみた。つまりは会社への貢献度としての粗利だ。結果はまったくの互角だった。

むろん石井と黒川それぞれの、今までの売り上げの立てかたはまったく違っている。

顔写真を見る。

石井はいかにも理知的な顔立ちをした男だ。チタンフレームの眼鏡が嫌味でなく良く似合っている。

この男は、どんなに売り上げの低いミュージシャンでもそれなりにコンスタントに売り上げがある。利潤もわずかながら出している。実績のあるミュージシャンならその実績に応じてやりかたも変える。つまりは、商売の仕切りがうまいタイプ。安定している。ただし、ずらりと並んだ担当ミュージシャンの名前を見ても、新人発掘は下手なようだ。

対して黒川は、いかにもいかつそうなひげ面《づら》の男。見方を変えれば、獰悪《どうあく》な顔つきといえないこともない。

この男の実績は総体として見れば石井と肩を並べるが、個々の実績を見ていくとかなりばらつきがある。ある新人ミュージシャンの売り出しで大赤字を抱えたかと思えば、また別の新人ミュージシャンのプロジェクトでは大ブレイクを収めるという具合だ。その時々の乱高下が激しい。ベテラン勢の売り方に関しても似たような傾向がある。

しかし、あくまでも総体としての実績——つまり今までの会社への貢献度は、どちらもほぼ同じだ。

どうやら実績では測れない領域で、判断するしかなさそうだった。

真介は一人、ため息をついた。

他人の未来を握る仕事。狂わせる仕事。しかも今回の場合、いつもとは違って実質的な指名解雇のチョイスを一任されているのだから、たった二人の面接とはいえ、否《いや》が応でも重圧がかかってくる。

より慎重に。より深く。自分の考えのみでできる判断や人物評価など、しょせんは限界がある。

だから今日、それぞれの担当ミュージシャンへのアンケート内容の雛形《ひながた》を作って、社長の大西を訪れた。

一種の人海戦術です、と真介は説明した。

「正直申しまして、石井さんと黒川さんの社会人としてのキャリアに比べれば、私など若造に過ぎません。見方にも限界があります。ですから、このお二人を社外的かつ多面的に評価するためには、このようなアンケート内容でよいかを見ていただく意味もあって、あらためてお伺いさせていただきました」

大西は笑みを浮かべたままうなずいた。それから真介が持ってきたアンケートの雛形に目を通し始めた。やがてその目の動きが止まり、大西が顔を上げた。

「この、最後の質問は？」

「実は、その質問に対する答えが、今回のアンケートでの一番の目的です」真介は答えた。「それ以前の質問は、最終的にそこに導くための布石です。それと、本当にそう思って答えているかの精度を探るための質問に過ぎません」

大西は苦笑した。

「しかし、社長のわたしにとっては微妙な質問ですね」

「申し訳ありません」真介は素直に謝った。「ですが、どちらかの一方がこの会社を去られたあとの、御社の参考資料としても活《い》きてくるかとも思いますので、なにとぞご協力いただければと思っております」

「なるほど」

「むろん、このアンケートは無記名で、この封筒を使い――」と、真介はバッグの中から真介の会社宛《あて》の料金後納押印《おういん》済み封筒四十通を取り出した。「直接私宛に送っていただくつもりです。相手側からの記入も手書きではなく、パソコン、ないしはワープロでプリントアウトしていただきます」

「ミュージシャン側からの匿名《とくめい》性を、完全にするためですか？」

「おっしゃるとおりです。でなければ、今後の関係性を恐れて、本音を洩《も》らしていただけない場合が多いでしょうから」

大西はふたたび微笑《ほほえ》んだ。

「質問ですが、このやり方は、もともとあなたの会社にノウハウがあったやりかたなのですか」

いいえ、と真介は答えた。「こういう面接のやりかた自体、私どもの会社としても初めての試みですから、お恥ずかしい限りですけど、このアンケート内容も私の自作です」

「なるほど」大西の笑みが深くなった。「高橋があなたを推薦してきた理由が、なんとなく分かったような気がします」

褒められているのだ、と悟る。

「ありがとうございます」真介は頭を下げた。「御社にとっても、そして辞められる方に対しても、納得のいってもらえるような考察結果を出したいと思っています」

単なる社交辞令ではなく、そう思っていた。

当然だ。実質的な指名解雇権を一任されているのだ。そこまでしなければ、この仕事の後味は、そうとう悪いものになる。

それにしても、一方で真介は思う。

大西にとって石井と黒川は、部下であると同時に、創業期からの苦労を分け合った仲間でもある。その一方のクビを切るのだから、内心では当然忸怩《じくじ》たるものを抱えているのだろうが、そんな様子はおくびにも出さない。少なくとも真介には見せない。おそらくは社内の人間にもそうだろう。

社長業は孤独業――。

そんなことを、ふと感じた。

8

期限の金曜日が来た。

あの会長と料亭で会ってから、ちょうど一週間が経《た》つ。今日中に、自分なりの結論を事務局長宛に伝えることになっている。

実は陽子は、三日前の火曜日にもう一度局長に会いに行っていた。沖縄料理店のときは激怒したものの、真介の言った言葉が心に残っていたからだ。ある程度の働く期間の確約が取れないか、と思って出向いたのだ。

でも結局は、何も切り出せずに帰ってきた。

一流企業や第三セクターの勤め人でさえ明日のことは分からないご時勢なのだ。ましてや多くの協会員の意向に左右される局長の立場など、今の時点で確約をもらったところで、道端に落ちた紙切れのように吹き飛ばされてしまう。

むろん言いようによっては、局長不適任の烙印《らくいん》を押されたあとでも事務局のスタッフとして残れる保証くらいの交渉は出来ただろう。しかし、そこまでして事務局の仕事にしがみつきたいとは思わないし、降格された職場で仕事をつづけられるほど、自分は神経が太くないとも思う。だから、言い出せずに帰ってきた。

そして昨日の木曜。真介にまた会ったとき、正直にそのことを伝えた。

「だとは思った」真介はあっさり笑った。「言いにくいだろうとは、おれも思ってたんだ」

「で、どう思う？」

「なにが」

「だから、今回の転職の件」

しばらく黙っていたあと、真介は口を開いた。

「おれは、転職したほうが陽子にはいいと思う」

そう、はっきりと口にした。

陽子の自由だ、とも、好きなようにすればいいと思う、とも言わなかった。

陽子は訊《き》いた。

「どうして、そう思うの」

「あの会社では、陽子に未来はないからだ」珍しく真面目《まじめ》な顔つきで真介は言い切った。「このまま残っていても陽子のいる部署はなくなってしまう。今の仕事もなくなってしまう。だったら、業界団体の局長の仕事で、今までやってきた販促活動の経験を活かしたほうが、はるかにいい」

それでも陽子は、この前と似たようなセリフを縋《すが》るように繰り返した。

「ひょっとして、周りの反感を買ってすぐに辞めさせられるようなことになったとしても？」

真介は首を振った。

「おれはそうはならないと思っている。その点は、前に聞いた会長や局長と同意見だ」

陽子が口を開きかけたところへ、さらに真介は言葉をつづけた。

「陽子だって本当は分かっているだろ。今の世の中、リスクはどこにでも転がっている。いい学校を出て新卒で入った企業でも、一生勤められる保証なんてどこにもない。今の仕事をしていると、なおさらそう思う。不安なのは分かる。でも、ぜんぶが全部安全なチョイスなんてありえない。だったらある程度のリスクは承知で、より納得のいく環境を選ぶしかない」

……あらためて思い出した。この男は、九ヶ月前はあたしの面接担当官だった。

そして今、陽子は会社の近くの路上に突っ立ったまま、携帯を握り締めている。

冬だというのに、手のひらに汗が少し滲《にじ》んでいる。たぶんもう、自分の中で結論は出ている。それなのにいざ電話をかけるとなると、どうしても臆《おく》してしまう。

時計を見る。十二時十五分。

おそらく局長は、いつものように応接室で弁当を食べている。そして五時か六時になれば、だいたいはすぐに帰ってしまう。かたや、相変わらず七時、八時までは残業をこなしている自分。

電話するとしたら、今しかない――。

フリップを開ける。ひとつため息をつき、番号を押し始めた。

9

火曜日には、無記名のアンケートがすべて出揃《でそろ》った。

会社宛に返信されてきた封筒四十通。一つの漏れもなかった。ミュージシャン側も、おそらくは今回のアンケートの持つ重要性を分かっている。その回答の一つ一つを、真介は丹念に読んでいった。

そして、木曜の面接に臨んだ。

この日だけの、一発勝負だ。だから、じっくりと話し合えることを目的に、面接時間は通常より倍以上の時間を設定した。

石井が、午前九時から正午まで。それでもずれ込む場合を想定して、昼休みを二時間確保した。そのあとの午後二時から五時までが、黒川の面接時間だ。

さらにその後、一時間ほどかけて面接結果を検討し、最終報告を社長の大西に上げることになっている。

九時五分前になった。隣の席にはいつものとおり、川田美代子がちょこんと座っている。真介がかすかにため息をつくと、彼女はやんわりと笑った。

「なんだか、心臓がトクトク言ってます」

彼女は目の前のティッシュボックスをいじりながらつぶやいた。彼女も状況は理解している。面接相手はたった二人だけとはいえ、今回は相手側に選択権はまったくない。真介が下した最終決定は拒否することが出来ない。正真正銘の、どちらかのクビを切る仕事。人の運命を狂わせる仕事……やはり彼女だって緊張はするだろう。

九時ちょうどに石井正人《まさと》が入ってきた。

スーツ姿の瘦《や》せぎすの男。節制しているというより、おそらくはもともとの体質で余分な肉が付きにくいタイプ。真介を見返してきた視線は無表情だ。全体として、写真で見た印象よりやや神経が過敏そうに見える。あるいはこの状況が相手をそうさせているのかも知れない。妻と子供二人の家族持ち。息子二人で、それぞれが小学校二年生と五年生。横浜に七年前、マンションを買っている。

いつものとおり飲み物を勧め、目の前の椅子《いす》に座ってもらった。

しばらく当たり障《さわ》りのない質問をつづけ、相手の反応からややぎこちなさが取れてきたところで、核心に触れた。職務経歴書と個人データ表からまとめ上げた最初の質問を、この石井にぶつけた。

「ところで石井さん、あなたの担当されているミュージシャンは実績もあって売り上げもコンスタントに五万枚以上を確保するベテランが多いようですが、反面、あなた自身が発掘して育て上げようとしている若手ミュージシャンの売り上げの割合は、かなり低いようですね」

この質問をするにあたり、真介は音楽業界での慣例というものを知るために、何冊かの本を読んだ。それによると、新人ミュージシャンと音楽プロダクションの交わす契約書は、そのミュージシャンがぽっと出になればなるほど、プロダクションにとってかなり有利なものとなる。逆に新人ミュージシャン側の立場から言えば、これがいったい現代のマトモな会社の交わす契約書かと思うほど酷《ひど》い契約内容が多い。売れる売れないに関わらず、まずは三年間の独占販売契約。デビュー曲で売れなければ、その三年間は飼い殺しにして、万が一にも他のプロダクションから引き抜かれることを防ぐ。だから、その後にどんなにいい曲を作ったとしても、ロクな売り出しもしてもらえずにフェードアウトしていく若手が多いという。ある意味、鮮度が大事な商売でもある。だから三年も経てば、誰からも見向きもされなくなってしまう。

反面、売れたら売れたで、そのミュージシャンのCDが何十万枚ヒットしようとも、給料は向こう三年間十万そこそこの場合もあるという。最初の時点でそういう契約になっているからだ。

その点を、石井に突っ込んでみた。実際、石井が手がけた新人ミュージシャンでその後にある程度の知名度を有した人間は、ほとんどいない。今抱えているベテラン勢にしても前任者からの引き継ぎか、他のプロダクションから好条件を提示して引き抜いてきた者ばかりだ。

「その点は、自分でどう思われますか？」

一瞬の間があり、

「しかし、それでも出てくる新人は出てくるのですよ」

石井はそういう言葉を使った。

どんな状況に置かれても、出てくるミュージシャンはやがておのずと頭角を現してくる、と。それに、年間百人近くがデビューするこの業界で、すべての新人に力をこめることは実質的に不可能なのだ、と。

「むろん、私だって才能を感じるミュージシャンは出来るだけ売り出してあげたいとは思っています。しかし、たとえ一曲目が当たったとしても、さらに五年後を考えた場合、しっかりと生き残っている人間はその年にデビューした人間の数パーセントほどのものですから」

「つまり、確率を考えれば商売として成り立たない、ということですか？」

「はっきり言えば、そうです」

「だから冒険をするほどの仕掛けはしない、と？」

「そうです」

「しかし、今まではあなたが心底その才能に驚いた新人さんもいらっしゃったわけですよね？」

「たしかに」と、石井はうなずいた。「それでもビジネスとしてみれば、売れるとは限らないんです。タイミング、その時代の雰囲気、あるいは――言い方は悪いかも知れませんが――その曲の核にある要素と、一般大衆の関心事や嗜好《しこう》との乖離《かいり》、いろんな要素があります。かと思えば、それほどでもないと思っていたミュージシャンが爆発的なヒットを飛ばす場合もある。何が売れ、何が売れないのか……これはもう、私たちにも分からない領域なのですよ」

「なるほど」

と、真介がうなずくと、相手は不意に吐息を漏らした。

「気の毒だとは思いますが、これはもう、仕方のないことです」

少し考え、真介は質問をつづけた。

「ところで石井さん、あなたの担当で結果的に業界からフェードアウトしていった新人さんたちは、その後、どういう人生を辿《たど》っていかれるのでしょう?」

この返事にも、多少のタイムラグがあった。

「……正直言いまして、それは私の関知するところではないと思っています。つまるところ、彼らの人生に責任を負えるのは彼ら自身だけで、本人以外、最終的には誰もその責任は取れないものですから」

「自己責任、ということでしょうか?」真介は問い掛けた。「好きなことを生きる術《すべ》にしようとする時点で、そのリスクまで背負い込んでいかなければならない、と」

「相手に口に出して言ったことはありませんが、結果としてみれば、そういうことになるでしょう」ここで石井は、初めて正面から真介の顔を見てきた。「ご存知かもしれませんが、十年ほど前、今の社長を含めた数人で、この会社を立ち上げました。なんとか経営を軌道に乗せるため、それこそ最初の三年間は無我夢中で働きました。アタマもペコペコと下げつづけました。必死でしたよ。そこで、骨身に沁《し》みて学んだんです。確実な見通しは、絶対に必要だと。だから安定したコンテンツ――つまりコンスタントにある程度の売り上げを立てられるミュージシャンを揃えることが、何よりも大切なことだと」

「それで、ある程度の立場を確保したミュージシャンに対しては、引き抜き交渉も熱心にされるわけですね」

「その通りです」

面接は特に波風もなく淡々と進んでいく。こういう展開になることも、予《あらかじ》め真介の予想枠には入っていた。

「質問を変えさせていただきます」真介は言った。「青臭い質問です。あなたにとって、この仕事でのやりがいとは、なんでしょう？」

「ハマる感覚、ですかね」

一言で石井は答えてきた。

自分の考えた売りかたのイメージでほぼ予想通りの売り上げ結果を残し、なおかつ、会社にとっても安定した利益を残すこと。しかもそれが、コンスタントにつづくこと。

「音楽も私にとってはビジネスです。これで給料を貰《もら》っているわけで慈善事業とは違います。だったらまず、会社に貢献できるように利潤を出すことが私の仕事だと考えています」

組織人として、しごくまっとうな考えかた。それでもあえて質問をつづけた。

「だから、売り上げの安定しているベテランの仕事を優先する、と？」

石井はうなずいた。

「それでなければ、山師のような仕事ぶりになってしまうでしょう。私の立場で言うことではないかもしれませんが、そんな人間が集団になった会社には、銀行もお金は貸してくれませんし、そもそも将来にわたる経営計画など立つはずもないと考えています。第一、印税をちゃんと払えなくなる可能性だってあるわけです。そうなればもう終わりです。理想論をいくら言ったところで、元も子もない」

「そうですか」

うなずきつつも感じた。おそらくは今のセリフ、売り上げの乱高下の激しい黒川への牽制《けんせい》の意味もある——。

正午になった。

三時間ぶっつづけの面接は、さすがに気疲れが激しかった。それは川田にしても同じようで、近くのレストランでの昼食時もぐったりと黙り込んだまま、パスタを口に運んでいる。

そんな彼女の様子を見ていて、ふと疑問に思った。

彼女の来期の契約更新。真介の推薦もあり、むろん会社側としては契約の延長を申し出ていたが、彼女もそれにすんなりと応じてきたという。しかし一方で、世の中には、少なくとも彼女ほどの容姿を持つ女性なら、もっと楽しい派遣の仕事はいくらでもあるだろうに、とも感じる。

「美代ちゃんはさ、なんで今回の契約更新に応じたわけ」

気づくと、ついそう質問していた。

え、と川田が顔を上げる。「どうしてですか？」

あらためてそう問い返されてみると、かえって言葉に詰まった。彼女の立場にしてみれば、要請があるから、受ける、当然の話だ。

「だからさ……なんて言うか、世の中にはこんな辛気臭い仕事じゃなくて、もっと楽しそうな仕事もあるんじゃないかなって思って」

彼女は口元に、わずかに笑みを見せた。

「でも村上さんも、ずっとこの仕事をしていますよね」

「そりゃ、そうだけど」

「わたし、この仕事、なんとなく好きです」彼女は言った。「コーヒーかけられそうになったり、罵倒《ばとう》されたりもしますけど、いろんなことを感じたり見れたりしますから」

「うん――」

「それで、ひょっとしたら錯覚かも知れませんけど、自分が少しずつアタマが良くなっているような気がします。将来、モノの見方とかで、いろんなことに役立つような感じもしています」

「たとえば？」

彼女は首を傾《かし》げ、やや恥ずかしそうに笑った。

「そうですね……たとえば将来結婚するときに、本当にいい男を見分ける嗅覚《きゅうかく》、とか？」

真介も、笑った。

二時に五分遅れて、黒川が面接室に入ってきた。

予想通りのいかつい、大柄な男だった。革のジャケットにジーンズ姿。頭蓋《ずがい》になめし革をぺたりと貼《は》り付けたような、ゴツゴツした顔立ちをしている。

ずかずかと近づいてきた相手は、真介を一目見るなり顔をしかめた。真介の勧めた椅子に座り、さらにもう一度顔をしかめた。

だけでなく、

「やれやれ。あんた、いくつだ？」

そう言った直後には、椅子の上で尻《しり》をずらし、ふんぞり返っていた。

「村上と申します。年齢は、三十三になります」

真介が答えると、相手は片足を膝《ひざ》の上で組んだ。浮いた右足が、小刻みに貧乏ゆすりを始める。とても面接を受ける者の態度とは思えない。

やれやれ、と黒川は同じセリフを繰り返し、大げさなため息をついた。

「ただでさえあの石井の野郎と比べられて、胸クソが悪いって言うのに、よ」

口の利《き》き方も、まるでチンピラそのものだ。

この男の態度。生き方——。もともとこういうスタイルで人に接してきたのだろうが、単にそれだけではない。

すでに、腹を括《くく》っている。開き直っている。だから、もう煮て食おうと焼いて食おうと好きにしてくれ、と態度で示してきている。八年前に妻と離婚し、今も子どもの養育費プラス扶養費に月に三十五万を払いつづけているこの男——。

飲み物を勧める必要はなさそうだった。真介はすぐに質問に移った。

「では、さっそくですが、よろしいですか？」

そう切り出し、黒川の問題点——売り上げのバラつきの多さについて質問した。

「あたりまえだろ。そんなこと」この男は相変わらずの敬語もなしで、あっさりと返してきた。「この商売、何が当たって何が外れるかなんて、本当のところは誰にも予想できないんだ。バラつきがあるのは当然だ」

「それにしても、このデータのあちこちにある赤字幅は、大きすぎるように感じるんですが？」

「全体としてみればちゃんとした数字を上げている。問題ないと、おれは思うね」

「しかし、年度計画の売り上げ予想は立てにくそうですね。経営側としては」

するとこの男は、ふん、と鼻を鳴らした。

「ＮＴＴや東京電力の事業計画じゃあるまいし、そうそう予定どおりにはいかんよ」

少し笑いそうになり、慌《あわ》てて気を引き締める。

「努力は、されているのですか？」

「なに？」

「だから、なるべく売り上げの見通しが立つようなやりかたの？」

「だから、全体としてカッコがつくような数字は上げているって」いかにもつまらなそうに黒川は返してくる。「その見通しも、だいたいクリアしているしな」

「素人目《しろうとめ》から見ましても、これら新人にかけられている宣伝費や接待費を削られれば、利益がアップする上に、もっと個々のバラつきはなくなるように思うのですが、いかがですか」

するとこの男は、にやっと笑った。

「あの石井のように、セコくか。ヤなこった」

ふたたび笑いを堪《こら》える。その口ぶりだろうか。それともリズムか。これだけ無礼千万な態度を取られているのに、何故《なぜ》かこの四十男は憎めない。

「それでも、あなた自身の社内での評価は上がると思いますよ」

「そりゃ、そうだろう」当然のように黒川が返してくる。「でも、おれはこうやってあいつらを売り出したいんだよ」

やはり。

確信に変わる。この男は敢《あ》えてそうしている――。

「何故です」真介は突っ込んだ。「新人が売れてくれる可能性は、そんなには高くないですよね。なぜ石井さんのように、堅実な路線をチョイスされないのです？」

そう、敢えて会話の中に石井の名前を捻《ね》じ込んだ。

黒川は、しばらく黙り込んだ。やがて、唸《うな》るようにつぶやいた。

「――結局さ、アイがねえんだよ」

「は？」

一瞬、聞き違いかと思った。

「だから『愛』だよ。愛」

間違いない。驚き、そして呆《あき》れた。この男は今、鬼瓦《おにがわら》のようないかつい顔で『愛』と連呼している。信じられない。

「やつにはそれがねえんだよ。気持ちだ。だから新人に対しても、平気であんな冷たい仕打ちが出来るんだよ」

「どういう意味です？」

真介がそう問いかけた直後、いきなり言葉の洪水が押し寄せてきた。

「いいか、デビュー前のミュージシャンなんて社会的にはしょせん赤ん坊と同じだ。実際の歳《とし》も、十代後半や二十歳前後のもんだしな。まだ右も左も分からない。自分で歩くことすら出来ない。要は、固まってねえんだよ。でも、一生懸命に息をしようとしてる。しかも、ひょっとしたらすごい才能を持って生まれてきているかもしれないんだ。育てようによっちゃあ眩《まぶ》しいばかりの光を放つかもしれない。たしかに百に一つの可能性だろうよ。それでもあるかも知れない。だったらこっちだって、大事に大事に育ててやるのが当然だろ。風邪を引かないように、麻疹《はしか》にかからないように毛布で包んでやるんだよ。丁寧に離乳食を与えてやるんだよ。分かるか？　それこそ玉を扱うようにな」

話しているうちに、次第に自分でも興奮してきたらしい。黒川は大きな手のひらで自分の太ももをバンバンと叩《たた》き始めた。とにかくこの男の様子には驚かされる。傲慢《ごうまん》そのもののモノ言いも、押しつけがましい考え方もそうだ。いったい自分を全能の神だとでも思っているのか。

「才能はさ、商品じゃねえんだ。ナマの人間の、体の中に詰まっているんだ。そいつが見てきたものだ。感じてきたものだ。つまり、そいつ自身そのものなんだよ。だから才能も人間として扱うのが当然だろ。何パーセントが成功するとかしないとかの確率の問題じゃねえ。そういう貧乏くさい世界の話じゃねえんだよ。拗《す》ねさせちゃならねえんだよ。大事な時期に歪《ゆが》んだような世間の見方を覚えさせちゃならねえんだよ。そんな感じ方が染《し》み込めば、才能は一発で死んじまう。あいつらの目に見えている世界も萎《しぼ》んでしまう。そんな罰当たりな仕事ぶりをしばらくつづけてでもみろ。結果、知らぬ間に何人もの赤子を殺しちまうんだよ。それでも生き残るやつは生き残るなんてたわごとは、聞きたくもないね。だったらてめえがその立場になってみろと言いたいよ。それでも同じセリフを言えるのかって。だったら言ってもいいさ。だがな、自分って人間性そのものが死んでいくんだぞって。そのことに本当に耐えられる人間が、世間にどれほどいるっていうんだ。だからおれは、少なくとも自分が見つけてきた新人には、可能な限りの気持ちを注ぐんだよ。出来るだけのことをやってやるんだよ、バカヤロウ」

ふと気づく——気のせいではない。黒川の声が震えている。

「挙句そこまでやって駄目だったら……それはそれでしょうがないじゃないか。相手だって少なくとも納得はする。結果的にこの業界を離れていったにしても、少しは明るく笑って生きられるさ」

と、そこでようやく言葉を区切り、黒川はちらりと真介を見てきた。

「あんた、おれのこと、とんだ浪花節野郎《なにわぶしやろう》だとでも思ってんだろ？」

「いえ、そんなことは——」

「本当か？」

「本当です」

「なら、いい。おれも自分をそう思ったことはない。これでも、あいつらへの扱いには、ひょっとしたらその後につづくかも知れない仕事上での付き合いの計算も働いているつもりだ。でも、人間って商品を扱う以上は、さっき言った気持ちは絶対に必要だ。しかも上《うわ》っ面《つら》だけでなく、掛け値なしの気持ちが、だ。もともとそういう感情には敏感な連中だ。かといって、押し付けにはならないように心を砕く。そこまでやっていれば、ブレイクした新人もよほどのことがない限り、おれの元からは離れていかない。引き抜き合戦に遭うこともない。長い目で見れば、かえって会社として抱えられる人気ミュージシャンの数は安定する。多少の凸凹はあったとしても、長期的なスパンで見れば、ちゃんと収益もまとまってくる。売り上げマージンを減らしてまで新たなミュージシャンを囲い込まなくていい。そこまでが、おれの言う仕事だ。商売だ。分かるか？」

「はい――」

「そうか。なら、はっきり言う。そんな簡単なことも分からんようなやつと同列に並べられるぐらいだったら、こんな会社、おれのほうから願い下げだってことだ」そう啖呵《たんか》を切るなり、椅子《いす》から立ち上がった。「こっちの話したかったことは、以上だ。だから来た。あとは何もない。もう、あんたの質問に答える気もない。これから録りがあるんでね。じゃあ、失礼」

そう言い捨て、さっさと部屋を出て行った。真介も川田も茫然《ぼうぜん》と椅子に座ったまま、その後ろ姿を見送った。

本当に失礼だ。だがやはり、不思議と腹立ちはない。この男はこの男なりに、言っていることは理にかなっている。どころか、その狂的な熱に、ある種の感動さえ覚えた。

あらためて時計を見た。二時二十六分。三時間はおろか、まだ三十分も経《た》ってはいない。

もう一度、手元の履歴書に目を落とした。

かつてはインディーズのバンドでドラムを叩き、作曲も手がけていた男──黒川明《あき》彦《ひこ》。十年間食うや食わずの生活がつづき、今の職を選んだ。

気づくと、隣の川田が真介のほうを見ていた。その目元が、かすかに笑っている。自分でも思ってても見なかったセリフが口を突いて出た。

「美代ちゃんだったらさ、どっちがいい。もし、彼らと付き合うミュージシャンだったら？」

彼女はしばらく考え込んだあと、

「むずかしいですねー」そう軽いつぶやきを漏らしながら、「でも、あたしは、こちらのほうです」と、あっさり一方のファイルを指差した。

真介はうなずいた。自分と同じ考えだった。

三時前には川田美代子を帰し、しばらく一人になって考えた。

結論はやはり変わらなかった。

予定より二時間ほど早く、結果報告に社長室を訪れた。

「結論から先に言わせていただきます」ソファーの対面に座った大西を見ながら、真介は口を開いた。「黒川さんを残されたほうがいいと、私は考えます」

「分かりました」大西はあっさりとうなずいた。「では、その理由をお願いします」

真介は分厚いファイルの中から二枚の紙を取り出し、この社長の前に差し出した。ミュージシャン宛《あて》のアンケートの、それぞれの集計結果だ。

「先日の結果です」真介は言った。「実は、最後の質問に対する答えを集計した時点で、ある程度の結論は出ていました」

「そうですか」

「社内の評価も二分されている。売り上げも会社への貢献度もほぼ同じ……しかし、だからと言って、このお二人の個人的な考えかたや仕事への姿勢で合否を判断するのは、非常に危険だと思いました」

大西は少し笑った。

「そこに、あなたの主観というか、好悪《こうお》が入るからですか？」

真介はうなずいた。

「では社外的な協力関係にある人たちの総体の評価はどうだろう、という意味で、このアンケートを取らせていただいたのです。おそらく公平な判断は、ここからしか出来ないだろうと考えました。さらに今回の場合、どちらかの方に会社を去ってもらうことが前提になっております。差し出がましいかもしれませんが、そうなった場合の人的資産の流出の問題も重要だと考えました」

「なるほど」

「そこで、アンケートの集計結果です。最後の質問。『あなたは、もし今のプロデューサーが同業他社に移ったとして、契約条件が今と同等なら、彼についてゆきますか？』――用紙をご覧ください。石井さんの担当二十二名のうち、『はい』と答えているかたは、二人しかいらっしゃいません。逆に黒川さんの担当十八名のうち、『はい』は、十四名。つまり、この結果だけで仮定したとして、もし黒川さんが同業他社に転職されれば、十四名のミュージシャンは彼のあとを追ってどこかのプロダクションに移籍するでしょう。御社にとっては重大な損失です。ただ、アンケートはあくまでもアンケートです。実際にその場面になったとき、彼らがどう動くか本当のところは分かりません」

「でしょうね」

「ですから、その見切りをさせていただくのが、今回の面接の、本当の目的でした。お二人が日ごろから、どういう気持ちで担当ミュージシャンに接しているのか。どこまでの覚悟で関係を保っているのか。それを知りたかったのです」

「で、黒川のほうが優先する、と？」

「そうです。黒川さんの考え方でいけば、間違いなく担当ミュージシャンそれぞれの腸《はらわた》を摑《つか》んでいるでしょう」敢《あ》えて真介はナマな言い方をした。「むろん彼らに対する愛情もあるでしょうが、それも含めた上で仕事として付き合っている。それに比較しますと、石井さんのほうは、あくまでも数字として、総体としての一人一人としか捉《とら》えておられないように思われます。一見、目に見える現象としては同じです。ですが、相手の一人一人をまず見て、それが結果として総体の付き合いに繫《つな》がってゆく黒川さんと、最初から総体の中の一人一人として付き合う石井さんとは、対人関係のその意識の繫がりに、やはり決定的な違いがあるように思います」

そこで真介は口をつぐんだ。

あとはもう、言わなくても分かることだ。それに、これ以上の発言は越権行為でもある。

大西にしてみれば、石井にはアンケート結果を見せるだけでいい。アンケートは総体としての数字の分布だ。そこに本当の意味はない。だが、まず総体としての結果を見る人間に対してなら、間違いなく効果的な説得材料にはなる。

大西は少し寂しそうに笑った。

「苦しいな」そう、本音とも思える言葉を洩《も》らした。「石井のほうが、はるかにこの会社のことを考えてくれているんだけどね」

真介は、何も答えなかった。それでいいと思う。今の相手の言葉は、自分に返答できる仕事の範囲を超えている。判断はこの社長が下せばいい。だから、押し黙っていた。

社長室を出たとき、一枚のアンケート用紙を思い出した。黒川に寄せられたアンケート結果だ。最後の質問の脇《わき》に、頼まれたわけでもないのに、こうコメントが寄せられていた。

(CDが売れたとき、黒川さんは大泣きした。鼻水まで垂れていた。金がないときは自腹でラーメンや定食を奢《おご》ってくれた。だからぼくは一緒にいきます)

「……」

廊下を歩きながらも真介は思う。

親切、とか、優しい、ということではない。おそらく。

つまるところ、イメージングなのだ。相手の立場になって付き合えるかどうか。そうすれば自然と涙は出る。飯だって奢る。その共感性の高さがつながりを密にする。相手を、信用させる。

10

あいつは、意外にイベント好きなのかもしれない。

つい一人、陽子は苦笑する。

真介がやっていた事だ。今年のクリスマス・イブに夕食を食べる店を、ご丁寧に四ヶ月も前から予約していたのだという。逆算してみれば、付き合いだしてまだ三ヶ月目のころだ。

いったいおまえはクリスチャンか、と問いかけたくなる。おまけにその自信はなんなのだ、と。

けど、まあいい。

デートのときは相変わらず最初から決めていた店にしか行こうとしないし、こういうことに関して念入りなのはいつものことだ。だったらそれはそれでいい——むしろ感謝しよう。

陽子は待ち合わせの店にいる。夕食前に軽くお茶でも飲んでいこうということになり、小田急ハルクの隣にあるカフェにいる。約束の時間より五分ほど早く店に着き、窓際《まどぎわ》の席に腰掛けていた。

真介はどういうわけか、まるで計ったようにいつも時間きっかりに現れる。今日もそうだろう。そんなことを思いながら、ぼんやりと窓の外を見遣《みや》った。

ガラス張りのむこう、駅前の遊歩道を人々がせわしなく行き交っている。みな、足早に陽子の前を通り過ぎてゆく。クリスマスということもある。でも、それ以上に年の瀬だからだ。来年を新しく迎えるため。今年やり残したことをきちんと片付けるため。

混雑しているのはなにも舗道だけではない。このだだっ広いフロアにも、商談ふうのサラリーマンや、買い物袋を脇に置いた主婦、待ち合わせのカップルなどが溢《あふ》れている。陽子が見ている間にも、両端に二つある店の出入り口を、途切れなく出たり入ったりしている。みんな、明日に向かってせわしなく動いている。話をしている。想像を巡らしている。

もちろん、あたしもそうだ。

先週の末、事務局長に電話をかけた。申し出をありがたく受けさせていただく旨《むね》を伝えた。予定としては、来年の四月一日から団体職員になる。

そして昨日、今の会社の社長を通して、人事部長から陽子宛に話が来た。

すごいね、芹沢さん。どうやら引き抜きの話みたいだよ、と……。

話がいよいよ現実味を帯びてきた。たぶん来年からは、今年までとはまったく違った環境になる。世界になる。

ついため息をついた。手のひらを返して腕時計を見る。

六時と、二十五秒過ぎ——。

直後、

「お待たせっ」

聞き覚えのある声が軽く響いた。同時に右肩を軽く摑まれた感触があった。振り返る。すぐ脇に、真介が満面の笑みで突っ立っている。真介はコートから覗《のぞ》いている時計を指先で示した。

「お待たせ。約三十秒」

思わず陽子も笑う。

相変わらず世間の垢《あか》など感じさせない軽さと明るさだ。この男はこの男なりに色々と考えることもあるのだろうが、少なくとも外見に表れている雰囲気はそうだ。

真介が口を開く。

「何か頼んだ？」

「まだ」

「じゃあさ、軽くビールでもひっかけてから、行こう」対面に座りながら真介は言った。「で、ほろ酔い気分になってから、うまい飯を食いに出かける」

「いいよ」

真介が手を上げ、ウェイターを呼んだ。生ビールを二杯、注文する。この男はなにかあるとすぐビールだ。軽めのアルコールを好む。

ビールがきて軽く乾杯し、しばらく世間話をつづけた。今晩はどちらの家に泊まるかの相談や、正月休みは、何をして過ごすかの話……そんな他愛《たわい》もない話をしているうちに、気づいた。

それ以前から、なんとなく視界の中で捉えてはいたのだ。

真介の肩越しにあるディスプレイ用の観葉植物の間から、数席先のテーブルが見える。そのテーブルにこちら向きに座っている女性。一人客だ。今もコーヒーらしきものを飲んでいる。

あるいは勘違いかもしれないが、時おり、ちらちらとこちらを窺《うかが》っている気がする。

小柄なショートカットの女性……顔も小さく、顎《あご》のラインがほっそりとしている。はにかんだように見える口元の表情も好ましい。その服のセンスも含めて、全体として非常にすっきりとした印象を覚える。垢抜けている、と言ったほうが適当かもしれない。しかし、その座り姿勢やカップの持ち方で分かる。ぱっと見にはちょうど陽子と同じ年代、つまり四十前後にしか見えないが、おそらくはもう一回り上だ。

やはり――。

陽子は見た。ごくさりげなくだが、今、間違いなくこちらを窺っていた。

知り合いだろうか、と一瞬は考えた。でも、やっぱり見覚えがないような気がする。それにこういう女性なら、あたしは一度会ったらまず忘れない。自分が十年経ったとして、ああいう感じになっているのはあたしの理想にほぼ近い。適度にさばけて、適度に粋《いき》な雰囲気。肩の力がほど良く抜けている感じだ。だから、仕事などで会っていたら間違いなく覚えているはずだ。

真介の話はまだつづいている。今はクルマの話をしている。一月に来るという車検の話。法に触れる改造を多少しているので、車検が通らないかも知れない。適当に相《あい》槌《づち》を打ちながらも、ふたたびあの席を見遣る。

途端、例の女と正面から目が合った。視線が絡《から》んだ。時間にして二秒ほど——赤の他人を見つめるにしては、やはり長すぎる気がする。

「あのさ——」

そのやや強めの問いかけに、不意に我に返った。目の前に、怪訝《けげん》そうな表情を浮かべた真介の顔がある。

「どうした？　妙に落ち着かなそうな感じだけど」それから少し真顔になって訊《き》いてきた。「ひょっとして今回の転職、決めたはいいけどまだ不安なのか」

つい笑った。

「ぜんぜん」

「じゃあ、なんで？　そわそわとしてさ」

「そうじゃなくてね、今ちょっと気をとられてた」

「うん？」

「さっきから気になる人がいて。よく視線が合うの。だから昔の知り合いかなって思って」

そう言って、目線で真介の背後を指し示した。つられるようにして真介も振り返る。

が、観葉植物の先、そのテーブルから相手の姿は消えていた。

「どれ、どの人？」

少し慌《あわ》て、店内を見回す。

「あれ。でもたしかにさっきまで居たのよ」

「ふうん」といかにも興味がなさそうな真介の声。「でもさ、いなくなっちゃったら、ね」

やっぱり関係なかったんじゃないの――。おそらく真介はそう言いたい。

「じゃなかったら、きっと別の意味で、陽子に興味があったんだよ」

「どんな？」

「ああ、なんて美人なんだろう、って」真介はぬけぬけと答えてきた。そしてあっさりと笑み崩れた。「で、なんてきかん気の強そうな顔をしているんだろう、って」

陽子も失笑した。真介はなおも笑いながら言葉をつづけた。

「そろそろ行く時間だし、ビール飲んじゃいなよ。いなくなった人間のことなんか忘れてさ」

そういうものかなと思い、なんとなく窓ガラスに目を向けた。

直後だった。ふたたびあの女を見つけた。舗道を歩く小柄なコート姿。たぶん会計を済ませ、向こうの出口から舗道へと出てきたばかり。しかし……おかしい。ロータリーへは遠い出口から出たのに、何故《なぜ》かゆっくりと駅方面に逆戻りしている。わざと遠回りをするかのように、こちらに向かって近づいてきている。

グラスを傾け始めた真介に、あの女だと慌てて袖《そで》を引こうとした。その瞬間だった。女はガラス越しの陽子に向かって、かすかに、だがはっきりと笑いかけてきた。それから人差し指を立て、軽く口元に寄せた。

「……」

陽子は身動きが取れなくなった。直感で悟った。

――あたしではない。あたしを熱心に見ていたのではない。

女はガラスの向こう側を近づいてくる。間違いない。彼女の視線は今、はっきりと真介の背中を捉えている。人差し指の意味。その生臭いまでに女っぽい仕草。黙っていて。気づかせないで――咄嗟《とっさ》に思い至る。先ほど、真介は店に入ってくるなり声を上げた。その時点で女はこの男に気づいていた。そのあと、いかにも気安そうにあたしの肩に手を置き、真介はテーブルに座った。あたしという女性と付き合っていることを悟った。だから、気づかれる前に店を去った。

それでも彼女はこうして逆側から迂回《うかい》してきた。店にいる時も、テーブルに座ったまま真介の背中を見ていた。目が、欲しかったのだ。

「いやぁ。やっぱ冬でも、ビール旨《うま》いなあ」

一気に飲み干したグラスを、真介がテーブルの上に置く。窓の外から見られているのも気づかずに陽子を見上げ、いかにも呑気《のんき》そうな笑い声を上げる。

顔が引きつりそうになる。今や小柄な女は陽子のすぐ脇まで来ていた。この男を視界の隅に捉えながら、でも首は傾けずに通り過ぎてゆく。完全に見えなくなる。おそらくは真介に気づかれぬよう、振り返りもせずに雑踏の中に消えていった。

真介はなおも上機嫌だ。

「陽子、時間だから行こう。腹、減ったよ」と陽子のビールを示し、ふたたび急《せ》かしてくる。そしてにやりと笑みを浮かべる。「それとも、代わりにおれが飲んじゃおうか?」

よく見れば、口の両端にビールの泡が付いている。

残酷。

ふとそんな言葉が脳裏をよぎる。かつては触れていた二つの人生――お互いに近づき、離れ、すれ違ってゆく。この群集の中、おそらくはもう二度と同じ偶然はない。その存在に気づかずに間抜け顔で笑っている者もいれば、気づき、ただ黙って去り行く者もいる。両者の上を、ただ時間だけが等しく流れてゆく。

急に泣きたくなった。

「この、ばーか」

気づいたときには、そう口にしていた。いつものセリフ。いつもの罵倒《ばとう》。

そうでもしなければ、本当に泣き出してしまいそうだった。

あとがき

小説は、魅力的な人物像を描くことがもっとも重要だと、私は考えている。

そしてその人物たちを、メリハリの利《き》いた物語の中でさらに輝かせることに、小説という娯楽の本当の楽しみがあると思っている。

では、それら人物——つまり人間たちが最も人間臭く、生臭く、かつ美しく輝く瞬間はどういうときかということを、作家になる少し前から模索していた。

しかしその前に、人間の存在価値とは何かということを、改めて考えてみる必要がある。

私が思うに、人間の存在価値は、人が持っている内面世界、つまりは、その人が自分の目に見える世界をどう捉《とら》えているかという、本人の自意識そのものにある。自意識のフレームだ。

だから、私は物語を組むときに、その人物の自意識のフレームが変容する瞬間を常に描いてきた。ある事件が起こり、あるいは常にない危機的な状況に巻き込まれ、その人物の今までの自意識や常識が通用せず、その内面がガラリと変わらざるを得ない瞬間――それが、人間が最も美しく輝く瞬間であり、また、そうでなくては、登場人物たちはその内面のあり方として、その後の人生を渡って行くことが出来ない。

そして私はこれまで、敢《あ》えて登場人物たちを様々な危機的な状況に落し込んできた。それが結果として冒険犯罪小説という分野として、世間からは捉えられることになった。

だが、人生の大事《だいじ》は、なにも冒険犯罪という分野に限定しなくても、現実のこの世界にも厳然としてある。そう思い立ったのがきっかけで、このサラリーマン小説『君たちに明日はない』を書いた。

日常の中に起こる決定的な危機。今所属している会社をどうしても辞めざるを得ない状況で、本書の主人公であるリストラ面接官に接見する瞬間だ。当然その場面では、当人の恋人や家族を含めた悲喜こもごもの人生模様が、物語の表層に鮮やかに浮かび上がってくることになる。

そういう意味で、日常での自意識覚醒《かくせい》の話を、以前からぜひ書いてみたいものだと思っていた。

なお、本書の続編として『借金取りの王子』という単行本が同時発売になります。

本書がお気に召しましたら、ぜひこちらもご賞味ください。

垣根涼介

二〇〇七年八月

解説

篠田節子

文学賞の選考というのは総じて憂鬱《ゆううつ》な仕事だが、受賞するしないにかかわらず、普段は自分からは手にとらないような本との幸福な出会いがある。

本書、「君たちに明日はない」もまさにそうした幸福な出会いのあった本だった。泊まっていたビジネスホテルの狭い机の前で、候補作を読むときの常で、付箋《ふせん》とラインマーカーを握りしめて読み始めたものの、吹き出してみたり、うんうんとうなずいてみたり……。気がつけば、ソファに移動し、コーヒーを飲む間も目を離さず、ついにはベッドにまで持ち込み、メモを取る余裕もなく二、三時間で読み終えた。が、「すっごく面白かったで～す！」では、選考会で論陣は張れない。慌《あわ》ててノート片手に、再読するハメになった。以下はその折の選評だ。

「『君たちに明日はない』は、大人の楽しめる小説として、文句のつけようのないプロの仕事を見せてくれた。

一つは言葉選びの適確さだ。一見文学的な紋切型表現はどこにもなく、事物や現象を正確に記述する独自の言語感覚と語彙《ごい》の豊富さが感じられる。だからこそ、体言止め、短文改行、助詞抜け等々の禁じ手が、作品としての格調を落とすことなく、リズム感とスピード感を作り出し、物語を疾走させていく。

二つ目は、作家としての物の捉《とら》え方、描き方についてだ。効率優先の社会はいかん、グローバリズムはけしからん、リストラに名を借りた不当解雇は許さん、で小説は成立しない。リストラ業務（本来のリストラクチャリング―再構築―ではなく、ただの首切り）をアウトソーシングするという企業倫理も何もあったものではない世界で、汚れ仕事の最前線に立つ社員の話を、何とも前向きな物語に仕立て上げるということ自体が、作家としての体力のいる事である。読者からは、不謹慎、現実の深刻さを認識していない、という非難も飛んでくるだろうに、いい度胸をしている。

何より主人公は、ドラマやマンガのように、実はどこかの大物と繋《つな》がりがあったり、特命課長であったりというスーパーマンではない。ただの社員であり、たかが社員であり、その動きもできることも限定されている。その中でどうやって、小説に仕立て上げようというのか？　それが小説になっている。しかも主人公の本来の業務の範囲内で。主人公だけではない。登場する他の社員についても、組織の中で仕事を通して、上司と対立したり、部下を陥《おとし》れたり、サラリーマン人生から転落したり、新しい道を切り開いたりしていく。決して心理的、情緒的なものをストーリーの推進部分に使って逃げを打つということをしていない。既存の多くのビジネス小説、企業小説が、肝心なところに来ると、背広を着た時代小説のように、情緒的な結着をつけるのと対照的だ」

長くなるのでここまでにしておく。

主人公、真介は、企業の人事部からリストラ業務を請け負う会社、「日本ヒューマンリアクト」の社員で、この連作短篇では毎回、業種も会社も異なる様々なリストラ対象者が登場する。

さてこの話の前提となっているリストラ業務請負会社だが、そもそもそんな会社があるのか、という疑問を持たれる読者もいるだろう。

少なくとも私は聞いたことがない。ヘッドハンティングを装《よそお》い、だまし討ちのような形で、自己都合退職に追い込む組織はあるが、あくまで一種の犯罪行為であって、表立って、そうした看板を掲げてはいない。

設定部分でいかに大嘘《おおうそ》をつくか。それが小説の面白さを決定する。しかし嘘が大きければ大きいほど、細部のリアリティーの積み重ねが重要になる。

「資本金一千五百万　従業員十五名　主要取引先　トヨハツ自動車　香嶋建設　ニシヨナル　真潮社（!?）……」

「日本ヒューマンリアクト」が乗り出したのは、典型的な隙間《すきま》産業だ。

〝いかがわしい名前の、さらにいかがわしい顔つきの首切り職業集団。〟

あり得ないが、あっても不思議はない、

もしあったら、どんなことが起きるだろう。

毎回、登場する様々な職種、業種の企業事情も、なかなか踏み込んだ内容で面白い。そして人物である。そうした組織の中で働き、あるいはクビを切られる人々の人物像が、これまたリアルで魅力的なのである。

小説中の「魅力的な人物」とは、単に「感情移入できる」「共感できる」「応援したくなる」といった薄っぺらなものではない。もちろんこの作品の続編「借金取りの王子」には、女性読者必見の、とてつもなくすてきな王子様が登場するのだが、それはさておき、毎回、主人公の前に現れるリストラ対象者たちの一人一人が何とも生々しい存在感を持っている。

屈辱的な面接の後、たまたま町中で出会った主人公をぶん殴って去っていくオヤジさえ、えげつない野郎の典型でありながら、情けなさとおかしみを漂わせ、自分の持ち合わせている負の一面を覗《のぞ》いたような気分にさせられる。

もちろん主人公真介の人物像も、計算され尽くした上での軽さ、挫折感《ざせつかん》とモラール、欲望や倫理観といったものが入り交じり、小説的な意味で極めて魅力的だ。

アシスタントの「白痴美人」、「怒り狂う女」である年上の恋人。登場人物のだれもが、そのレッテルの裏側に、なんとも厚みのあるメンタリティーを持っていて、状況によって意外なきらめきを見せたりする。

仕事ができて、意欲的で、真《ま》っ直《す》ぐな気性の恋人、陽子には、本書の最終章で意外な道が開ける。

現在の仕事に将来の展望が開けないとき、女性主人公には、恋や結婚というハッピーエンドを用意することもできる。将来の展望が開けているにもかかわらず、そんな将来などを振り捨てて、愛に目覚め、真の幸福を得る、というのが数十年前の大衆小説や漫画、ドラマのパターンだった。最近では毅然として男を振り、成田から飛び立つ、故郷に帰って家業を継ぐ、自分たちの理想とする会社を立ち上げる、といったパターンも多い。しかし作者、垣根涼介が、このいったんはリストラ対象になった四十女に与えたものは、もっと現実的で、一見地味で、しかし社会人を経験した者なら、思わず拍手したくなるようなステップアップだ。

そこには「愛のハッピーエンド」の嘘くささも、日本脱出や「とりあえず起業」の浮つき感もない。リストラ会社、という大嘘を前提としながら、全編を覆《おお》うのは、こうしたリアリティーと考え抜かれた現実的な解決なのである。新ポストを得た陽子は、しかしこの続編「借金取りの王子」では、組織のトップとして、いかにも女性管理職にありがちな勘違いをして、思わずひやりとさせられる。垣根の作品が、一見軽い作風に似合わず、登場人物たちがキャラクターではなく、人格を供えている、というのが、おそらく浅薄な「共感」を越えて、物語に真実味を感じさせるところなのだろう。

初めてこの作品のＦｉｌｅ１を読んだとき、主人公の恋人が、四十代の働く女性、というところに、作家の意図を感じた。「主人公はオヤジ、その恋人はなぜかおネエちゃん」と女性達の失笑を買う、既存の男性作家の小説に対して、その逆パターンを使って女性ファンを取り込もうとしたのではないか？　ちぇっ、と舌打ちしながら、中年女をセクシーに造形してみせる職人芸かと思いきや、読み進んでみれば、どうも穿《うが》ちすぎのようだった。

それは冒険系の長編小説を読んだときにはっきりした。彼が作品中で描く「いい女」に年齢は関係がない。某ベストセラーにあるような「品格」や「小悪魔」はさらに縁がない。主人公が惚《ほ》れるのは、率直さであったり、大人感覚であったり、包容力であったり、人間くささ、と一括《ひとくく》りにできる部分だ（ちなみに私の一番のお気に入りは、「サウダージ」に登場するコロンビア人娼婦《しょうふ》のＤＤだ）。

ところで本作は、企業のオフィスを舞台した連作短編集で、一見したところ小振りな印象を受けるが、随所に、作者の視野の広さや、視点の高さが、感じられる。

そう、作者は冒険小説の分野で、スケールの大きな作品を書き、複数の賞を受賞している。

代表作「ワイルド・ソウル」は、政府の棄民政策の下で、南米に送り出された日本人たちの怨嗟《えんさ》を背負って日本にやってきた、移民一世の生き残りとその子供たちが、国への抗議をこめて、報復するために事件を起こすという話だ（こちらでも陽子系の女が活躍する）。そこに至るまでの経緯と、詳細な手続き、逃走方法までが丁寧に書き込まれているところは、フォーサイスのいくつかの作品を思い起こさせた。

車と銃というツールやサスペンスで、従来の冒険作家の系譜に連ねられがちな垣根涼介だが、本作を読んだかぎり、カーチェイスと銃撃戦だけでなく、国家や多国籍企業を巻き込んだ経済犯罪なども、いずれ書くのでないか、などという期待をした。

（二〇〇七年八月、作家）

この作品は平成十七年三月新潮社より刊行された。

岡嶋二人著
クラインの壺
僕の見ている世界は本当の世界なのだろうか、それとも……。疑似体験ゲームの制作に関わった青年が仮想現実の世界に囚われていく。

小野不由美著
魔性の子
同級生に〝祟る〟と恐れられている少年・高里は、幼い頃神隠しにあっていたのだった……。彼の本当の居場所は何処なのだろうか？

篠田節子著
天窓のある家
日常に巣食う焦燥。小さな衝動がおさえられなくなる。心もからだも不安定な中年世代の欲望と葛藤をあぶりだす、リアルに怖い9編。

伊坂幸太郎著
オーデュボンの祈り
卓越したイメージ喚起力、洒脱な会話、気の利いた警句、抑えようのない才気がほとばしる！　伝説のデビュー作、待望の文庫化！

伊坂幸太郎著
ラッシュライフ
未来を決めるのは、神の恩寵か、偶然の連鎖か。リンクして並走する4つの人生にバラバラ死体が乱入。巧緻な騙し絵のごとき物語。

伊坂幸太郎著
重力ピエロ
ルールは越えられるか、世界は変えられるか。未知の感動をたたえて、発表時より読書界を圧倒した記念碑的名作、待望の文庫化！

江上剛著
非情銀行
冷酷なトップに挑む、たった四人の行員のひそかな叛乱。巨大合併に走る上層部の裏側に、闇勢力との癒着があることを摑んだが……。

江上剛著
起死回生
銀行は、その使命を投げ出し、貸し剝がしに狂奔する。中堅アパレルメーカーを舞台に、銀行に抵抗して事業再生にかける男たちの闘い。

江上剛著
失格社員
嘘つき社員、セクハラ幹部、ゴマスリ役員――オフィスに蔓延する不祥事の元凶たちをモーゼの十戒に擬えて描くユーモア企業小説。

柴田よしき著
残響
私だけに聞こえる過去の〝声〟。ヤクザの元夫から逃れ、ジャズ・シンガーとして生きる杏子に、声は殺人事件のつらい真相を告げた。

柴田よしき著
ワーキングガール・ウォーズ
三十七歳、未婚、入社15年目。だけど、それがどうした？ 会社は、悪意と嫉妬が渦巻く女性の戦場だ！ 係長・墨田翔子の闘い。

鈴木清剛著
ロックンロールミシン
三島由紀夫賞受賞
「なんで服なんか作ってんの」「決まってんじゃん、ファッションで世界征服するんだよ」ミシンのリズムで刻む8ビートの長編小説。

真保裕一著
ホワイトアウト
吉川英治文学新人賞受賞

吹雪が荒れ狂う厳寒期の巨大ダムを、武装グループが占拠した。敢然と立ち向かう孤独なヒーロー！　冒険サスペンス小説の最高峰。

真保裕一著
奇跡の人

交通事故から奇跡的生還を果した克己は、すべての記憶を失っていた。みずからの過去を探す旅に出た彼を待ち受けていたものは――。

真保裕一著
ダイスをころがせ！（上・下）

かつての親友が再び手を組んだ。我々の手に政治を取り戻すため。選挙戦を巡る群像を浮彫りにする、情熱系エンタテインメント！

真保裕一著
繋がれた明日

「この男は人殺しです」告発のビラが町に舞った。ひとつの命を奪ってしまった青年に明日はあるのか？　深い感動を呼ぶミステリー。

高杉良著
王国の崩壊

業界第一位老舗の丸越百貨店が独断専横の新社長により悪魔の王国と化した。再生は可能なのか。実際の事件をモデルに描く経済長編。

高杉良著
不撓不屈（上・下）

中小企業の味方となり、国家権力の横暴な法解釈に抗った税理士がいた。国税、検察と闘い、そして勝利した男の生涯。実名経済小説。

高村　薫著　黄金を抱いて翔べ

大阪の街に生きる男達が企んだ、大胆不敵な金塊強奪計画。銀行本店の鉄壁の防御システムは突破可能か？　絶賛を浴びたデビュー作。

高村　薫著　神の火（上・下）

苛烈極まる諜報戦が沸点に達した時、破天荒な原発襲撃計画が動きだした――スパイ小説と危機小説の見事な融合！　衝撃の新版。

高村　薫著　リヴィエラを撃て（上・下）
日本推理作家協会賞／日本冒険小説協会大賞受賞

元ＩＲＡの青年はなぜ東京で殺されたのか？白髪の東洋人スパイ《リヴィエラ》とは何者か？　日本が生んだ国際諜報小説の最高傑作。

帚木蓬生著　逃亡（上・下）
柴田錬三郎賞受賞

戦争中は憲兵として国に尽くし、敗戦後は戦犯として国に追われる。彼の戦争は終わっていなかった――。「国家と個人」を問う意欲作。

帚木蓬生著　閉鎖病棟
山本周五郎賞受賞

精神科病棟で発生した殺人事件。隠されたその動機とは。優しさに溢れた感動の結末――。現役精神科医が描く、病院内部の人間模様。

帚木蓬生著　ヒトラーの防具（上・下）

日本からナチスドイツへ贈られていた剣道の防具。この意外な贈り物の陰には、戦争に運命を弄ばれた男の驚くべき人生があった！

桐野夏生著
ジオラマ

あたりまえのように思えた日常は、一瞬で、あっけなく崩壊する。あなたの心も、変わってゆく。ゆれ動く世界に捧げられた短編集。

桐野夏生著
冒険の国

時代の趨勢に取り残され、滅びゆく人びと。同級生の自殺による欠落感を埋められない主人公の痛々しい青春。文庫オリジナル作品！

桐野夏生著
魂萌え！（上・下）
婦人公論文芸賞受賞

夫に先立たれた敏子、五十九歳。「平凡な主婦」が突然、第二の人生を迎える戸惑い。そして新たな体験を通し、魂の昂揚を描く長篇。

小池真理子著
欲望

愛した美しい青年は性的不能者だった。決してかなえられない肉欲、そして究極のエクスタシー。あまりにも切なく、凄絶な恋の物語。

小池真理子著
恋
直木賞受賞

誰もが落ちる恋には違いない。でもあれは、ほんとうの恋だった――。痛いほどの恋情を綴り小池文学の頂点を極めた直木賞受賞作。

小池真理子著
夜は満ちる

現実と夢のあわいから、死者たちが手招きする。秘められた情念の奥で、異界への扉が開く。恐怖と愉楽が溢れる極上の幻想譚七篇。

新潮文庫最新刊

斎藤茂太
斎藤由香著
モタ先生と窓際OLの心がらくになる本
ストレスいっぱいの窓際OL・斎藤由香が、名精神科医・モタ先生に悩み相談。柔軟でおおらかな回答満載。読むだけで効く心の薬。

中島義道著
醜い日本の私
なぜ我々は「汚い街」と「地獄のような騒音」に鈍感なのか？　日本人の美徳の裏側に潜むグロテスクな感情を暴く、反・日本文化論。

井形慶子著
イギリスの夫婦はなぜ手をつなぐのか
照れずに自己表現を。相手に役割を押し付けない。パートナーとの絆を深めるための、イギリス人カップルの賢い付き合い方とは。

牧山桂子著
次郎と正子
―娘が語る素顔の白洲家―
幼い頃は、ものを書く母親より、おにぎりを作ってくれるお母さんが欲しいと思っていた――。風変わりな両親との懐かしい日々。

太田光著
トリックスターから、空へ
自分は何者なのか。居場所を探し続ける爆笑問題・太田が綴った思い出や日々の出来事。〝道化〟として現代を見つめた名エッセイ。

鶴我裕子著
バイオリニストは目が赤い
オーケストラの舞台裏、マエストロの素顔、愛する演奏家たち。N響の第一バイオリンをつとめた著者が軽妙につづる、絶品エッセイ。

君《きみ》たちに明日《あす》はない

新潮文庫　か－47－1

平成十九年十月一日発行
平成二十一年十二月十五日十三刷

著者　垣《かき》根《ね》涼《りよう》介《すけ》

発行者　佐藤隆信

発行所　株式会社　新潮社

郵便番号　一六二―八七一一
東京都新宿区矢来町七一
電話　編集部(〇三)三二六六―五四四〇
　　　読者係(〇三)三二六六―五一一一
http://www.shinchosha.co.jp

価格はカバーに表示してあります。

乱丁・落丁本は、ご面倒ですが小社読者係宛ご送付ください。送料小社負担にてお取替えいたします。

印刷・大日本印刷株式会社　製本・株式会社大進堂

ISBN978-4-10-132971-0　C0193